GEORGE ELIOT

Silas Marner

LE TISSERAND DE RAVELOE

ROMAN TRADUIT DE L'ANGLAIS

PAR

AUGUSTE MALFROY

NOUVELLE ÉDITION

LIBRAIRIE HACHETTE

79, BOULEVARD SAINT-GERMAIN, PARIS

BIBLIOTHÈQUE DES MEILLEURS ROMANS ÉTRANGERS

ROMANS ANGLAIS, ALLEMANDS, ESPAGNOLS, ITALIENS ET RUSSES

TRADUCTIONS FRANÇAISES, FORMAT IN-16 BROCHÉ

DEUXIÈME SÉRIE, A 3 FR. LE VOLUME

Alexander (Mrs) : L'erreur de Catherine.
— Aveugle destin. 1 vol.
— Le choix de Mona. 1 vol.
Anonyme : Autrefois, la guerre des paysans. 1 vol.
Barrett (F.) : Le mystère du Grand Hesper.
Beecher-Stowe (Mrs.) : La case de l'oncle Tom. 1 vol.
— La fiancée du ministre. 1 vol.
Belloc-Lowndes (Mᵐᵉ) : Jusqu'au bout. 1 v.
Bernett (Robert A.) : Laquelle. 1 vol.
Braddon (Miss) : Lady Lisle. 1 vol.
Bulver Lytton (Sir Ed.) : Les derniers jours de Pompéi. 1 vol.
— Alice ou les mystères. 1 vol.
— Ernest Maltravers. 1 vol.
Conan-Doyle : La marque des quatre. 1 vol.
— Le drame du Korosko. 1 vol.
— Le chien des Baskerville. 1 vol.
— Un crime étrange. 1 vol.
Cummins (Miss) : L'allumeur de réverbères.
— Mabel Vaughan. 1 vol.
— La rose du Liban. 1 vol.
Carrer-Bell (Miss Bront) : Jane Eyre. 2 vol.
Curwood (I. O.) Mélissa, trad. de l'angl. 1 v.
Dickens (Ch.) : M. Pickwick. 2 vol.
— Bleak-House. 2 vol.
— Contes de Noël. 1 vol.
— David Copperfield. 2 vol.
— Dombey et fils. 3 vol.
— La petite Dorrit. 2 vol.
— Le magasin d'antiquités. 2 vol.
— Les temps difficiles. 1 vol.
— Nicolas Nickleby. 2 vol.
— Olivier Twist. 1 vol.
— Martin Chuzzlewit. 2 vol.
— Les grandes espérances. 2 vol.
— L'ami commun. 2 vol.
— Le mystère d'Edwin Drood. 1 vol.
Dickens et Collins : L'abîme. 1 vol.
Durford-Delannoy : L'appartement du mort.
Ebner-Eschenbach (Mme de) : Un incompris. 1 vol.
Eliot (G.) : Adam Bede. 2 vol.
— La conversion de Jeanne. 1 vol.
— Le moulin sur la Floss. 4 vol.
— Silas Marner. 1 vol.
Esterre Keeling (Elsa d') : Trois sœurs.
Fleming (W.) : Les chaînes d'or. 1 vol.
Fullerton (Lady) : Hélène Middleton. 1 vol.
— L'oiseau du bon Dieu. 1 vol.
Gogol (N.) : Les âmes mortes. 2 vol.
Goldsmith : Le vicaire de Wakefield. 1 vol.
Gray : Le silence du doyen. 1 vol.
Green (K.) : La dame au diamant. 1 vol.
— Le médaillon. 1 vol.

Hall-Caine : Jason. 2 vol.
Hardy : Tess d'Urberville. 2 vol.
Hauff : Lichtenstein. 1 vol.
Hedenstjerna (de) : Le seigneur de Halleborg, trad. du suédois. 1 vol.
Heimbourg : L'autre, traduit de l'allemand.
— Le roman d'une orpheline. 1 vol.
Hope (Anthony) : La carrière d'Alexandre Onisanté. 1 vol.
— Le Roman d'un Roi. 1 vol.
— Service de la reine. 1 vol.
Hornung (E. W.) : Raffles, cambrioleur pour le bon motif.
Hume : Les mystères d'un hansom-cab. 1 v.
— Miss Méphistophélès. 1 vol.
— La romance fatale. 1 vol.
— L'œil de Jade. 1 vol.
Hungerford (Mrs) : Molly Bawn. 1 vol.
— La conquête d'une belle-mère. 1 vol.
— Premières joies et premières larmes. 2 v.
Jokaï (M.) : Le nouveau seigneur. 1 vol.
Le Queux (W.) : La dame en bleu. 1 vol.
Manzoni : Les fiancés, trad. de l'ital. 2 vol.
Marchi (E. de) : Démétrio Pianelli. 1 vol.
— L'accusateur imprévu. 1 vol.
Mayne-Reid : La piste de guerre. 1 vol.
— La quarteronne. 1 vol.
— Le doigt du destin. 1 vol.
— Le roi des Séminoles. 1 vol.
— Les partisans. 1 vol.
Neera : Thérèse, traduit de l'italien. 1 vol.
Ouida : Amitié. 1 vol.
Ridder Haggard : Jess. 1 vol.
— Le colonel Quaritch. 1 vol.
Steele (J.). Un mari par procuration. 1 vol.
Savage : Un mariage officiel. 1 vol.
Schmitthenner : Une vie d'artiste. 1 vol.
Stevenson : Le naufrageur. 1 vol.
— Catriona. 1 vol.
Thackeray : La foire aux vanités. 2 vol.
Tolstoï : Les Cosaques. 1 vol.
— Souvenirs. 1 vol.
— La guerre et la paix. 3 vol.
Tourgueneff (I.) : Mémoires d'un seigneur russe, traduit du russe. 2 vol.
— Scènes de la vie russe. 1 vol.
— Nouvelles scenes de la vie russe. 1 vol.
Trollope (A.) : Les tours de Barchester. 1 v.
Van Vorst (Mᵐᵉ J. et M.) : La fille de Bagsby.
Wilkie Collins : La morte vivante. 1 vol.
— La piste du crime. 2 vol.
— C'était écrit. 1 vol.
— La pierre de lune. 2 vol.
Williamson : Le mariage de Lord Loveland.
Willis Howard (B.) : Gueux. 1 vol.

Coulommiers. Imp. Paul BRODARD. — 1056-19

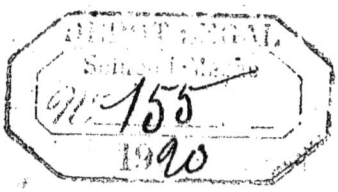

SILAS MARNER

George Eliot. — Silas Marner.   1

OUVRAGES DU MÊME AUTEUR

PUBLIÉS DANS LA BIBLIOTHÈQUE DES ROMANS ÉTRANGERS

PAR LA LIBRAIRIE HACHETTE

Adam Bede. Roman traduit de l'anglais avec l'autorisation de l'auteur par F. d'Albert-Durade. Deux volumes.

La Conversion de Jeanne. Traduction de F. d'Albert-Durade. Un volume.

Le Moulin sur la Floss. Traduction de F. d'Albert-Durade. Deux volumes.

Prix de chaque volume, format in-16, broché : **3 fr.** »

GEORGE ELIOT : **Silas Marner.** Texte anglais, publié avec une biographie de l'auteur, une analyse de ses œuvres, des notes grammaticales et littéraires, par M. Malfroy, professeur au lycée Lakanal. Un vol. petit in-16, cartonné .... **6 fr.**

LONGFELOW : **Évangéline et poèmes choisis.** Texte anglais, publié avec un aperçu de la littérature aux États-Unis, une notice et des notes, par M. Malfroy, conformément aux programmes de l'enseignement secondaire des jeunes filles (4e et 5e années). Un vol. in-16, orné de nombreuses gravures, cart.... **7 fr.**

1056-19. – Coulommiers. Imp. PAUL BRODARD. — P6-20.

GEORGE ELIOT

SILAS MARNER

LE TISSERAND DE RAVELOE

ROMAN TRADUIT DE L'ANGLAIS

PAR

AUGUSTE MALFROY

NOUVELLE ÉDITION

LIBRAIRIE HACHETTE
79, BOULEVARD SAINT-GERMAIN, PARIS

1920

SILAS MARNER

CHAPITRE PREMIER

Au temps où les rouets bourdonnaient activement
dans les fermes, — où les grandes dames elles-
mêmes, vêtues de soie et de dentelles, avaient leurs
petits rouets de chêne poli, on pouvait voir, soit dans
les chemins des districts éloignés, soit dans le sein
profond des collines, certains hommes pâles et rabou-
gris qui, auprès des gens vigoureux de la campagne,
semblaient être les vestiges d'une race déshéritée. Le
chien du berger aboyait avec fureur, lorsque l'un de
ces hommes à la physionomie étrangère, apparaissait sur les hauteurs, et que sa silhouette noire se
dessinait sur le ciel, au coucher hâtif du soleil d'hiver;
car, quel est le chien qui aime une figure courbée
sous un sac pesant? — et ces hommes pâles quittaient
rarement leur pays sans ce fardeau mystérieux. Le
berger lui-même, bien qu'il eût de bonnes raisons
de croire que le sac ne contenait rien autre chose
que du fil de lin, ou bien les longs rouleaux de

grosse toile tissée avec ce fil, n'était pas très sûr
que ce métier de tisserand, tout indispensable qu'il
était, pût s'exercer entièrement sans le secours de
l'esprit malin. A cette époque reculée, la superstition
s'attachait facilement à tout individu ou à tout fait
tant soit peu étrange. Et pour qu'une chose parût
telle, il suffisait même qu'elle revînt périodiquement
ou accidentellement, comme les visites du colporteur
ou du rémouleur. Personne ne savait où demeuraient
ces hommes errants, ni de qui ils descendaient; et
comment pouvait-on dire ce qu'ils étaient, à moins
de connaître quelqu'un qui connût leur père et leur
mère? Pour les paysans du temps jadis, le monde,
au delà de l'horizon de leur expérience personnelle,
était une région vague et mystérieuse. Pour leur
pensée restée stationnaire, une vie nomade était une
conception aussi obscure que l'existence, pendant
l'hiver, des hirondelles qui revenaient avec le printemps. Même l'étranger fixé définitivement parmi
eux, s'il était venu d'une région éloignée, ne cessait
presque jamais d'être regardé avec un reste de défiance. Cette circonstance eût empêché les gens d'être
le moins du monde étonnés, dans le cas où il aurait
commis un crime après de longues années d'une
conduite inoffensive, — particulièrement s'il avait
quelque réputation d'être savant, ou s'il montrait
une certaine habileté dans un métier. Tout talent,
soit dans l'usage rapide de cet instrument difficile,
la langue, soit dans quelque autre art peu familier

aux villageois, était en lui-même suspect : les gens honnêtes, nés et élevés aux yeux de tous, n'étaient pour la plupart ni trop instruits ni trop habiles, — du moins leur science ne s'étendait pas au delà des signes des changements de temps, — et les moyens d'acquérir la rapidité ou l'habileté dans un art quelconque, étaient si complètement inconnus, que ces talents semblaient tenir du sortilège. Il arrivait ainsi que ces tisserands dispersés — émigrés de la ville à la campagne — étaient considérés toute leur vie comme des étrangers par les paysans leurs voisins, et contractaient généralement les habitudes excentriques, inhérentes à une existence solitaire.

Dans les premières années de ce siècle, un de ces tisserands, nommé Silas Marner, exerçait sa profession dans une chaumière bâtie en pierres, située au milieu des haies de noisetiers, près du village de Raveloe, et non loin des bords d'une carrière abandonnée. Le bruit vague de son métier, si différent du trot naturel et joyeux de la machine à vanner ou du rythme plus simple du fléau, exerçait un charme presque terrible sur les enfants de Raveloe, qui se passaient souvent d'aller cueillir des noisettes ou chercher des nids, afin de regarder par la fenêtre de la chaumière. Le mouvement mystérieux du métier leur inspirait une certaine crainte respectueuse ; toutefois, cette crainte était contre-balancée par le sentiment agréable de supériorité dédaigneuse qu'ils éprouvaient, en se moquant des bruits alternatifs de

la machine, ainsi que du tisserand, dont l'attitude
ressemblait à celle du forçat employé au moulin de
discipline. Mais il arrivait parfois que Marner, s'arrêtant pour rajuster quelque fil irrégulier, s'apercevait
de la présence des petits marauds. Quoiqu'il fût avare
de son temps, il aimait si peu à être importuné par
ces intrus, qu'il descendait de son métier, ouvrait la
porte, et fixait sur eux un regard qui suffisait toujours pour les faire fuir de terreur. Car, comment
croire que ces grands yeux bruns et saillants du pâle
visage de Silas Marner, ne voyaient en réalité bien
distinctement que les choses très rapprochées? Combien n'était-il pas plus probable que leur regard fixe
et effrayant pût lancer une crampe, le rachitisme,
ou distordre la bouche à tout enfant venant à rester
en arrière? Ils avaient peut-être entendu leurs parents dire à demi-mot que Silas Marner avait le don
de guérir les rhumatismes des gens s'il le voulait, et
ajouter, plus mystérieusement encore, que, si l'on
savait seulement bien prendre le diable, il pourrait
vous éviter les frais du médecin. De tels échos étranges et attardés de l'ancien culte du démon, seraient
peut-être encore perçus, même de nos jours, par celui
qui écouterait attentivement au milieu des paysans
aux cheveux gris; car l'esprit inculte associe diffici-
lement l'idée de puissance avec celle de douceur. La
conception obscure d'un pouvoir susceptible d'être
amené, avec beaucoup de persuasion, à s'abstenir d'in-
fliger le mal, est la forme que le sentiment de l'invi-

sible crée le plus facilement dans l'esprit des hommes qui ont toujours été étroitement pressés par les premiers besoins, et dont la vie de dur labeur n'a jamais été illuminée par l'enthousiasme d'aucune foi religieuse. La douleur et l'infortune offrent à ces gens un domaine de possibilités beaucoup plus vaste que celui de la joie et du plaisir : le champ de leur imagination est presque stérile en images qui alimentent les désirs et les espérances, tandis qu'il est tout recouvert des souvenirs qui sont l'éternelle pâture de la crainte. « Y a-t-il quelque chose qu'à votre idée vous désireriez manger? » dis-je un jour à un vieux paysan qui faisait sa dernière maladie, et qui avait refusé tous les aliments que sa femme lui avait présentés. « Non, répondit-il, je n'ai jamais été habitué qu'à la nourriture ordinaire, et je ne puis plus en prendre. » Son genre de vie n'avait fait naître en lui aucun désir capable d'évoquer le fantôme de l'appétit.

Et Raveloe était un endroit où beaucoup des anciens échos s'étaient attardés, sans être étouffés par les voix nouvelles. Non point que ce fût une de ces paroisses stériles, reléguées sur les confins de la civilisation, où vivaient de maigres moutons et de rares bergers. Au contraire, c'était un village situé dans la riche plaine centrale du pays que nous nous plaisons à nommer la Joyeuse Angleterre, ayant des fermes qui, considérées au point de vue spirituel, payaient au clergé des dîmes fort désirables. Mais il était niché dans un vallon tranquille et bien boisé, à une heure entière de

toute grande route pour un cavalier, dans un lieu
où ne pouvaient arriver ni les vibrations du cor de
la diligence [1], ni celles de l'opinion publique. C'était
un village d'un aspect important, au cœur duquel se
trouvaient une belle et ancienne église, avec un vaste
cimetière, ainsi que deux ou trois grandes habitations construites en pierres et en briques, dont les
toits étaient ornés de girouettes et les vergers bien
entourés de murs. Ces habitations étaient situées tout
près de la route, et leurs façades se dressaient avec
plus de majesté que le presbytère, dont le sommet
émergeait au milieu des arbres, de l'autre côté du
cimetière. Raveloe était une paroisse indiquant immédiatement le rang de ses principaux habitants. Elle
informait l'œil expérimenté qu'il n'y avait ni grand
parc ni manoir dans le voisinage, mais qu'elle comptait plusieurs chefs de famille pouvant, à leur aise,
mal faire valoir leurs fermes, tout en retirant dans
ces temps de guerre [2] assez d'argent de leur mauvaise
exploitation, pour mener une vie joyeuse et célébrer
gaiement les fêtes de Noël, de la Pentecôte et de
Pâques.

Il y avait déjà quinze ans que Silas Marner était
à Raveloe. Ce n'était, dans le principe, qu'un jeune
homme pâle, aux yeux bruns, saillants et myopes,

1. Le cor annonçait l'arrivée de la diligence dans un village ou dans une ville. (Note du traducteur.)
2. Allusion à la guerre avec la France à la fin du siècle
dernier et au commencement de celui-ci. (N. du Tr.)

dont la physionomie n'aurait rien eu d'étrange pour
des gens d'une culture et d'une expérience ordinaires ;
seulement, pour les villageois auprès desquels il était
venu s'établir, elle avait quelque chose de particulier
et de mystérieux qui répondait à la nature exceptionnelle de sa profession, et à son arrivée d'une
région inconnue appelée « le Nord ». Il en était de
même de sa manière de vivre : il n'invitait aucun de
ceux qui se présentaient à franchir le seuil de sa
porte, et il n'allait jamais flâner dans le village pour
boire un pot de bière à l'auberge de l'Arc-en-Ciel, ou
bavarder chez le charron. Il ne recherchait ni homme
ni femme, excepté pour les besoins de sa profession,
ou afin de se procurer ce qui lui était nécessaire ; et
les jeunes filles de Raveloe furent bientôt persuadées
qu'il n'en obligerait jamais aucune à l'épouser malgré
elle, — tout comme s'il les avait entendues déclarer
qu'elles ne se marieraient jamais avec un mort revenu
à la vie. Cette manière d'envisager la personne de
Marner avait un autre motif que son visage pâle et
ses yeux extraordinaires ; car Jacques Rodney, le tau-
pier, affirmait ce qui suit : Un soir, en revenant chez
lui, il avait vu Silas appuyé contre une barrière,
ayant laissé sur ses épaules un sac pesant, au lieu
de le poser sur cette barrière, comme un homme
jouissant de ses facultés l'aurait fait ; puis, s'approchant, il avait vu que les yeux du tisserand étaient
immobiles comme ceux d'un mort ; ensuite, il lui
avait parlé, l'avait secoué, et avait trouvé que ses

membres étaient roides, et que ses mains serraient le
sac comme si elles eussent été de fer; mais, juste au
moment où il venait de conclure que Marner était
mort, celui-ci avait repris tout à fait ses sens, en un
clin d'œil, pour ainsi parler, lui avait dit « bonsoir »,
et s'en était allé. Jacques jurait qu'il avait été témoin
de tout cela; c'était d'autant plus vrai que, ajoutait-
il, la chose avait eu lieu le jour même où il avait été
faire la chasse aux taupes sur les terres du *squire* [1]
Cass, là-bas, près de la vieille fosse des scieurs de
long [2]. Quelques personnes disaient que Marner devait
avoir eu une « attaque », mot qui semblait expliquer
des choses incroyables autrement; mais M. Macey,
grand argumentateur et chantre de la paroisse, secouait la tête avec incrédulité, et demandait si l'on
avait jamais vu quelqu'un perdre ses facultés dans
une attaque sans tomber par terre. Une attaque était
une paralysie, il n'y avait pas à en douter; et il était
dans la nature d'une paralysie de priver en partie un
individu de l'usage de ses membres, et de le mettre
à la charge de la paroisse, s'il n'avait point d'enfants
pour lui venir en aide. Non, non, ce n'était pas une
paralysie qui vous laisserait quelqu'un debout sur

1. Principal propriétaire d'une paroisse, sorte de petit seigneur de village. (N. du Tr.)
2. Fosse au-dessus de laquelle les scieurs de long posent
les pièces de bois qu'ils débitent, et où se place l'un des
ouvriers pour tirer la scie. Cette disposition dispense d'élever les pièces de bois sur des tréteaux, comme cela se pratique très souvent en France, procédé qui présente de grandes
difficultés. (N. du Tr.)

ses jambes, comme un cheval entre les limons d'une
voiture, et lui permettrait ensuite de s'en aller, aussitôt qu'on pourrait dire « Hue ! » Mais, peut-être
bien y avait-il une chose telle que l'âme de l'homme,
qui s'affranchirait du corps, en sortirait et y rentre-
rait, ainsi qu'un oiseau quitte son nid et y revient.
C'était de cette manière que les gens devenaient
trop instruits; car, délivrés alors de leur dépouille
corporelle, ils allaient à l'école auprès de ceux qui
pouvaient leur enseigner plus de choses que leurs
voisins n'étaient à même d'en apprendre avec leurs
cinq sens et le pasteur. Et où maître Marner avait-il
acquis sa connaissance des plantes — et aussi celle
des charmes, quand il lui plaisait de les donner? Il
ne se trouvait rien dans l'histoire de Jacques Rodney
qui pût surprendre quiconque avait vu comment
Marner avait guéri Sally Oates, et l'avait fait dormir
comme un enfant, alors que le cœur de cette femme
battait à lui faire éclater la poitrine depuis deux mois
et plus qu'elle recevait les soins du docteur. Marner
était capable de guérir d'autres personnes s'il le voulait; en tous cas, il y avait avantage à lui parler avec
douceur, ne fût-ce que pour l'empêcher de faire du
mal.

C'était en partie à cette crainte vague que Marner
était redevable d'être à l'abri des persécutions que
sa singularité aurait pu lui attirer, mais plus encore
à une circonstance particulière. Le vieux tisserand
de Tarley, paroisse voisine de Raveloe, était mort;

en conséquence, la profession de Silas, lorsqu'il
s'était établi, l'avait fait très bien venir des plus
riches ménagères des environs, et même des pay-
sannes les plus prévoyantes, pourvues de leur petite
provision de fil, à la fin de l'année. Le sentiment
qu'elles éprouvaient de son utilité, aurait neutralisé
toute répugnance ou tout soupçon à son égard, qui
n'eût pas été confirmé par un manque dans la qualité ou dans la quantité du tissu qu'il leur faisait.
Et les années s'étaient écoulées sans produire aucun
changement dans l'impression que les voisins avaient
conçue de lui, si ce n'est le passage de la nouveauté
à l'habitude. Au bout de quinze ans, les gens de
Raveloe disaient de Marner exactement les mêmes
choses qu'au commencement : ils ne les disaient pas
aussi souvent, mais ils y croyaient plus fermement
lorsqu'il leur arrivait de les dire. Les années n'avaient
ajouté qu'un seul fait important : à savoir, que maître
Marner s'était amassé quelque part une jolie somme
d'argent, et qu'il pourrait acheter les biens de personnes qui faisaient plus d'embarras que lui.

Mais, tandis que l'opinion publique était restée
presque stationnaire à son sujet, et que ses habitudes
quotidiennes n'avaient guère présenté de changements appréciables, la vie intérieure du tisserand
avait eu son histoire ou sa métamorphose, comme la
vie intérieure de toute nature ardente, qui a recherché
la solitude ou qui y a été condamnée, doit nécessairement avoir la sienne. Son existence, avant son arrivée

à Raveloe, s'était trouvée remplie par le mouvement, l'activité d'esprit, et les relations intimes qui, en ce temps-là comme de nos jours, distinguaient l'existence d'un artisan incorporé de bonne heure dans une secte religieuse aux vues étroites, où le laïque le plus pauvre a des chances de se faire remarquer par le talent de la parole, et où, au pis aller, il influe par son vote silencieux sur le gouvernement de la communauté. Marner était fort estimé dans ce petit monde retiré qui, pour ses membres, constituait l'Église de la Cour de la Lanterne. On le regardait comme un jeune homme d'une vie exemplaire et d'une foi ardente; et un intérêt particulier s'était toujours concentré sur lui depuis que, dans une réunion pieuse, il était tombé dans un état mystérieux de roideur et d'insensibilité, état qui avait duré une heure ou davantage, et qu'on avait pris pour la mort. Si l'on eût cherché à donner à ce phénomène une explication médicale, cela eût été considéré par Silas lui-même, par le pasteur et les autres membres de la congrégation, comme un abandon volontaire de la signification spirituelle que le fait pouvait impliquer. Silas était évidemment un frère élu pour un ministère particulier, et, bien que les efforts pour en interpréter la nature fussent découragés par l'absence de toute vision spirituelle pendant son extase extérieure, cependant, il croyait avec les autres, que le résultat se manifestait dans son âme par un accroissement de lumière et de ferveur. Un homme moins sincère que Marner

aurait pu être tenté de créer ensuite une vision
ayant les apparences du ressouvenir, et un esprit
moins sain aurait pu croire à une telle création. Mais
Silas était à la fois sain d'esprit et honnête ; seulement, chez lui, comme chez beaucoup d'hommes fer-
vents et sincères, la culture intellectuelle n'avait pas
tracé un cours particulier au sentiment du mystérieux,
de sorte que celui-ci se répandait sur la voie exclusivement réservée à la recherche et à la science. Il avait
hérité de sa mère une certaine connaissance des plantes médicinales et de leur préparation, — petit fonds
de sagesse qu'elle lui avait transmis comme un legs
solennel. Toutefois, depuis quelques années, il avait
eu des doutes au sujet du droit de faire usage de
cette science, croyant que les plantes ne pouvaient
produire aucun effet sans la prière, et que la prière
devait suffire sans les plantes ; aussi, ses délices héréditaires d'errer à travers les champs pour y recueillir
la digitale, le pissenlit et le pas-d'âne, commencèrent
à revêtir à ses yeux les formes de la tentation.

Parmi les membres de son Église, se trouvait un
jeune homme un peu plus âgé que lui, avec lequel il
vivait depuis longtemps dans une amitié si intime,
que les frères de la Cour de la Lanterne avaient
l'habitude de les appeler David et Jonathas [1]. Le
véritable nom de cet ami était William Dane. Lui,
également, était regardé comme un modèle brillant

1. I, *Les Rois*, XVIII, XIX, XX, XXIII, 16 et 18 ; et II, *Les
Rois*, I. (N. du Tr.)

de piété juvénile, bien qu'il fût disposé à se montrer un peu trop sévère à l'endroit des frères plus jeunes que lui, et à être si ébloui par ses propres lumières, qu'il se croyait plus sage que ses maîtres. Mais, quelles que fussent les imperfections que d'autres découvrissent chez William, dans l'esprit de son ami il était parfait; car Marner était une de ces natures impressionnables et doutant d'elles-mêmes, qui, à un âge inexpérimenté, admirent l'autorité et se font un appui de la contradiction. L'expression de simplicité confiante de la physionomie de Marner — expression rehaussée par cette absence d'observation particulière, par ce regard sans défense, ce regard de daim, qui appartiennent aux grands yeux proéminents — formait un contraste frappant avec la répression volontaire de cette satisfaction intérieure, qui se dissimulait à peine dans les petits yeux obliques et les lèvres pincées de William Dane. Un des sujets de conversation les plus fréquents entre les deux amis, était la certitude du salut : Silas avouait ne pouvoir jamais arriver qu'à une espérance mêlée de crainte, et écoutait William avec une admiration pleine de désir, lorsque celui-ci déclarait qu'il avait toujours eu la conviction inébranlable de son salut, depuis que, à l'époque de sa conversion, il avait rêvé que les mots « appelé et certainement élu [1] » se présentaient seuls à ses regards sur une page blanche de

1. II, *Saint Pierre*, I, 10; et *Saint Matthieu*, XX, 16. (N. du Tr.)

la Bible ouverte. De tels dialogues ont occupé maint couple de tisserands au pâle visage, dont les âmes incultes [1] ressemblaient à de petites créatures nouvellement ailées, voletant abandonnées dans le crépuscule.

Il avait semblé au confiant Silas que cette amitié n'avait point été refroidie, même après qu'une nouvelle affection, d'une nature plus intime, était née dans son cœur. Depuis quelques mois, il était fiancé à une jeune servante, et tous deux n'attendaient, pour se marier, que le moment où leurs économies seraient un peu plus grandes. Silas éprouvait un vif plaisir que Sara ne fît aucune objection à la présence accidentelle de William pendant leurs entrevues du dimanche. Ce fut à cette époque de leur histoire que l'attaque de catalepsie de Silas eut lieu pendant la réunion pieuse. Parmi les questions et les marques d'intérêt variées que les membres de la congrégation lui adressèrent ou lui exprimèrent, il n'y eut que l'opinion suggérée par William qui fut en désaccord avec la sympathie générale témoignée à un frère ainsi élu pour un ministère particulier. Il fit observer, qu'à son avis, cette extase ressemblait plutôt à une manifestation de Satan qu'à une preuve de la faveur divine, et il exhorta son ami à rechercher s'il ne cachait rien de maudit dans son cœur [2]. Silas,

1. *Le Livre de la Sagesse,* XVII, 1.
2. Texte : *no accursed thing within his soul. — Accursed thing,* chose maudite, condamnable, exécrable. Expression biblique que Ostervald traduit par *interdit.* — Voy. *Josué,* VI, 18; VII, 1, 11, 13, 15; et XXII, 20. (N. du Tr.)

se sentant obligé d'accepter le blâme et l'avertissement comme un service fraternel, n'en éprouva aucun
ressentiment. Il n'eut que du chagrin en voyant les
doutes que William entretenait à son égard. A cela
vint s'ajouter une certaine inquiétude, lorsqu'il décou-
vrit que la conduite de Sara envers lui commençait à
trahir une étrange fluctuation : tantôt elle faisait
des efforts pour lui montrer une plus grande affection; tantôt elle laissait apercevoir des signes invo-
lontaires de répulsion et de dégoût. Il lui demanda
si elle désirait rompre leur engagement; mais elle
dit que non : leur engagement était connu de l'Église
et avait été confirmé dans les réunions pieuses. Pour
e rompre, il eût fallu une enquête sévère, et Sara
n'avait aucune raison à donner, qui pût être sanc-
tionnée par le sentiment de la communauté. A cette
époque, le doyen des diacres tomba dangereusement
malade. Comme il était veuf et sans enfants, il fut
soigné nuit et jour par plusieurs des plus jeunes
frères ou sœurs de la congrégation. Silas et William
venaient fréquemment veiller à leur tour pendant la
nuit, l'un remplaçant l'autre à deux heures du matin.
Le vieillard, contrairement à l'attente de tous, semblait être en voie de guérison, quand une nuit Silas,
assis au chevet du malade, s'aperçut que la respiration de celui-ci, qui était ordinairement perceptible,
avait cessé. La chandelle était presque brûlée : il
dut la soulever pour voir distinctement le visage du
diacre. Cet examen le persuada que le vieillard était

mort, — mort depuis quelque temps, car ses membres étaient roides. Silas se demanda s'il ne s'était
pas endormi, et regarda l'horloge : il était déjà
quatre heures du matin. Comment se faisait-il que
William n'était pas venu? Rempli d'inquiétude, il
alla chercher du secours. Bientôt, plusieurs amis, le
pasteur entre autres, se trouvèrent rassemblés dans
la maison. De son côté, Silas retourna à son travail, regrettant de ne pas avoir rencontré William afin
de connaître le motif de son absence. Mais, à six
heures du matin, comme il songeait à aller chercher son ami, William arriva, et le pasteur avec lui.
Ils venaient inviter Marner à se rendre à la Cour de
la Lanterne, — à l'assemblée des membres de la congrégation. Comme il demandait la cause de cette
convocation, on lui répondit simplement : « Vous
verrez. » Aucune autre parole ne fut prononcée,
avant que Silas fût assis dans la sacristie, en face du
pasteur et sous les regards fixes et solennels de ceux
qui, à ses yeux, représentaient le peuple de Dieu.
Alors le pasteur, sortant un couteau de sa poche, le
montra à Silas et lui demanda s'il se rappelait où il
avait laissé ce couteau? Silas répondit qu'il ne se souvenait pas de l'avoir laissé autre part que dans sa
poche; toutefois, cette étrange interrogation le fit
trembler. On l'exhorta alors à ne pas cacher son
péché, mais à le confesser et à se repentir. Le couteau
avait été trouvé dans le bureau placé près du lit du
diacre défunt, à l'endroit où avait été déposé le petit

sac contenant l'argent de l'église, et que le pasteur lui-même avait vu le jour précédent. Quelqu'un avait enlevé le sac; et qui pouvait-ce être, sinon celui à qui le couteau appartenait? Pendant quelque temps, Silas resta muet d'étonnement. Puis il dit :

« Dieu me justifiera ; je ne sais rien au sujet de la présence du couteau dans cet endroit, ni de la disparition de l'argent. Cherchez sur moi ; cherchez dans ma demeure : vous ne trouverez que trois livres sterling et cinq shillings [1], fruit de mes économies, somme que je possède depuis six mois, comme William le sait. »

A ces paroles, William fit entendre un murmure de désapprobation, mais le pasteur dit à Silas :

« Les preuves contre vous sont accablantes, mon frère Marner. L'argent a été pris cette dernière nuit, et il n'y avait pas d'autre personne que vous avec notre frère défunt; car William Dane nous déclare qu'une indisposition soudaine l'a empêché d'aller veiller à son tour comme à l'ordinaire. Vous-même, vous avez dit qu'il n'était point venu; de plus, vous avez négligé le corps du défunt.

— Il faut que j'aie dormi, dit Silas, ou bien que j'aie été sous l'influence d'une manifestation spirituelle semblable à celle dont j'ai été l'objet aux yeux de vous tous, de sorte que le voleur doit être entré et sorti tandis que je n'étais pas avec mon corps, mais sans mon corps [2]. Cependant, je le dis de nouveau,

1. Voy. page 44, note 1, et page 35, note 1.
2. II. *Corinthiens* XII, 2 et 3. (N. du Tr.)

cherchez sur moi ; cherchez dans ma demeure, car je
ne suis pas allé autre part. »

Les perquisitions furent faites, et se terminèrent par
la découverte que William fit du sac bien connu, vide
et fourré derrière la commode de la chambre de Silas.
Là-dessus, William exhorta son frère à confesser sa
faute et à ne pas la cacher plus longtemps. Silas dirigea
sur son ami un regard de vif reproche, en lui disant :

« William, depuis neuf ans que nous vivons ensemble, m'avez-vous jamais entendu dire un mensonge ?
Mais Dieu me justifiera.

— Mon frère, lui dit William, comment aurais-je
appris ce que vous pouvez avoir accompli dans les
cellules secrètes de votre cœur, pour donner à Satan
l'avantage sur vous ? »

Silas regardait toujours son ami. Soudainement,
une profonde rougeur se répandit sur son visage, et
il allait parler avec impétuosité, lorsqu'une commo-
tion intérieure, qui fit rentrer cette rougeur et le fit
trembler, parut l'arrêter de nouveau. Enfin, il dit
d'une voix faible, en fixant Willliam :

« Je me souviens maintenant : le couteau n'était
pas dans ma poche. »

William répondit :

« Je ne sais pas ce que vous voulez dire. »

Cependant, les autres personnes présentes se mirent à demander à Silas, où, suivant lui, le couteau
se trouvait ; mais il ne voulut pas donner d'autre
explication. Il ajouta seulement :

« Je suis cruellement frappé, je ne puis rien dire. Dieu me justifiera. »

L'assemblée, revenue dans la sacristie, délibéra de nouveau. Tout recours aux mesures légales, à l'effet d'établir la culpabilité de Silas, était contraire aux principes de l'Église de la Cour de la Lanterne. D'après ces principes, les poursuites étaient défendues aux chrétiens, lors même que le fait eût été moins scandaleux pour la communauté. Toutefois, il était du devoir des membres de prendre d'autres mesures, afin de découvrir la vérité, et ils résolurent de prier et de *jeter le sort* [1]. Cette résolution ne peut causer de l'étonnement qu'aux personnes étrangères à cette obscure vie religieuse qui se passe dans les ruelles de nos villes. Silas s'agenouilla avec ses frères, comptant sur l'intervention directe de la divinité pour prouver son innocence, mais sentant que, malgré tout, de l'affliction et des chagrins lui étaient réservés, et que sa confiance dans l'humanité venait d'être cruellement meurtrie. *Le sort déclara que Silas Marner était coupable.* Il fut solennellement exclu de la secte, et sommé de rendre l'argent volé : ce serait seulement après avoir avoué sa faute en signe de repentir, qu'il pourrait être reçu de nouveau dans le giron de son Église. Marner écouta en silence. Enfin, lorsque tout le monde se leva pour partir, il s'avança

---

1. Coutume en grand usage chez les Juifs, et dont la Bible rapporte de nombreux exemples. (N. du Tr.)

vers William Dane, et, d'une voix que l'agitation faisait trembler, il lui dit :

« La dernière fois que je me suis servi de mon
couteau, je m'en soûviens, c'est quand je l'ai pris
pour vous couper une bande. Je ne me rappelle pas
l'avoir remis dans ma poche. C'est vous qui avez
volé l'argent, et tramé un complot pour m'imputer ce
péché [1]. Mais vous pouvez prospérer malgré cela; il
n'y a pas de Dieu de justice gouvernant la terre avec
équité; il n'existe qu'un Dieu de mensonge, portant
de faux témoignages contre l'innocent. » -

Il y eut un frémissement général, à ce blasphème.
William dit avec humilité :

« Je laisse à nos frères le soin de juger si cela est
la voix de Satan ou non. Je ne puis que prier pour
vous, Silas. »

Le pauvre Marner sortit avec ce désespoir dans
l'âme, — avec cet ébranlement de la confiance en
Dieu et dans l'humanité, qui touche presque à la folie
chez une nature aimante. Le cœur amèrement blessé,
il se dit : « Elle aussi me rejettera. » Et il pensa que
si Sara ne croyait pas le témoignage porté contre lui,
la foi entière de cette jeune fille devait être boule-
versée comme l'était la sienne. Pour des personnes
accoutumées à raisonner sur les formes que leurs
sentiments religieux ont revêtues, il est difficile d'en-

---

1. Texte : *to lay the sin at my door,* pour mettre le péché
à ma porte. Expression biblique. — Voy. *Genèse,* IV, 7.
(N. du Tr.)

trer dans cet état d'esprit simple et naturel, où la
forme et le sentiment n'ont jamais été séparés par
un acte de la réflexion. Nous sommes inévitablement portés à croire qu'un homme dans la position
de Marner, aurait commencé par mettre en doute
la validité d'un appel fait à la justice divine en *jetant
le sort*. Mais, pour lui, c'eût été un effort de libre
pensée tel qu'il n'en avait jamais connu ; et il lui
eût fallu faire cet effort dans un moment où toute
son énergie était absorbée par les angoisses de sa
foi déçue. S'il y a un ange qui enregistre les chagrins des hommes aussi bien que leurs péchés, il
sait combien sont nombreuses et intenses les peines
qui naissent de fausses idées dont personne n'est
coupable.

Marner s'en retourna chez lui. Pendant une journée entière, il resta assis, seul, étourdi par le désespoir, sans éprouver aucun désir d'aller trouver Sara
pour essayer de lui faire croire à son innocence.

Le second jour, il chercha un refuge contre l'incrédulité qui l'engourdissait, en se mettant à son métier
et en travaillant sans relâche, comme de coutume.
Peu d'heures après, le pasteur et l'un des diacres
venaient lui apporter un message de Sara, l'infor-
mant qu'elle considérait son engagement envers lui
comme rompu. Silas reçut le message en silence.
Détournant ensuite ses regards qu'il avait fixés sur
les messagers, il se remit au travail à son métier.
Au bout d'un peu plus d'un mois, Sara épousa

William Dane ; et bientôt les frères de la Cour
de la Lanterne apprirent que Silas avait quitté la
ville.

CHAPITRE II

Il est quelquefois difficile, même aux personnes
dont l'existence a été variée par l'instruction, de
maintenir avec fermeté leurs opinions habituelles
de la vie, leur foi dans l'invisible, et le sentiment
qu'elles ont réellement éprouvé des joies et des chagrins dans le passé, lorsqu'elles sont soudainement
transportées dans un nouveau pays. Car, là, les gens
qui les environnent ne savent rien de leur histoire
et ne partagent aucune de leurs idées, — là, aussi,
la terre, leur mère, présente un autre sein, et la vie
humaine revêt d'autres formes que celles qui ont
donné la nourriture à leurs cœurs. Les âmes arra-
chées à leur ancienne foi et à leurs anciennes affections, ont peut-être recherché cette influence de
l'exil, qui, comme l'eau du Léthé, efface le passé.
Elle fait qu'il devient vague, parce que ses symboles
se sont tous évanouis, et rend le présent vague également, parce qu'il ne se rattache à aucun souvenir.
Mais, même l'expérience de ces âmes peut à peine
leur permettre de se figurer entièrement ce que ressentit un simple tisserand comme Silas Marner, quand

il quitta son pays et ses amis pour venir s'établir à
Raveloe. Rien ne pouvait être plus différent de sa
ville natale, située en vue de versants de collines qui
s'étendaient au loin, que cette région basse et boisée,
où il sentait les haies et les arbres au feuillage épais
lui dérober jusqu'à la vue du ciel. Quand il se levait
dans la tranquillité profonde du matin, et regardait
au dehors les ronces couvertes de rosée et les touffes
vigoureuses de gazon, il n'apercevait rien qui pût
avoir quelque rapport avec cette vie concentrée dans
la Cour de la Lanterne, — cette vie, autrefois le sanc-
tuaire des hautes dispensations en sa faveur. Les
murs blanchis; les petits bancs, où des personnes
qu'on avait l'habitude de voir entraient en réprimant
le bruissement de leurs vêtements, et où une première voix bien connue, puis une autre, faisaient leur
prière, chacune dans un ton particulier, prononçant
des phrases à la fois occultes et familières, comme
l'amulette portée sur le cœur; la chaire où le pasteur,
se balançant de côté et d'autre et maniant la Bible
selon la vieille habitude, dispensait une doctrine
incontestée; même les pauses entre les strophes de
l'hymne, tandis qu'on la lisait, et l'élévation intermittente des voix pendant le chant: tout cela avait été
pour Marner la voie des influences divines, — c'était
l'aliment et le refuge de ses émotions religieuses,
le christianisme et le royaume de Dieu sur la terre.
Un tisserand qui trouve des mots difficiles à comprendre dans son livre d'hymnes, ne sait rien des

abstractions : il est comme le pétit enfant qui ne
comprend rien à l'amour maternel, et ne connaît
qu'un visage et qu'un sein vers lesquels il tend les
bras pour y chercher un refuge et la nourriture.

Et que pouvait-il y avoir de plus différent de ce
monde de la Cour de la Lanterne, que le monde de
Raveloe? — des vergers paraissant vivre dans l'oisiveté au sein d'une abondance négligée; la grande
église entourée du vaste cimetière, et que les villageois
regardaient en flânant devant leurs portes pendant
les offices; les fermiers au teint rubicond : les uns,
cheminant lentement dans les ruelles; les autres,
entrant à l'auberge de l'Arc-en-Ciel; des habitations
où les hommes soupaient copieusement et dormaient
le soir à la lueur du foyer, et où les femmes semblaient amasser une provision de linge pour la vie
future. Il n'y avait pas de lèvres à Raveloe qui pussent laisser tomber une parole capable de réveiller la
foi engourdie de Marner, et de lui faire éprouver un
sentiment de douleur. Dans les premiers âges du
monde, nous le savons, on croyait que chaque terri-
toire était habité et gouverné par ses propres divi-
nités. Un homme pouvait ainsi, en traversant les hauteurs limitrophes, se trouver hors de l'atteinte des
dieux de son pays, dont la présence était confinée
dans les cours d'eau, sur les collines et au sein des
bocages, au milieu desquels il avait vécu depuis sa
naissance. Et le pauvre Silas avait une vague idée de
quelque chose qui n'était pas sans ressemblance avec

les sentiments de ces hommes primitifs, quand, poussés par la frayeur ou une humeur sombre, ils fuyaient de cette manière les regards d'une divinité ennemie. Il lui semblait que le pouvoir en qui il avait mis vainement sa confiance, dans les rues de sa ville natale et dans les réunions pieuses, se trouvait très éloigné de cette terre où il s'était réfugié, où les hommes vivaient insouciants, dans l'abondance, sans rien savoir et sans éprouver aucun besoin de cette confiance qui, pour lui, s'était changée en amertume. Le peu de lumière qu'il possédait, répandait ses rayons si faiblement, que sa croyance déçue était un voile assez grand pour créer dans son âme les ténèbres de la nuit.

Son premier mouvement, après le choc, avait été de se mettre à son métier. Depuis, il avait continué son travail sans rémission. Il ne se demandait jamais pourquoi, maintenant qu'il était venu à Raveloe, il tissait jusqu'à une heure très avancée de la nuit pour finir la pièce de linge de table de Mme Osgood plus tôt qu'elle ne s'y attendait, sans songer d'avance à l'argent qu'elle lui remettrait dans la main pour l'ouvrage. Il semblait tisser comme l'araignée, simplement par instinct, sans réflexion. Le travail que tout homme poursuit avec assiduité, tend, de cette manière, à devenir un but par soi-même, et à lui faire ainsi franchir les vides sans attraits de son existence. La main de Silas prenait plaisir à lancer la navette, et ses yeux se réjouissaient de voir les petits carrés du tissu se compléter sous ses efforts. Puis, il y avait

les exigences de la faim, et Silas, dans sa solitude,
avait à se procurer son déjeuner, son dîner et son
souper, à aller chercher de l'eau au puits, et à mettre
la bouilloire sur le feu. Tous ces besoins urgents contribuaient, avec son travail au métier, à restreindre
sa vie à l'activité aveugle d'un insecte fileur. Il haïs-
sait l'idée du passé; il n'y avait rien qui le poussât à
aimer les étrangers au milieu desquels il était venu,
ou à s'associer avec eux; et l'avenir n'était que ténèbres, car aucun amour invisible ne songeait à lui.
Ses pensées étaient arrêtées par une perplexité complète, maintenant que leur voie étroite d'autrefois
était fermée, et ses affections semblaient avoir été
anéanties sous le coup qui avait meurtri ses fibres
les plus sensibles.

Enfin, cependant, le linge de table de Mme Osgood
fut terminé, et Silas reçut de l'or en payement. Son
gain, dans sa ville natale, où il travaillait pour un
marchand en gros, était calculé d'après un taux moins
élevé qu'à Raveloe : on le payait toutes les semaines,
et une grande partie de ce salaire hebdomadaire passait en œuvres de piété et de charité. Aujourd'hui,
pour la première fois de sa vie, on lui avait mis cinq
belles guinées [1] dans la main; personne ne s'attendait à les partager avec lui, et il n'aimait assez aucun
homme, pour lui en offrir une part. Mais quelle valeur
avaient les guinées aux yeux de Marner, qui ne voyait

---

1. La valeur nominale de la guinée est de 26 fr. 25. On ne
fait plus de guinées aujourd'hui, en Angleterre. (N. du Tr.)

aucune perspective au delà d'innombrables jours de travail à son métier? Il était inutile qu'il se fît cette question, car il lui était agréable de les sentir dans le creux de sa main et de regarder leurs effigies brillantes. Elles étaient toutes à lui : elles constituaient un autre élément de son existence, semblable au tissage et à l'apaisement de la faim, — un élément ayant une nature tout à fait séparée de la vie de croyance et d'amour dont il avait été sevré. Le tisserand avait connu le contact de l'argent péniblement gagné, même avant que la paume de sa main se fût développée entièrement. Pendant vingt années, l'argent mystérieux avait été pour lui un symbole des biens terrestres et l'objet immédiat du travail. Marner semblait peu l'aimer aux jours où chaque sou avait pour lui un but; car le but, il l'aimait alors. Mais maintenant que tout but était disparu, cette habitude de s'attendre à l'argent, et de le saisir avec un sentiment d'effort accompli, formait un sol assez profond pour recevoir les semences du désir; aussi, comme Silas s'en revenait chez lui à travers les champs, au crépuscule, il sortit l'argent de sa poche et trouva qu'il brillait davantage dans l'obscurité croissante.

Vers cette époque, un incident survint, qui parut rendre possibles des relations amicales entre lui et ses voisins. Un jour qu'il portait une paire de souliers à raccommoder, il vit la femme du savetier assise auprès du feu, en proie aux symptômes terribles d'une maladie de cœur et de l'hydropisie, — symptômes

que Silas avait observés chez sa propre mère, et qui
avaient été les avant-coureurs de sa mort. Cette vue
et ce souvenir lui inspirèrent un élan de pitié. Se rappelant le soulagement que la malade avait ressenti en
prenant une simple préparation de digitale, il promit
à Sally Oates de lui apporter quelque chose qui lui
ferait **du** bien, puisque les médecines du docteur ne
lui en faisaient pas. En accomplissant cet acte de
charité, Silas éprouva pour la première fois, depuis
son arrivée à Raveloe, un sentiment qui, rattachant
sa vie présente à sa vie passée, aurait pu commencer
à le délivrer de cette sorte d'existence d'insecte, en
laquelle sa nature avait dégénéré. Cependant, la
maladie de Sally Oates l'avait élevée au rang d'un
personnage très intéressant et très important dans
le voisinage, et le fait qu'elle avait été soulagée en
buvant la drogue de Silas, devint un sujet général
de conversation. Quand le docteur Kimble ordonnait
une médecine, il était naturel qu'elle produisît son
effet; mais lorsqu'un tisserand, qui venait on ne
savait d'où, opérait des merveilles avec une fiole
d'eau brune, le caractère occulte du procédé devenait
évident. On n'avait rien vu de pareil depuis la mort
de la sorcière de Tarley, et celle-ci se servait de charmes tout aussi bien que de drogues. Tous les gens
allaient la trouver lorsque leurs enfants avaient des
convulsions. Silas Marner devait être une personne
semblable; car, comment connaissait-il ce qui avait
la vertu de rendre la respiration à Sally Oates, s'il

ne savait pas bien autre chose que cela? La sorcière
avait des mots qu'elle murmurait tout bas, de sorte
qu'on n'en pouvait rien saisir. Si, en même temps,
elle attachait un bout de fil rouge autour de l'orteil
de l'enfant, celui-ci se trouvait préservé de l'hydropisie
du cerveau. Il existait encore à Raveloe des femmes
qui avaient porté autour du cou un des petits sachets
de la sorcière, d'où il était résulté qu'elles n'avaient
jamais eu d'enfant idiot comme celui d'Anne Coulter.
Silas Marner était très probablement capable d'en
faire autant, même plus; maintenant, on voyait très
facilement pourquoi il était venu d'un pays inconnu,
et pourquoi il avait une physionomie si bizarre. Mais
il fallait que Sally Oates prît garde de ne pas le dire
à M. Kimble, car le docteur ne prendrait certainement pas bien la chose de la part de Marner. Il
était toujours irrité contre la sorcière, et il mena-
çait ceux qui allaient la trouver de ne plus leur
venir en aide.

Silas se vit alors soudainement assailli dans sa
chaumière, soit par des mères qui désiraient, qu'au
moyen de ses charmes, il fît passer la coqueluche à
leurs enfants, ou qu'à elles-mêmes il fît revenir leur
lait; soit par des hommes qui avaient besoin de drogues contre les rhumatismes ou les nœuds aux doigts.
Pour éviter un refus, les solliciteurs apportaient de
l'argent dans le creux de leurs mains. Silas aurait
pu faire un commerce profitable de ses charmes et
de sa petite liste de drogues; mais l'argent ainsi

acquis ne le tentait point. Il n'avait jamais été enclin
à être malhonnête, et, avec une irritation croissante,
il renvoyait les gens les uns après les autres, car la
nouvelle qu'il était sorcier s'était répandue même
jusqu'à Tarley; aussi, s'écoula-t-il bien du temps avant
qu'on cessât de faire de longues courses, dans le dessein de lui demander son aide. Mais l'espérance en
son pouvoir occulte se changea à la fin en crainte.
On ne le croyait aucunement, lorsqu'il disait qu'il
ne connaissait pas de charmes, et qu'il ne pouvait
pas opérer de cures; et toute personne, homme ou
femme, à qui un accident ou une nouvelle attaque
survenait après s'être adressée à lui, attribuait cette
infortune au mauvais vouloir et aux regards irrités
de maître Marner. Il arriva ainsi que ce mouvement de pitié pour Sally Oates, par suite duquel il
avait éprouvé un sentiment éphémère de fraternité,
augmenta la répulsion qui existait entre lui et ses
voisins, et rendit son isolement plus complet.

Peu à peu les guinées, les couronnes et les demi-
couronnes [1] s'amoncelèrent, et Marner en prit de
moins en moins pour ses besoins, essayant de résoudre
le problème de se conserver assez de forces pour travailler seize heures par jour, en dépensant aussi peu
que possible. N'y a-t-il pas des hommes qui, renfermés
dans la solitude d'une prison, ont trouvé quelque
intérêt à marquer les moments sur les murs, avec

---

1. La valeur nominale de la couronne est de 6 fr. 25. (N.
du Tr.)

des lignes droites d'une certaine longueur, jusqu'à ce
que l'accroissement du nombre de ces lignes, arran-
gées en triangles, fût devenu chez eux un but pré-
dominant? Ne trompons-nous pas les heures de
désœuvrement ou les fatigues de l'attente en répétant
quelque mouvement ou quelque son insignifiant, jusqu'à ce que cette répétition ait créé en nous un
besoin, qui est l'origine d'une habitude. Cela nous
aidera à comprendre comment l'amour de thésauriser
devient une passion absorbante chez des hommes
auxquels l'imagination ne montre d'autre but que
leur trésor, même lorsqu'ils commencent à l'amasser.
Marner désirait voir les piles de dix former un carré,
puis un carré plus grand; et chaque guinée ajoutée,
tout en étant par elle-même une satisfaction, créait
en lui un nouveau désir. Dans ce monde étrange
d'ici-bas, devenu pour lui une énigme indéchiffrable,
il aurait pu, s'il avait eu une nature moins ardente,
s'asseoir à son métier et tisser sans relâche, en songeant à l'achèvement de son dessin ou de son tissu,
jusqu'à oublier l'énigme et toute autre chose, excepté
les sensations du moment; mais l'argent était venu
diviser son travail en périodes, et non seulement
cet argent augmentait, il restait aussi avec lui. Il
commença à croire que le métal, de même que le
métier, avait conscience de son possesseur, et il
n'aurait voulu à aucun prix échanger ces pièces qui
étaient devenues ses intimes, pour d'autres pièces
ayant des effigies inconnues. Il les maniait, il les

comptait, jusqu'à ce que leur forme et leur couleur
produisissent sur lui l'effet agréable de l'étanchement
de la soif. Toutefois, ce n'était que le soir, après son
travail, qu'il les retirait pour jouir de leur société. Il
avait enlevé quelques briques du sol au-dessous de
son métier, et il avait fait un trou dans lequel il
avait placé le pot de fer qui contenait les guinées et
les pièces d'argent. Il recouvrait les briques avec du
sable toutes les fois qu'il les replaçait. Ce n'était pas
que l'idée d'un vol se présentât souvent ou distinctement à son esprit. A cette époque, dans les districts
de la province, il n'était pas rare de thésauriser :
c'était chose connue qu'il y avait des vieux paysans
dans la paroisse de Raveloe, qui conservaient leurs
économies chez eux, probablement dans leurs matelas
de bourre de laine; mais leurs rustiques voisins, bien
qu'ils ne fussent pas tous aussi honnêtes que leurs
ancêtres du temps du roi Alfred, n'avaient pas l'imagination assez hardie pour préméditer un vol avec
effraction. Et comment auraient-ils pu dépenser l'argent dans leur village sans se trahir? Ils eussent été
obligés de « filer », résolution aussi aveugle et aussi
téméraire que celle de voyager en ballon.

Ainsi, année après année, Silas Marner avait vécu
dans cette solitude. Ses guinées s'étaient accrues dans
le pot de fer, et son existence s'était rétrécie et en-
durcie de plus en plus, jusqu'à ne plus être qu'une
simple pulsation du désir et du contentement, pulsation qui n'avait de rapport avec aucune autre créature.

Sa vie s'était limitée à l'action de tisser et de thésauriser, sans avoir en vue aucun but où tendît
cette action. Cette même sorte de transformation a
peut-être été subie par des hommes plus instruits,
lorsqu'ils ont été sevrés de leur foi et de leur
amour : seulement, au lieu de s'attacher à un métier et à un monceau de guinées, ils ont poursuivi
quelque recherche érudite, quelque plan ingénieux,
ou quelque théorie bien agencée. Le visage et la
taille de Marner se contractèrent et se courbèrent
d'une façon étrange et constante, pour s'adapter mé-
caniquement aux objets qui l'entouraient, de sorte
qu'il produisait la même impression qu'une poignée
ou un tube recourbé, accessoires qui ne signifient
rien lorsqu'ils sont séparés de l'objet dont ils faisaient partie. Les yeux proéminents, qui jadis paraissaient confiants et rêveurs, semblaient maintenant ne lui avoir été donnés que pour voir une seule
espèce de chose très petite, comme du tout petit
grain, et qu'ils cherchaient partout; enfin Marner
était si flétri et si jaune, que, bien qu'il n'eût pas
encore quarante ans, les enfants l'appelaient toujours
« le vieux maître Marner ».

Cependant, même dans cette phase de dépérisse-
ment, il arriva un petit incident qui montra que la
sève de l'affection n'était point entièrement tarie dans
son cœur. C'était une de ses tâches quotidiennes
d'aller chercher de l'eau à un puits éloigné de chez
lui d'une couple de champs. A cet effet, depuis son

arrivée à Raveloe, il avait toujours eu une grande
cruche de terre brune, qu'il conservait comme
l'ustensile le plus précieux qu'il possédât parmi les
commodités bien rares qu'il s'était octroyées. Cette
cruche avait été sa compagne pendant douze années.
Elle était toujours restée debout au même endroit,
et elle lui avait toujours prêté sa poignée de bonne
heure le matin, de sorte que la forme de ce vase
révélait aux yeux de Silas l'expression d'une obligeance empressée. De plus, le contact de la poignée
dans le creux de sa main, lui procurait un plaisir
inséparable de celui d'avoir de l'eau fraîche et limpide. Un jour qu'il revenait du puits, il trébucha
contre la traverse d'une barrière, et la cruche brune,
tombant avec force sur les pierres qui formaient la
voûte d'un fossé situé au-dessous, se cassa en trois
morceaux. Silas les ramassa et les rapporta chez lui,
le chagrin dans l'âme. La cruche ne pouvait plus être
utile; toutefois, il en raccorda les morceaux, et,
comme souvenir, il étaya cette ruine à son ancienne
place.

Telle est l'histoire de Silas Marner jusqu'à la quinzième année de son séjour à Raveloe. Tout le long
du jour il était assis à son métier, les oreilles remplies de son bruit monotone, les yeux tout à fait
rapprochés du lent progrès du tissu uniforme et bru-
nâtre. Le mouvement de ses muscles se répétait à des
intervalles si égaux, que leurs pauses semblaient être
une gêne presque aussi grande que l'arrêt de sa res-

piration. Mais le soir, venaient ses délices ; le soir, il
fermait les volets, barrait les portes et retirait son
or. Depuis longtemps le monceau était devenu trop
grand pour tenir dans le pot de fer, et il avait fa-
briqué, pour mettre les pièces, deux sacs de cuir
épais, qui ne perdaient pas de place dans leur lieu de
repos ; car la souplesse de l'enveloppe les faisait
s'adapter à tous les coins. Qu'elles étaient brillantes
les guinées lorsqu'elles coulaient des ouvertures noires
du cuir ! L'argent n'entrait qu'en petite proportion
dans le montant de la somme comparativement à
l'or, parce que les grandes pièces de toile qui formaient le travail principal de Silas, étaient toujours
payées en partie avec de l'or, et qu'il affectait l'argent à ses besoins matériels, choisissant toujours les
shillings [1] et les demi-shillings pour les dépenses de
cette nature. C'étaient les guinées qu'il aimait le
mieux, mais il ne voulait pas changer les grosses
pièces d'argent : les couronnes et les demi-couronnes
qu'il avait gagnées lui-même, et qui étaient le fruit
de son labeur, il les aimait aussi. Il étalait ses pièces
en monceaux et y plongeait les mains ; puis, il les
comptait et en formait des piles régulières ; il pressait
la rondeur de leur contour entre son pouce et ses
autres doigts, et il songeait avec tendresse aux guinées qui n'étaient encore qu'à moitié gagnées par le
tissage, comme si elles eussent été des enfants encore

1. La valeur nominale du shilling est de 1 fr. 25. (N. du Tr.)

à naître; il songeait aux guinées qui venaient lentement avec les années futures, — qui viendraient
pendant toute son existence, dont le cours s'étendait
bien loin devant lui, et dont la fin était tout à fait
voilée par d'innombrables jours de travail. Faut-il
s'étonner si ses pensées étaient toujours absorbées
par son métier et son argent, lorsqu'il faisait ses
courses à travers les champs et les chemins, pour
aller chercher son ouvrage et le rapporter à la
maison, et qu'ainsi ses pas n'erraient plus jamais
sur le talus des haies et le bord des ruelles, en quête
des plantes qui lui étaient autrefois familières? Elles
aussi appartenaient à ce passé auquel sa vie s'était
dérobée. Telles les eaux d'un ruisseau s'abaissent
bien au-dessous des bords herbeux limitant l'ancienne
largeur de son lit, pour devenir le petit filet trem-
blotant qui se trace un sillon dans le sable stérile.

Mais vers la Noël de cette quinzième année, un
autre grand changement survint dans l'existence de
Marner, et son histoire se confondit d'une façon
singulière avec la vie de ses voisins.

CHAPITRE III

Le personnage le plus important de Raveloe était le squire Cass, qui demeurait dans une grande maison rouge ayant un joli perron sur le devant et de hautes écuries derrière, presque en face de l'église. Il se trouvait d'autres propriétaires fonciers que lui dans la paroisse, mais il était seul honoré du titre de *squire*; car, bien que la famille de M. Osgood fût considérée aussi comme ayant une origine immémoriale, — l'imagination des habitants de Raveloe ne s'étant jamais aventurée à remonter jusqu'à ce vide effrayant où les Osgood n'existaient pas, — cependant, il ne faisait que posséder la ferme qu'il occupait, tandis que le squire Cass avait un tenancier ou deux qui se plaignaient à lui des dégâts du gibier, comme s'il eût été un seigneur [1].

On était encore dans cette période glorieuse de guerre, considérée comme une faveur spéciale accordée par la Providence aux propriétaires fonciers. Alors, les prix des denrées n'avaient point encore baissé de façon à précipiter la race des petits squires et des francs tenanciers sur le chemin de la

---

1. Allusion au droit de chasse qu'avait le seigneur sur ses terres, même après les avoir louées, et à l'interdiction faite au tenancier de détruire le gibier. (N. du Tr.)

ruine, vers lequel leurs habitudes de prodigalité et
la mauvaise exploitation de leurs terres les entraînaient rapidement. Je fais maintenant allusion au
village de Raveloe et aux paroisses qui lui ressemblaient, car la vie de nos anciens paysans se présentait sous beaucoup d'aspects différents. Il en est
ainsi de toute existence qui s'est répandue sur une
surface variée, où soufflent, dans des directions diverses, une multitude de courants — depuis les vents
du ciel jusqu'aux pensées des hommes — qui se meu-
vent et se croisent éternellement, en produisant des
résultats incalculables. Raveloe était situé dans un
bas-fond, au milieu d'arbres touffus et de chemins
sillonnés d'ornières, loin des courants de l'activité
industrielle et de la ferveur puritaine : les riches
mangeaient et buvaient à leur aise, acceptant la
goutte et l'apoplexie comme des choses qui se trans-
mettaient mystérieusement dans les familles honorables, et les pauvres pensaient que les riches étaient
tout à fait dans leur droit de mener joyeuse vie.
D'ailleurs, les festins de ceux-ci avaient pour résultat
de multiplier les restes, qui étaient l'héritage des
premiers. Betty Jay sentait l'odeur de la cuisson des
jambons du squire, mais la forte envie qu'elle avait
d'en manger, était calmée par le jus onctueux dans
lequel on les faisait bouillir; et, quand les saisons
ramenaient les grandes réunions joyeuses, tout le
monde les regardait comme une excellente aubaine
pour les pauvres. En effet, les fêtes de Raveloe étaient

en rapport avec les tranches de bœuf et les fûts de
bière : elles se faisaient sur un grand pied et duraient
longtemps, principalement pendant l'hiver. Après
que les dames avaient empaqueté leurs meilleures
robes et leurs fontanges dans des cartons, et s'étaient
risquées à passer à gué les cours d'eau en temps de
pluie et de neige, assises en trousse sur des coussins
avec leur précieux fardeau, — alors qu'on ne pouvait
dire jusqu'où l'eau s'élèverait, — on n'allait pas supposer qu'elles s'attendissent à un plaisir éphémère.
C'est pour cette raison que l'on s'arrangeait toujours,
dans la morte saison, — époque où il y avait peu de
travail, et où l'on trouvait les heures longues, — pour
que plusieurs voisins tinssent successivement table
ouverte. Aussitôt que les plats de fondation du squire
Cass n'étaient plus aussi frais ni aussi abondants, ses
convives n'avaient rien de mieux à faire que de
remonter un peu le village, afin de se rendre chez
M. Osgood, aux Vergers. Là, ils trouvaient des échi-
nées et des jambons intacts, des pâtés de porc venant
de recevoir le dernier coup de feu, et du beurre tré-
filé [1] dans toute sa nouveauté; en fait, tout ce que
l'appétit de gens ayant des loisirs pouvait désirer, et
de meilleure qualité, peut-être, que chez le squire Cass,
bien que l'abondance ne fût pas plus grande. Car la

1. Texte : *spun butter*. Dans le N. de l'Angleterre, après que
le beurre est sorti de la baratte, on le met quelquefois dans une
autre machine, d'où il sort sous l'apparence de fils d'or. Il
ressemble alors au vermicelle ou au macaroni. (N. du Tr.)

femme du squire était morte depuis longtemps, et la
Maison Rouge se trouvait privée de l'épouse et de la
mère, dont la présence est la source salutaire de
l'amour et de la crainte qui doivent régner dans la
famille et parmi les serviteurs.

Cela contribuait non seulement à expliquer pourquoi, aux jours de fête, la profusion des provisions
l'emportait sur leur qualité délicate, — pourquoi le
fier squire condescendait si souvent à présider dans le
cabinet particulier de l'auberge de l'Arc-en-Ciel, plutôt
qu'à l'ombre des noirs lambris de son salon, mais
peut-être aussi la raison pour laquelle ses fils avaient
assez mal tourné. Raveloe n'était pas un lieu où la
censure des mœurs fût sévère; cependant, on regardait
comme une faiblesse du squire, d'avoir gardé tous
ses fils à la maison dans l'oisiveté; et, bien qu'une
certaine licence dût être accordée aux enfants dont
les pères avaient des moyens, les gens hochaient la
tête en voyant la vie que menait le cadet, Dunstan,
généralement appelé Dunsey Cass, dont le goût pour
le troc et les paris pouvait devenir quelque chose
de pire que de jeter sa gourme. Peu importait,
assurément, disaient les voisins, ce que deviendrait
Dunsey, — cet individu rancunier et railleur, qui
semblait prendre d'autant plus de plaisir à boire que
les autres souffraient de la soif, — pourvu, toutefois,
que ses actes n'attirassent aucun ennui à une famille
comme celle du squire Cass, qui avait un monument
dans l'église, et des gobelets d'argent plus anciens que

le roi George [1]. Mais ce serait grand dommage si
M. Godfrey, l'aîné, beau jeune homme à la physionomie franche et d'un bon caractère, qui devait hériter
un jour des propriétés, se mettait à suivre la même
voie que son frère, ainsi qu'il avait semblé le faire
récemment. S'il continuait de la sorte, Mlle Nancy
Lammeter serait perdue pour lui ; car on savait bien
qu'elle était toujours restée très réservée à son égard
depuis la Pentecôte de l'année précédente, époque
où l'on avait tant parlé, parce qu'il n'était pas revenu
à la maison plusieurs jours de suite. Il y avait là
quelque chose qui n'était pas convenable, — quelque
chose qui n'était pas ordinaire, c'était évident, attendu
que M. Godfrey ne paraissait pas avoir la moitié de
ce teint frais et de cette physionomie ouverte qu'il
avait autrefois. A une certaine époque tout le monde
disait : quel beau couple lui et Mlle Nancy feraient !
et si elle pouvait devenir la maîtresse de la Maison
Rouge, il y aurait un joli changement, les Lammeter
ayant été élevés de telle façon qu'ils ne souffraient
jamais qu'une pincée de sel fût gaspillée. Cependant, tous les gens de leur maison obtenaient ce
qu'il y avait de meilleur, chacun suivant son rang.
Avec une telle bru, le vieux squire réaliserait des
économies, lors même qu'elle n'apporterait pas un
sou en dot ; car il était à craindre que, malgré ses
revenus, le squire Cass eût plus de trous dans la

1. George III, roi d'Angleterre, qui naquit en 1738 et régna
de 1760 à 1820, époque où il mourut. (N. du Tr.)

poche que celui où il mettait la main. Mais si
M. Godfrey ne changeait pas de conduite, il pouvait
dire « adieu » à Mlle Nancy Lammeter.

C'était ce Godfrey, naguère donnant de si grandes
espérances, qui se tenait les mains dans les poches
de son habit et le dos tourné au feu, dans le salon aux
sombres lambris, à une heure avancée de l'après-midi,
un jour de novembre de cette quinzième année de la
résidence de Silas Marner à Raveloe. La lumière grise
et pâlissante éclairait faiblement les murs ornés de
fusils, de fouets et de queues de renard ; les habits et
les chapeaux jetés sur les chaises ; les gobelets d'argent exhalant une odeur de bière éventée ; le feu à
moitié éteint, et les pipes appuyées dans les coins de
la cheminée : signes d'une vie domestique dépourvue
de tout charme saint, avec lesquels l'expression de
sombre ennui du visage blond de Godfrey était en
triste harmonie. Il semblait écouter dans l'attente de
l'approche de quelqu'un. Bientôt, le bruit d'un pas
pesant, accompagné de sifflements, se fit entendre à
travers le grand vide de l'entrée du vestibule.

La porte s'ouvrit, et un jeune homme trapu et lour-
daud entra, avec le visage rouge et l'air gratuitement
vainqueur qui caractérisent la première phase de
l'ivresse C'était Dunsey. A sa vue, la figure de Godfrey
se dépouilla d'une partie de son aspect sombre, pour
prendre l'expression plus active de la haine. Le bel
épagneul brun qui était couché sur l'âtre, se retira
sous la chaise, au coin du foyer.

« Eh bien, maître Godfrey, que me voulez-vous [1]?
dit Dunsey, d'un ton moqueur. Vous êtes mon aîné
et mon supérieur, vous savez; force m'était de venir,
du moment que vous m'aviez envoyé chercher.

— Eh bien, voici ce que je veux, — mais secouez
d'abord votre ivresse, et écoutez, s'il vous plaît, » —
dit Godfrey, d'un ton furieux. Il avait lui-même bu
un peu plus que de raison, afin d'essayer de changer
sa tristesse en colère aveugle. « Je veux vous dire
qu'il faut que je remette au squire ce fermage de
Fowler, ou que je l'avertisse que je vous l'ai donné;
car il menace d'une saisie pour cela, et tout se décou-
vrira bientôt, que je l'en informe ou non. Il vient de
déclarer, avant de sortir, qu'il allait mander à Cox
d'opérer cette saisie, si Fowler ne venait pas payer
son arriéré cette semaine. Le squire est à court d'argent, et il n'est pas d'humeur à supporter aucune
sottise. Vous savez ce dont il vous a menacé, si jamais
il vous trouvait encore à dépenser follement son
argent. Ainsi, faites en sorte de vous procurer cette
somme, et assez promptement, entendez-vous?

— Oh! » dit Dunsey, en ricanant, comme il se rap-
prochait de son frère et le regardait en face, « sup-
posons maintenant que vous vous procuriez l'argent
vous-même, pour m'en épargner la peine, qu'en dites-
vous? Puisque vous avez été assez bon pour me le
remettre, vous ne me refuserez pas l'amabilité de le

---

1. Il n'est pas d'usage de tutoyer en Angleterre. (N. du Tr.)

rendre à ma place : c'est par amour fraternel que vous avez agi ainsi, vous savez. »

Godfrey se mordit les lèvres et serra le poing.

« N'approchez pas en me regardant de cette façon; autrement, je vous assomme.

— Oh, non, vous ne le voudriez pas, » dit Dunsey, tout en pirouettant sur les talons cependant, pour s'éloigner, « je suis un frère si bon, vous savez. Je pourrais vous faire chasser de la maison et de la famille, et vous faire déshériter n'importe quand. Si je racontais au squire comment son joli garçon s'est marié avec cette gentille jeune femme, Molly Farren, et combien il a été malheureux parce qu'il n'a pu vivre avec cette épouse ivrognesse, je me glisserais à votre place, aussi commodément que possible. Mais vous voyez, je me tais ; je suis si accommodant et si bon. Vous vous donnerez toutes les peines du monde pour moi. Vous vous procurerez les cent livres sterling [1] à ma place, je le sais.

— Comment puis-je me procurer cet argent? dit Godfrey, en frémissant. Je n'ai ni sou ni maille. Et vous mentez, lorsque vous dites que vous vous glisseriez à ma place,—vous vous feriez chasser aussi, voilà tout. Car si vous vous mettez à rapporter, je rapporterai comme vous. Bob est l'enfant favori, vous savez cela parfaitement. Mon père se croirait simplement bien débarrassé, s'il ne vous avait plus.

1. La valeur nominale de la livre sterling est de 25 francs. (N. du Tr.)

— Peu importe, » dit Dunsey, hochant la tête de côté, tandis qu'il regardait par la fenêtre. « Il me serait très agréable de partir en votre compagnie : vous êtes un frère si beau, et nous avons toujours tant aimé à nous quereller,... je ne saurais que devenir sans vous. Mais vous préférez que nous restions tous deux à la maison, je le sais. Par conséquent, vous vous arrangerez de façon à trouver cette petite somme d'argent, et je vais vous dire au revoir, bien que je regrette de vous quitter. »

Dunstan s'en allait; mais Godfrey s'élança après lui et le saisit par le bras, en disant avec un juron :

« Je vous dis que je n'ai pas d'argent,... que je ne puis pas me procurer d'argent.

— Empruntez-en au vieux Kimble.

— Je vous dis qu'il ne veut plus m'en prêter, et je ne lui en demanderai pas.

— Eh bien, alors, vendez Éclair.

— Oui, c'est facile à dire. Il me faut l'argent immédiatement.

— Eh bien, vous n'avez qu'à le monter à la chasse demain. Bryce et Keating y seront certainement. On vous fera plus d'une offre.

— C'est cela, et je reviendrai à la maison à huit heures du soir, couvert d'éclaboussures jusqu'au menton. Je vais au bal que Mme Osgood donne à l'occasion de sa fête.

— Ah! ah! dit Dunsey, tournant la tête de côté, et essayant de parler d'une petite voix flûtée. Et la gentille demoiselle Nancy y sera, et nous danserons avec elle, et nous lui promettrons de ne plus être méchant, et nous rentrerons en faveur, et....

— Retenez votre langue au sujet de Mlle Nancy, sot que vous êtes, dit Godfrey rougissant de colère, ou je vous étrangle.

— A quoi bon? » dit Dunsey, toujours d'un ton affecté, mais prenant un fouet sur la table et frappant avec le gros bout dans le creux de sa main. « Vous avez une très bonne occasion. Je vous conseillerais de vous remettre dans ses papiers : cela épargnerait du temps, s'il arrivait que Molly prît quelque jour une goutte de laudanum de trop, et fît de vous un homme veuf. Peu importerait à Mlle Nancy d'être la seconde, si elle n'en savait rien. Et vous avez un excellent frère qui gardera bien votre secret, parce que vous aurez tant d'obligeance à son égard.

— Je vais vous dire ce qu'il en est, reprit Godfrey frémissant et redevenu pâle. Ma patience est presque à bout. Si vous étiez un peu plus malin, vous sauriez qu'il est possible de pousser un homme un peu trop loin, et de lui rendre un obstacle aussi facile à franchir qu'un autre. Je ne suis pas sûr de ne pas en être arrivé à ce point-là maintenant : je puis aussi bien que vous tout révéler au squire moi-même. Au moins, je ne vous aurais plus sur le dos, si je n'obtenais rien autre chose. Et, après tout, il apprendra la vérité tôt ou tard. Elle a menacé de venir en personne le lui dire. Par conséquent, ne vous flattez point que votre silence vaille n'importe quel prix qu'il vous plaise de demander. Vous me soutirez mon argent de telle façon qu'il ne me reste plus rien pour apaiser cette femme, et elle mettra un jour ses menaces à exécution. Qu'importe, au bout du compte! Je dirai tout à mon père moi-même. Quant à vous, allez au diable. »

Dunsey s'aperçut qu'il avait dépassé son but, et qu'il y avait un point où Godfrey lui-même, l'homme irrésolu, pourrait être amené à prendre une détermination. Pourtant, il dit d'un air d'indifférence :

« Comme vous voudrez ; mais, tout d'abord, je vais boire une gorgée de bière. »

Et, après avoir sonné, il se jeta en travers de deux chaises, et se mit à frapper la banquette de la fenêtre avec le manche de son fouet.

Godfrey était resté debout, le dos tourné au feu, remuant les doigts avec inquiétude au milieu du contenu des poches de son habit, et les regards fixés sur le sol. Son grand corps musculeux était tout rempli de courage physique ; cependant il ne lui suggérait aucune décision lorsque les dangers à braver ne consistaient point à terrasser ou à étrangler quelqu'un. Son irrésolution naturelle et sa couardise morale se trouvaient exagérées par une situation où les conséquences redoutables semblaient presser de tous côtés avec la même force. Son irritation ne l'eut pas plutôt provoqué à défier Dunstan, et à devancer toutes les dénonciations possibles, que les misères qu'il devait s'attirer

en agissant ainsi, lui parurent plus insupportables que
le mal actuel. Les résultats d'un aveu n'étaient pas
douteux : ils étaient sûrs, tandis que la dénonciation
restait incertaine. De cette certitude envisagée de
près, il retomba dans le doute et l'irrésolution avec
un sentiment de repos. Le fils déshérité d'un petit
squire, également peu disposé à travailler la terre ou
à mendier [1], se trouvait presque aussi impuissant
qu'un arbre déraciné, qui, favorisé par le sol et l'at-
mosphère, s'était considérablement développé dans
l'endroit même où il n'était à l'origine qu'un reje-
ton. Peut-être en serait-il venu à songer à travailler
la terre avec quelque gaieté, s'il lui avait été donné
d'obtenir Nancy Lammeter à ce prix. Mais, puisqu'il lui fallait la perdre sans retour, quoi qu'il fît,
et l'héritage aussi, — puisqu'il devait briser tout lien,
si ce n'est celui qui le dégradait et ne lui laissait
aucun motif d'essayer de reconquérir sa meilleure
nature, il ne pouvait s'imaginer qu'il lui restât, après
l'aveu de sa faute, d'autre avenir que de s'engager
comme volontaire. C'était la détermination la plus
désespérée après le suicide, aux yeux des familles honorables. Non ! mieux valait pour lui se fier au hasard
qu'à sa propre résolution, — mieux valait rester assis
au festin, buvant le vin qu'il aimait, même avec l'épée
suspendue au-dessus de sa tête et la terreur au
cœur, que se précipiter dans les froides ténèbres où

1. *Saint Luc* XVI, 3. (N. du Tr.)

tout plaisir serait à jamais perdu. La dernière con-
cession qu'il pût faire à Dunstan à propos du cheval,
commença à lui paraître facile auprès de l'accom-
plissement de la menace faite à son frère. Toutefois,
sa fierté ne voulut pas lui permettre de reprendre la
conversation sans continuer la querelle. Dunstan s'y
attendait, et buvait sa bière à plus petites gorgées
que de coutume.

« Il vous sied bien, s'écria Godfrey d'un ton amer,
de parler avec autant d'indifférence de la vente
d'Éclair, la dernière chose qu'il me soit permis d'appeler mienne, et la plus jolie bête que j'aie jamais
eue de ma vie. Si vous aviez en vous une étincelle
d'orgueil, vous seriez honteux de voir nos écuries
vides et tout le monde s'en moquer. Mais j'ai la conviction que vous vendriez votre propre personne, ne
fût-ce que pour avoir le plaisir de faire sentir à quelqu'un qu'il vient de conclure un mauvais marché.

— Oui, oui, dit Dunstan, avec beaucoup de calme,
vous me rendez justice, à ce que je vois. Vous savez
que je suis une perle lorsqu'il s'agit d'amadouer les
gens pour les amener à traiter. C'est pour cette raison
que je vous conseille de me laisser, à moi, le soin de
vendre Éclair. Je le monterais demain à la chasse à
votre place, avec plaisir. Je ne paraîtrais pas aussi
élégant que vous en selle, mais c'est sur le cheval
qu'on enchérira et non sur le cavalier.

— Oui, c'est cela,... vous confier mon cheval!

— Comme il vous plaira » dit Dunstan, frappant

de nouveau la banquette de la fenêtre, d'un air tout à fait indifférent. « C'est vous-même qui devez remettre l'argent de Fowler; ce n'est point mon affaire. Vous avez reçu cet argent lorsque vous êtes allé à Bramcote, et c'est vous-même qui avez dit au squire que cette somme n'était pas payée. Je n'ai rien eu à faire là-dedans; vous avez été assez aimable pour me la donner, voilà tout. Si votre intention n'est pas de remettre l'argent, laissez la chose tranquille, cela m'est indifférent. Seulement, je désirais vous obliger en essayant de vendre le cheval, sachant qu'il ne vous est pas commode d'aller si loin demain. »

Godfrey resta silencieux pendant quelques instants. Il aurait voulu se jeter sur Dunstan, lui arracher le fouet de la main, le rouer de coups jusqu'à le mettre à deux doigts de la mort, et aucune crainte corporelle n'aurait pu l'en détourner, si une autre sorte de crainte, nourrie par des sentiments qui l'emportaient même sur sa rancune n'eût dominé sa volonté. Quand il reprit la parole, ce fut d'un ton à moitié conciliant :

« Eh bien, vous n'avez pas quelque sottise en tête au sujet du cheval, hein? Vous le vendrez bien loyalement et vous m'en remettrez le prix? Autrement, vous savez, tout ira à la débandade, car je n'ai pas d'autre planche de salut. Et vous aurez moins de plaisir à m'abattre la maison sur la tête, lorsque votre propre crâne devra se briser aussi.

— Oui, oui, très bien, dit Dunstan, en se levant. Je pensais que vous finiriez par entendre raison. Je suis

homme à faire mordre le vieux Bryce à l'hameçon.
Je vous obtiendrai cent vingt livres sterling de votre
cheval, aussi sûrement que je vous obtiendrais un
gros sou.

—Mais il pleuvra peut-être des hallebardes demain,
comme il en a plu hier; dans ce cas, vous ne pourrez
pas aller à cette chasse, » dit Godfrey, sachant à peine
s'il désirait ou non que cet empêchement survînt.

« Pleuvoir, allons donc! dit Dunstan. J'ai toujours
de la chance pour le temps. Il pleuvrait sans doute,
si vous vouliez y aller vous-même. Les atouts ne sont
jamais dans votre jeu, vous savez; moi, je les ai
toujours. Vous possédez la beauté, voyez-vous, et moi
j'ai la chance, de sorte qu'il faut me garder auprès
de vous comme votre porte-bonheur [1]. Non, vous ne
réussirez jamais sans moi.

— Que le diable vous confonde! retenez votre
langue, dit Godfrey impétueusement. Mais prenez
garde de ne pas vous enivrer demain; autrement,
vous piquerez une tête en revenant à la maison, et
Éclair pourrait en pâtir.

— Tranquillisez votre cœur sensible, dit Dunstan,
en ouvrant la porte. Vous ne m'avez jamais pris à y
voir double lorsque j'avais un marché à conclure : cela
gâterait le divertissement. D'ailleurs, toutes les fois

---

1. Texte : *Crooked sixpence*, pièce de douze sous bosselée.
C'est une croyance populaire, en Angleterre, qu'une pièce bos-
selée ou trouée porte bonheur à la personne qui l'a sur elle.
(N. du Tr.)

que je tombe, je suis sûr de tomber sur mes pieds. »

Là-dessus, Dunstan fit claquer la porte derrière lui.
Il laissa Godfrey à ces amères réflexions sur sa situation personnelle, qui se succédaient alors d'un jour
à l'autre sans interruption, quand il n'était pas excité
par le sport [1], la boisson, les cartes, ou par le plaisir
plus rare, mais moins susceptible d'être oublié, de
voir Mlle Nancy Lammeter. Les souffrances subtiles
et variées, naissant de cette sensibilité plus délicate
qui accompagne une culture plus élevée, sont peut-être
moins dignes de pitié que cette morne privation de
jouissances et de consolations intellectuelles, qui force
les esprits plus grossiers à rester constamment face
à face avec leur chagrin et leur mécontentement. La
vie de ces rustiques ancêtres, que nous sommes enclins
à considérer comme des personnages prosaïques, — de
ces hommes dont la seule occupation était de chevaucher autour de leurs propriétés, qui devenaient
de plus en plus lourds sur leurs selles, et passaient
le reste de leurs jours à satisfaire d'une façon presque insouciante leurs sens émoussés par la monotonie, — leur vie, dis-je, avait cependant quelque
chose de pathétique. Les calamités leur venaient, à
eux aussi, et leurs premières erreurs entraînaient
après elles de dures conséquences. Peut-être qu'un
amour pour quelque douce jeune fille, image de
pureté, d'ordre et de calme, avait ouvert leurs regards

1. Mot anglais désignant tout exercice en plein air. (N. du Tr.)

à la vision d'une existence où les jours n'eussent pas
semblé trop longs, même sans les excès de l'intempé-
rance. Mais la jeune fille était disparue et la vision
s'était évanouie. Alors, que leur restait-il, surtout
lorsqu'ils étaient devenus trop lourds pour la chasse
à courre, ou pour porter un fusil à travers les sillons?
Rien, si ce n'est boire et s'égayer, ou boire et s'irriter,
pourvu qu'ils ne fussent point esclaves de la variété,
et pussent ressasser tout au long, avec une chaleu-
reuse emphase, les choses qu'ils avaient déjà racon-
tées maintes fois pendant l'année. Assurément, parmi
ces hommes au teint rubicond et au regard morne,
il s'en trouvait quelques-uns qui, grâce à leur bonté
naturelle, ne pouvaient jamais être poussés à la bru-
talité, même par les dérèglements. Ceux-là, à l'époque
où leurs joues étaient dans leur fraîcheur, avaient
ressenti la pointe acérée du chagrin ou du remords.
Ils avaient été percés par les roseaux sur lesquels ils
s'appuyaient [1], ou bien, sans réfléchir, ils avaient
engagé leurs membres dans des entraves, d'où aucun
effort n'était capable de les délivrer. Dans ces tristes
circonstances communes à nous tous, il était impossible que la pensée de ces hommes rencontrât aucun
lieu de repos, hors du cercle continuellement battu
de leur histoire insignifiante.

Telle était, tout au moins, la condition de Godfrey
Cass dans la vingt-sixième année de sa vie. Un

1. Expression biblique : **IV, Les Rois**, XVIII, 21 ; *Isaïe*, XXVI, 6.
(N. du Tr.)

mouvement de remords, secondé par ces petites
influences indéfinissables que toutes les relations
personnelles exercent sur une nature flexible, l'avait
poussé à contracter un mariage secret, qui était une
flétrissure dans son existence. C'était une vilaine histoire de passion vulgaire, d'illusion et de désillusion,
qu'il n'est point nécessaire de retirer de la cellule
secrète des souvenirs amers de Godfrey. Il savait
depuis longtemps que l'illusion était due en partie
à un piège que lui avait tendu Dunstan. Celui-ci
avait vu dans le mariage dégradant de son frère les
moyens de satisfaire à la fois sa haine jalouse et sa
cupidité. Et si Godfrey avait pu se considérer simplement comme une victime, l'irritation causée par
le mors de fer que la destinée lui avait mis dans
la bouche, lui eût été moins insupportable. Si les
malédictions qu'il prononçait à mi-voix, lorsqu'il
était seul, n'eussent eu d'autre objet que la ruse
diabolique de Dunstan, il lui aurait été possible de
moins reculer devant les conséquences d'un aveu.
Mais il lui restait autre chose à maudire : sa folie
et ses vices personnels, qui, maintenant, lui semblaient aussi insensés et aussi inexplicables que le
sont presque toutes nos folies et tous nos vices,
quand la cause qui les a provoqués est depuis longtemps disparue. Pendant quatre ans, il avait pensé
à Nancy Lammeter, et il l'avait recherchée avec un
culte secret et patient, comme une femme qui le
faisait songer joyeusement à l'avenir. Elle serait son

épouse et lui rendrait le foyer charmant, plus charmant que celui du squire ne l'avait jamais été, et
il lui serait facile, lorsqu'elle serait toujours près
de lui, de rejeter ces sottes habitudes qui n'étaient
point des plaisirs, mais seulement une manière
fiévreuse de tromper le désœuvrement. Godfrey, dont
les goûts étaient par nature essentiellement domestiques, avait été élevé dans une demeure où le foyer
n'avait pas de sourires, et où les habitudes quotidiennes n'étaient point châtiées par la présence de
l'ordre intérieur. Son caractère facile lui avait fait
adopter sans résistance le genre de vie de sa famille,
mais le besoin de quelque affection tendre et durable, le désir ardent de subir quelque influence qui
lui facilitât la recherche du bien-être qu'il préférait,
rendaient, à ses yeux, la propreté, la pureté, le bon
ordre et la libéralité de la maison de Lammeter, —
ensoleillée par le sourire de Nancy, — semblables
à ces heures fraîches et brillantes du matin, où les
tentations sommeillent, et laissent l'oreille ouverte à
la voix du bon ange qui invite au travail, à la sobriété
et à la paix. Et cependant, l'espérance de ce paradis
n'avait point suffi pour le sauver des errements qui
l'en excluaient pour toujours. Au lieu de tenir d'une
main ferme la solide corde de soie, au moyen de
laquelle Nancy l'aurait amené sain et sauf sur les
rivages verdoyants où la marche devenait facile et
assurée, il s'était laissé entraîner en arrière, au milieu
de la fange et la vase, et là, il était inutile de se

débattre. Il s'était créé des liens qui lui ravissaient tout
mobile salutaire d'action et qui l'exaspéraient sans
cesse.

Cependant, il y avait une situation pire encore :
celle qui l'attendait lorsque le vil secret serait découvert; aussi, le désir qui, chez lui, triomphait continuellement de tous les autres, c'était d'éloigner le
malheureux jour où il aurait à supporter les conséquences du ressentiment violent de son père, pour
la blessure infligée à l'orgueil de la famille, — où il
lui faudrait peut-être renoncer à ce bien-être et à
cette dignité héréditaires qui, après tout, étaient une
sorte de raison de vivre, en emportant avec lui la
certitude qu'il était à jamais banni de la vue et de
l'estime de Nancy Lammeter. Plus le délai se prolon-
gerait, et plus il y aurait de chances d'être affranchi,
au moins de quelques-unes de ces conséquences
odieuses auxquelles il avait livré son être, — plus
il lui resterait d'occasions de saisir l'étrange plaisir
de voir Nancy, et de recueillir quelques faibles marques d'un reste d'affection pour lui. Il était poussé
vers ce plaisir par accès et fréquemment, après avoir
passé des semaines entières à éviter la jeune fille,
lorsqu'elle lui apparaissait dans le lointain, comme
un ange aux ailes brillantes, — prix radieux dont la
vue ne faisait que l'exciter à s'élancer en avant, et
lui rendre ses chaînes d'autant plus cruelles. Un de
ces accès le possédait alors, et l'ardeur de son désir
eût été assez violente pour lui persuader de confier

Éclair à Dunstan plutôt que de décevoir ce désir, même s'il n'avait pas été détourné, par une autre raison, de prendre part à la chasse du lendemain. Cette raison tenait à cette circonstance que le rendez-vous devait avoir lieu près de Batherley, bourg où demeurait sa malheureuse épouse, dont l'image lui devenait de jour en jour plus odieuse. Dans la pensée de Godfrey, cette femme hantait tous les environs. Le joug qu'un homme se crée par ses mauvaises actions, engendre la haine dans la meilleure nature, et le gai et affectueux Godfrey Cass s'aigrissait rapidement. De cruels désirs l'éprouvaient, semblant entrer, sortir et rentrer dans son cœur, comme des démons qui y avaient trouvé une demeure toute préparée [1].

Qu'allait-il faire ce soir-là pour passer le temps? Après tout, pourquoi n'irait-il pas à l'auberge de l'Arc-en-Ciel, écouter ce qu'on dirait au sujet du combat de coqs? Tout le monde y était, et de quelle autre chose s'occuper, bien que, pour son propre compte, il ne se souciât pas du tout de cet amusement? Flaireuse, l'épagneule brune, qui s'était placée en face de lui et l'avait fixé pendant quelque temps, s'impatienta et sauta alors sur les genoux de son maître pour recevoir la caresse habituelle. Mais Godfrey la repoussa sans la regarder, et quitta la pièce. Elle le suivit humblement et sans rancune, peut-être parce qu'elle n'avait pas d'autre chose en perspective.

1. Allusion biblique : *Saint Luc*, VIII, 27 et versets suivants. (N. du Tr.)

CHAPITRE IV

Dunstan Cass, se mettant en route par une matinée froide et humide, au pas tranquille et judicieux
d'un chasseur obligé de se rendre à cheval au lancé,
devait suivre le chemin qui, tout à son extrémité,
passait près du terrain sans clôture appelé la Carrière, où se trouvait la maisonnette — autrefois la
cabane d'un tailleur de pierre — que Silas Marner
habitait depuis quinze ans. Le lieu semblait très triste
en cette saison, avec l'argile mouillée et battue dont
il était environné, et l'eau boueuse et rougeâtre qui
avait atteint un niveau élevé dans la carrière abandonnée. Ce fut la première pensée de Dunstan en
s'approchant de l'endroit. Il se souvint ensuite que
le vieux sot de tisserand, dont il entendait déjà se
mouvoir le métier, avait beaucoup d'argent de caché
quelque part. Comment se faisait-il que lui, Dunstan
Cass, qui avait souvent entendu parler de l'avarice
de Marner, n'eût jamais pensé à suggérer à Godfrey
d'amener le vieux bonhomme, soit en l'effrayant,
soit en le gagnant par la douceur, à prêter son
argent sur l'excellente garantie des espérances du
jeune squire? Cette ressource se présentait maintenant à lui comme très facile et très agréable à réaliser. Il songeait surtout que, suivant les probabilités,
le trésor de Marner devait être assez important pour

laisser à Godfrey, après que celui-ci aurait paré à ses
besoins les plus pressants, un bel excédent qui le
mettrait à même d'obliger son frère dévoué. Aussi,
fut-il tenté de tourner bride du côté de la maison.
Godfrey serait assez disposé à accepter cette idée. Il
adopterait avidement un plan qui, peut-être, lui évi-
terait de se séparer d'Éclair. Mais quand la réflexion
de Dunstan en fut arrivée à ce point, l'envie de continuer sa route se fortifia et prévalut. Il ne voulait pas
procurer cette satisfaction à Godfrey; il préférait que
maître Godfrey fût tourmenté. De plus, Dunstan se
réjouissait à la pensée si importante à ses yeux,
d'avoir un cheval à vendre, et, en outre, l'occasion de conclure un marché, de faire le fanfaron,
et, probablement, d'attraper quelqu'un. Il pourrait
goûter tout le plaisir qui résulterait de la vente
du cheval de son frère, sans être privé de l'autre
plaisir d'amener Godfrey à emprunter l'argent de
Marner. Il continua donc à chevaucher vers le gîte.

Bryce et Keating y étaient, comme Dunstan en
était sûr, — il avait tant de chance!

« Tiens, dit Bryce, qui depuis longtemps convoitait
Éclair, vous montez le cheval de votre frère aujour-
d'hui; à quel propos?

— Oh, j'ai fait un échange avec lui, » dit Dunstan,
dont la joie de mentir, grandement indépendante de
l'idée d'utilité, n'allait pas se trouver diminuée par
la probabilité que son auditeur ne le croirait pas.
« Éclair est à moi maintenant.

— Comment! vous l'a-t-il échangé contre votre
vieille haridelle aux gros os? » dit Bryce, avec l'entière certitude qu'il obtiendrait un autre mensonge
en retour.

« Oh, il y avait un petit compte entre nous, répondit Dunstan avec indifférence, et Éclair a réglé cela.
J'ai rendu service à Godfrey en prenant le cheval. Ce
fut bien contre mon gré, car j'avais une toquade pour
une jument de Jortin, bête de sang aussi rare que vous
en ayez jamais monté. Mais je garderai Éclair maintenant que je l'ai, quoiqu'il m'en ait été offert cent
cinquante livres sterling l'autre jour par un homme
là-bas, à Flitton, — celui qui achète pour Lord Crom-
leck, — cet individu qui louche et qui porte un gilet
vert. Mais j'ai l'intention de ne pas lâcher Éclair :
je ne trouverai pas facilement une meilleure bête
pour franchir les clôtures. La jument de Jortin a plus
de sang, mais elle est une idée trop faible à l'arrière-
train. »

Naturellement, Bryce devina que Dunstan voulait
vendre le cheval, et Dunstan s'aperçut qu'il le devinait, — le maquignonnage n'est qu'une des nombreuses transactions humaines conduites de cette
façon ingénieuse. Tous les deux considéraient que
le marché était dans sa première phase, quand Bryce
répondit avec ironie :

« Je suis étonné de cela maintenant ; je suis étonné
que vous ayez l'intention de garder le cheval, car je
n'ai jamais entendu dire qu'un homme refusât de

vendre une bête lorsqu'on lui en offrait moitié plus qu'elle ne valait. Vous aurez de la chance si vous en trouvez cent livres sterling. »

Là-dessus, Keating s'étant avancé, le marché se compliqua. Il fut enfin conclu, Bryce devenant acquéreur moyennant cent vingt livres sterling payables à la remise d'Éclair, sain et sauf, dans les écuries publiques de Batherley. Il vint bien à l'esprit de Dunsey qu'il serait prudent de sa part de renoncer à la chasse ce jour-là, de se rendre immédiatement à Batherley, et, après avoir attendu le retour de Bryce, de louer un cheval qui le ramènerait à la maison avec l'argent en poche. Cependant, le désir de faire une partie de chasse, stimulé par sa confiance en son étoile, ainsi que par une gorgée d'eau-de-vie provenant de son flacon de poche lors de la conclusion du marché, n'était pas facile à vaincre, considérant surtout qu'il montait une bête qui exciterait l'admiration des chasseurs en franchissant les clôtures. Mais Dunstan en franchit une de trop, et il empala son cheval sur un pieu de haie. Sa personne disgracieuse et tout à fait invendable échappa sans se faire aucun mal, tandis que le pauvre Éclair, inconscient de sa valeur, roula sur le flanc, et rendit, douloureusement le dernier soupir. Il était arrivé que Dunstan, peu de minutes auparavant, avait été forcé de descendre pour arranger un de ses étriers. Il avait proféré force imprécations contre ce retard qui le reléguait derrière la chasse, au moment du triomphe. Sous le coup de cette exas-

pération, il avait sauté trop aveuglément les clôtures. Il était sur le point de rattraper la meute
lorsque l'accident fatal survint. En conséquence, il
se trouvait entre les chasseurs ardents qui étaient
en avant, s'inquiétant peu de ce qui était arrivé derrière eux, et les retardataires éloignés qui pouvaient
tout aussi bien passer très loin que très près de
l'endroit où Éclair était tombé. Dunstan, dont la
nature était d'avoir plus souci des ennuis de l'heure
présente que des conséquences lointaines, ne se fut
pas plutôt remis sur ses jambes, et n'eût pas plutôt
reconnu que c'en était fini d'Éclair, qu'il éprouva
un certain plaisir à la pensée de n'avoir pas été vu
dans une situation qu'aucune fanfaronnade n'eût
réussi à rendre enviable. S'étant réconforté après
cette secousse avec un peu d'eau-de-vie et beaucoup de jurons, il se dirigea le plus vite possible
vers un fourré qui était à sa droite. L'idée lui
était venue qu'en le traversant, il trouverait moyen
de se rendre à Batherley sans courir le risque de
rencontrer aucun des chasseurs. Sa première intention était d'y louer un cheval qui le ramènerait chez
lui immédiatement; car, pour ce qui était de faire un
certain nombre de milles à pied sans fusil à la main,
et le long d'une route publique, il ne fallait pas plus
s'y attendre de sa part que de celle d'autres jeunes
gens fougueux de son espèce. Il lui était à peu près
indifférent de porter la mauvaise nouvelle à Godfrey,
attendu qu'il avait à lui offrir en même temps la

ressource de l'argent de Marner. Si Godfrey regimbait, comme cela arrivait toujours quand on lui parlait d'une nouvelle dette, d'où lui-même ne retirait que le plus mince avantage, eh bien, il ne regimberait pas longtemps. Dunstan se sentait sûr d'amener Godfrey, en le tourmentant, à faire n'importe quoi. L'idée de l'argent de Marner devenait de plus en plus distincte dans son esprit, maintenant que le besoin en était devenu pressant. Mais la perspective d'avoir à se présenter à Batherley avec les bottes crottées d'un piéton, et d'affronter les questions narquoises des garçons d'écurie, contrariait beaucoup son désir impatient d'être de retour à Raveloe, et de mettre à exécution son heureux projet. En même temps, une perquisition qu'il fit, par hasard dans la poche de son gilet, tandis qu'il était à réfléchir, lui rappela que les deux ou trois petites pièces qu'y rencontra son index, étaient d'une couleur trop pâle pour couvrir une petite dette, à défaut du payement de laquelle le loueur de chevaux avait déclaré qu'il ne ferait plus jamais d'affaires avec Dunsey Cass. Après tout, considérant la direction où la chasse l'avait amené, il n'était pas beaucoup plus loin de chez lui que de Batherley. Toutefois, Dunsey ne brillait pas par sa lucidité d'esprit. Il n'arriva à cette conclusion qu'en s'apercevant peu à peu qu'il était forcé par d'autres raisons, de prendre le parti sans précédent de s'en retourner à pied à la maison. Il était à ce moment près de quatre heures, et le brouillard

se formait : plus tôt il atteindrait la route, mieux
cela vaudrait. Il se souvint de l'avoir traversée et
d'avoir vu le poteau indicateur quelques instants
seulement avant qu'Éclair s'abattît. Alors, bouton-
nant son habit et enroulant solidement la lanière
de son fouet de chasse autour du manche, il frappa
le revers de ses bottes de l'air d'un homme maître
de lui-même, comme pour se persuader qu'il s'attendait bien à ce qui venait d'arriver. Il partit ensuite
avec l'idée qu'il entreprenait un remarquable exploit
d'activité physique, qu'un certain jour il ne manquerait pas d'embellir et d'amplifier d'une manière
ou de l'autre, à la grande admiration d'une société
d'élite, à l'auberge de l'Arc-en-Ciel. Lorsqu'un jeune
monsieur comme Dunsey en est réduit à un genre
de locomotion aussi exceptionnel que celui d'aller
à pied, le fouet à la main est le palliatif désirable
du sentiment trop confus — trop semblable à un
rêve — que lui fait éprouver sa situation inusitée; et
Dunstan, à mesure qu'il s'avançait à travers le brouillard croissant, frappait toujours quelque part avec
son fouet. C'était le fouet de Godfrey. Il lui avait plu
de le prendre sans permission, parce que le manche
avait une poignée d'or. Naturellement, on ne pouvait remarquer, lorsque Dunsey l'avait à la main,
que le nom *Godfrey Cass* était gravé en caractères
creux sur cette poignée : on voyait simplement
que ce fouet était très beau. Dunsey n'était pas sans
craindre qu'il lui arrivât de tomber sur quelqu'un de

connaissance, aux yeux de qui il ferait triste figure,
vu que le brouillard n'est plus un voile assez épais
quand les gens se rapprochent. Mais lorsqu'enfin il
se trouva dans les ruelles bien connues de Raveloe,
sans avoir rencontré âme qui vive, il réfléchit à part
lui que c'était là une partie de sa chance habituelle.
Cependant le brouillard, aidé par l'obscurité du
soir, était devenu un voile plus épais qu'il ne le
désirait. Il lui cachait les ornières dans lesquelles
ses pieds étaient exposés à glisser, — il lui cachait
toute chose, de sorte qu'il dut guider ses pas en
traînant son fouet contre les petits buissons qui
croissaient le long de la haie. Il devait, pensait-il,
bientôt arriver près du passage donnant accès aux
Carrières. Il le trouverait au moyen d'une brèche
qui existait dans cette haie. Mais ce fut une circonstance à laquelle il ne s'attendait point qui le lui fit
découvrir; à savoir, certains rayons de lumière qu'il
devina immédiatement provenir de la chaumière de
Silas Marner. Sur son chemin, cette chaumière et
l'argent qui y était caché avaient continuellement
hanté son esprit, et il avait imaginé différentes manières de cajoler et de tenter le tisserand pour que
celui-ci, séduit par l'appât des intérêts, se séparât
sans retard de l'argent qu'il possédait. Il semblait
à Dunstan qu'il faudrait peut-être ajouter quelques
menaces aux cajoleries, car ses notions d'arithmé-
tique n'étaient point assez nettes pour lui fournir
aucune démonstration probante des profits de l'in-

térêt. Quant à la garantie, il la regardait vaguement comme un moyen de tromper un homme, en
lui faisant croire qu'il serait remboursé. Somme
toute, l'opération à entreprendre sur l'esprit de
l'avare, était une tâche que Godfrey confierait sûrement à son frère plus audacieux et plus fin que lui.
Dunstan était déjà fixé à cet égard ; et, au moment
où il vit la lumière briller à travers les fentes des
volets de Marner, l'idée d'une conversation avec le
tisserand lui était déjà devenue si familière, qu'il
trouva tout naturel de faire sa connaissance immédiatement. Il pourrait y avoir plusieurs avantages à
procéder ainsi : entre autres, le tisserand avait peut-
être une lanterne, et Dunstan était fatigué de chercher
son chemin à tâtons. Il était encore à près de trois
quarts de mille de chez lui, et le sol devenait désagréablement glissant, car le brouillard se changeait
en pluie. Il tourna sur le talus, non sans une certaine crainte de manquer la bonne direction, attendu
qu'il ne savait pas au juste si la lumière se trouvait
sur le devant ou sur le côté de la chaumière. Mais, à
l'aide du manche de son fouet, il sonda prudemment
le terrain devant lui, et il arriva enfin sain et sauf à
la porte. Il frappa avec force, éprouvant un certain
plaisir à l'idée que le vieux bonhomme serait effrayé
par ce bruit soudain. Aucun mouvement ne se fit
entendre en réponse : tout était silencieux dans la
chaumière. Le tisserand était-il donc allé se coucher?
S'il en était ainsi, pourquoi avait-il laissé de la

lumière? Étrange oubli pour un avare! Dunstan
frappa encore plus fort; puis, sans attendre qu'on lui
répondît, il passa les doigts dans le trou de la porte
avec l'intention de secouer celle-ci, et, en même
temps, de tirer et de laisser retomber le loquet au
moyen de la ficelle, ne doutant pas que la porte ne
fût barrée. A son grand étonnement, ce double mouvement la fit s'ouvrir, et il se trouva en face d'un feu
brillant qui éclairait tous les coins de la chaumière
— le lit, le métier, les trois chaises et la table — et
lui permettait de voir que Silas n'était pas là.

Rien à ce moment ne pouvait avoir plus d'attrait
pour Dunsey que le feu brillant sur l'âtre de briques.
Il entra et s'assit auprès immédiatement. Il y avait
aussi devant le feu quelque chose qui, si la cuisson
en eût été plus avancée, n'aurait pas non plus été
sans attrait pour un homme dont l'estomac était vide.
C'était un petit morceau de porc, suspendu au crochet
de la cheminée par une ficelle passée à travers l'anneau d'une grande clef de porte, suivant une méthode
connue des anciennes ménagères qui ne possédaient
pas de tourne-broches. Malheureusement, le porc
avait été placé tout à fait à l'extrémité du crochet,
vraisemblablement pour l'empêcher de rôtir trop vite
pendant l'absence du maître. Le vieux nigaud aux
yeux béants s'octroyait donc de la viande pour son
souper? pensa Dunstan. On avait toujours dit qu'il
vivait de pain moisi, pour mettre un frein à son
appétit. Mais où pouvait-il être à cette heure, et par

une telle soirée, laissant son souper dans cet état de
cuisson incomplète, et n'ayant pas barré sa porte?
La difficulté que Dunstan lui-même venait d'avoir
de trouver son chemin, lui suggéra l'idée que le tisserand était peut-être sorti pour aller chercher du
combustible, ou faire quelque autre besogne analogue
et de courte durée, et qu'il était glissé dans la carrière. C'était là une idée qui intéressait Dunstan et
impliquait des conséquences tout à fait nouvelles. Si
le tisserand était mort, qui avait droit à son argent?
Qui saurait où son argent était caché? *Qui saurait
que quelqu'un était venu l'enlever?* Il ne pénétra pas
davantage dans les subtilités des preuves; la question
pressante : « Où est l'argent? » s'empara alors tellement de son esprit, qu'elle lui fit oublier entièrement
que la mort de Marner n'était pas une certitude.
Un esprit lourd, en est-il arrivé à une conclusion qui
flatte son désir, ne peut guère conserver le sentiment
que l'idée d'où il a tiré cette conclusion était purement problématique. Et l'esprit de Dunstan était aussi
lourd que celui d'un futur criminel l'est généralement. Il n'y avait que trois cachettes dans lesquelles
il eût jamais entendu dire qu'on trouvât les trésors
des paysans: le toit de chaume, le lit et un trou dans
le sol. La demeure de Marner n'était pas couverte
en chaume. Le premier acte de Dunstan, après une
succession de pensées accélérées par l'aiguillon de la
cupidité, fut d'aller vers le lit; mais, tout en y allant,
ses regards passèrent avidement sur le sol, dont les

briques, éclairées par la lumière du feu, s'apercevaient
à travers du sable qui avait été répandu dessus. Toutefois, elles n'étaient pas visibles partout. Il y avait un
endroit, en effet, un seul, qui était tout à fait recouvert.
On y distinguait les marques de doigts qui, apparem-
ment, avaient pris soin d'étendre le sable sur un espace
déterminé. Cet endroit était près des pédales du métier. En un moment, Dunstan s'élança vers cet endroit
et écarta le sable avec son fouet. En introduisant le
petit bout de la crosse entre les briques, il trouva que
celles-ci ne tenaient pas. Il se hâta d'en soulever deux,
et vit ce qui sans aucun doute était l'objet de sa recherche; car, que pouvait-il y avoir dans ces deux sacs
de cuir si ce n'est de l'argent? Et, à en juger d'après
leur poids, ils devaient être remplis de guinées. Dunstan fouilla le trou tout alentour, pour s'assurer qu'il
ne contenait plus rien; puis, replaçant promptement
les briques, il répandit le sable par-dessus. Il n'y
avait guère plus de cinq minutes qu'il était entré dans
la chaumière, mais cet espace de temps lui avait
semblé très long, et, bien qu'il n'eût aucune vue distincte de la possibilité que Marner fût vivant et pût
revenir dans la chaumière d'un instant à l'autre, il
se sentit saisi d'une terreur indéfinissable en se remet-
tant sur ses pieds, les sacs à la main. Il allait se hâter
de sortir, gagner l'obscurité, et réfléchir ensuite à ce
qu'il ferait des sacs. Il ferma immédiatement la porte
derrière lui, afin d'intercepter la traînée de lumière :
quelques pas allaient suffire pour le porter au delà

du danger d'être trahi par lés rayons filtrant à travers les fentes des volets et le trou du loquet. La pluie
et l'obscurité étaient devenues plus intenses : il s'en
réjouit, bien que ce fût gênant de marcher les deux
mains si pleines, car c'était tout au plus s'il pouvait
tenir son fouet avec l'un des sacs. Mais, lorsqu'il aurait
fait deux ou trois pas, il serait libre de prendre son
temps. Il s'avança donc dans les ténèbres.

CHAPITRE V

Comme Dunstan Cass tournait le dos à la chaumière, Silas Marner n'en était pas éloigné de plus de
cent mètres. Il revenait péniblement du village. Un
sac jeté sur ses épaules lui servait de pardessus, et
il tenait une lanterne de corne à la main. Ses jambes
étaient fatiguées ; mais son esprit, qui ne pressentait
aucun changement, était à l'aise. Le sentiment de la
sécurité naît plus fréquemment de l'habitude que de
la conviction ; c'est pourquoi il subsiste souvent après
que les conditions se sont tellement modifiées, qu'il
y aurait lieu plutôt de s'attendre à ce qu'elles devins-
sent une cause d'alarme. Le laps de temps pendant
lequel un certain événement ne s'est pas produit,
est, d'après cette logique de l'habitude, constamment
mis en avant comme la raison pour laquelle cet événement ne doit jamais arriver, même lorsque le laps

de temps est précisément la nouvelle condition qui
le rend imminent. Tel homme vous allègue qu'il a
travaillé à l'intérieur d'une mine pendant quarante
ans, sans être blessé dans un seul accident, comme le
motif pour lequel il ne doit craindre aucun danger,
encore que le ciel de la mine commence à fléchir; et
l'on observe souvent que plus un homme vieillit, plus
il lui est difficile de conserver une ferme croyance à
l'idée de sa mort. Cette influence de l'habitude était
nécessairement puissante chez un homme dont la
vie était aussi monotone que celle de Marner. Ne
voyant pas de nouvelles gens, et n'entendant parler
d'aucun événement nouveau, il n'avait rien pour tenir
éveillée en lui l'idée de l'inattendu et du changement.
Elle explique aussi d'une manière assez simple pourquoi son esprit pouvait être tranquille, quoiqu'il eût
laissé sa maison et son trésor plus exposés que de
coutume. Silas pensait à son souper avec une double
satisfaction : premièrement, il serait chaud et savou-
reux; secondement, il ne lui coûterait rien. En effet,
le petit morceau de porc était un présent de cette
excellente ménagère, Mlle Priscilla Lammeter, à qui
il avait reporté une jolie pièce de toile ce jour-là, et
c'était seulement dans de semblables occurrences que
Marner se permettait de manger de la viande rôtie. Le
souper était son repas favori parce qu'il venait à cette
heure délicieuse pour lui, où son cœur se réchauf-
fait en contemplant le trésor. Toutes les fois qu'il
avait de la viande rôtie, il voulait toujours la réserver

pour son souper. Mais, ce soir-là, à peine eut-il
terminé l'opération consistant à nouer solidement
une ficelle autour du morceau de porc, à l'enrouler
autour de la clef de sa porte suivant les règles, à la
passer à travers l'anneau et à l'attacher fermement
au crochet de la cheminée, qu'il se souvint qu'une
pelote de cordonnet très fin lui était indispensable
pour mettre en train une nouvelle pièce sur son métier, le lendemain de bonne heure. Cela lui était
sorti de la mémoire, parce qu'en revenant de chez
M. Lammeter il n'avait pas eu à traverser le village;
et quant à perdre du temps en faisant des commis-
sions le matin, il n'y fallait pas penser. Il y avait un
vilain brouillard pour sortir, mais il se trouvait des
choses que Silas préférait à ses agréments. Il tira donc
son morceau de porc à l'extrémité du crochet; puis,
s'armant de sa lanterne et de son vieux sac, il s'en
alla faire une course qui, par un temps ordinaire,
eût demandé vingt minutes. Il n'aurait pas pu fermer
sa porte à clef sans défaire sa ficelle bien nouée, et
retarder ainsi son souper : la chose ne valait pas ce
sacrifice. Quel voleur trouverait le chemin des Carrières par une telle nuit, et pourquoi viendrait-il
juste ce soir-là, alors qu'il n'était jamais venu pendant
les quinze années précédentes? Ces questions ne se
présentaient pas distinctement à l'esprit de Silas.
Elles ne servent qu'à indiquer combien il se rendait
vaguement compte des raisons qu'il avait d'être
exempt d'inquiétude.

Très content que sa course fût faite, il arriva à sa
porte et l'ouvrit. Pour ses yeux myopes, tout était
resté dans l'état où il l'avait laissé, si ce n'est que le
feu envoyait un surcroît bienvenu de chaleur. Il mar-
cha de côté et d'autre sur le sol, tout en déposant
sa lanterne et se débarrassant de son chapeau et de
son sac; aussi, ses souliers ferrés effacèrent-ils les
empreintes que les pieds de Dunstan avaient laissées
sur le sable. Il glissa ensuite son morceau de porc
plus près du feu, et s'assit pour procéder à l'occupation agréable de prendre soin de sa viande, et de se
chauffer en même temps.

Quelqu'un qui l'eût observé pendant que la lumière
rougeâtre brillait sur son pâle visage, sur ses yeux
étranges et distendus et sur son corps maigre, aurait
peut-être compris le mélange de pitié dédaigneuse,
de crainte et de soupçon avec lequel il était regardé
par ses voisins à Raveloe. Cependant, peu d'hommes
pouvaient être plus inoffensifs que le pauvre Marner.
Dans son âme naïve et sincère, même l'avarice croissante et le culte de l'or n'étaient pas capables d'engen-
drer un seul vice susceptible de porter directement
préjudice à autrui. La lumière de sa foi s'étant éteinte
complètement, et ses affections ayant été désolées,
il s'était attaché de toutes les forces de sa nature à
son travail et à son argent; et, comme tous les objets
auxquels un homme se dévoue, ces choses l'avaient
façonné pour l'adapter à elles-mêmes. Son métier,
auquel il travaillait sans relâche, avait agi sur lui en

retour, et fortifié de plus en plus dans son cœur le
monotone désir d'entendre la réponse de son bruit
monotone. Et son trésor, tandis qu'il était courbé
au-dessus et le voyait s'accroître, comprimait dans
son âme la faculté d'aimer, la durcissait et l'isolait
comme les pièces de métal qui le composaient.

Aussitôt qu'il eut chaud, il se mit à penser que ce
serait bien long d'attendre la fin du souper, avant de
retirer ses guinées, et qu'il aurait du plaisir à les voir
sur la table devant lui pendant qu'il ferait son régal
inaccoutumé ; car la joie est le meilleur des vins, et les
guinées de Marner étaient un vin d'or de cette espèce.

Il se leva et plaça sa chandelle sur le sol près de
son métier, ne soupçonnant rien ; puis il balaya le
sable sans remarquer aucun changement, et enleva
les briques. La vue du trou vide fit battre son cœur
avec violence, mais la croyance que son or n'était
plus là ne put venir immédiatement ; seule, la terreur
vint, suivie de l'effort ardent pour chasser cette terreur. Il passa sa main tremblante tout autour de la
cachette, essayant de s'imaginer qu'il était possible
que ses yeux l'eussent trompé ; ensuite, il tint la
chandelle dans le trou et fit une inspection attentive,
tremblant de plus en plus. Enfin, son agitation devint
si violente qu'il laissa tomber la chandelle, et porta
les mains à sa tête, cherchant à se soutenir afin
de pouvoir penser. Avait-il, par une détermination
soudaine, mis son or dans quelque autre lieu le
soir précédent, et l'aurait-il ensuite oublié ? L'homme

qui tombe dans des eaux ténébreuses, cherche momentanément à mettre le pied même sur les pierres glissantes, et Silas, en agissant comme s'il croyait à de fausses espérances, reculait le moment du désespoir. Il chercha dans tous les coins ; il retourna son lit, le secoua et le pétrit ; puis il regarda dans le fourneau de briques où il mettait sécher son petit bois. Lorsqu'il n'y eut plus aucune autre place à visiter, il s'agenouilla de nouveau et fouilla encore une fois tout autour du trou. Il ne lui restait plus aucun refuge inexploré qui le protégeât un instant contre la terrible vérité.

Si, il y avait une sorte de refuge qui se présente toujours quand la pensée succombe sous une passion qui l'accable : c'était cette attente des impossibilités, cette croyance aux images contradictoires, qui est cependant distincte de la folie, parce que la réalité du fait extérieur peut la faire disparaître. Silas se releva de dessus ses genoux en tremblant, et regarda autour de la table : — l'or ne serait-il pas là, après tout ? La table était nue. Alors, il se retourna et regarda derrière lui, — il regarda tout autour de sa chambre, paraissant distendre ses yeux bruns pour voir si, par hasard, les sacs n'apparaîtraient pas dans les endroits où il les avait déjà cherchés vainement. Il pouvait distinguer tous les objets de sa chaumière, mais son or n'y était pas.

Il porta de nouveau ses mains tremblantes à sa tête, et poussa un cri sauvage et retentissant, — le cri

du désespoir. Puis, pendant quelques instants, il resta
immobile ; mais ce cri l'avait délivré de la première
étreinte de la vérité, — étreinte qui l'affolait. Il se
retourna, s'avança en chancelant vers son métier et
s'assit sur le siège où il travaillait d'habitude, recher-
chant instinctivement cette place parce qu'elle était
pour lui la plus grande assurance de la réalité.

Maintenant que toutes ses fausses espérances
s'étaient évanouies, et que la première secousse de
la certitude était passée, l'idée d'un voleur commença
à se présenter à son esprit. Il l'accueillit avidement,
attendu qu'on pouvait attraper un voleur et lui faire
rendre l'or. Cette pensée lui apportait quelque nouvelle force. Il s'élança de son métier vers la porte.
Comme il l'ouvrait, il fut assailli par une pluie bat-
tante, car il pleuvait de plus en plus fort. Il ne fallait
pas songer à suivre des traces de pas par une telle
nuit. Des pas ! Mais quand le voleur était-il venu ?
Pendant l'absence de Silas dans la journée, la porte
était restée fermée à clef, et, lorsqu'il était rentré
avant la nuit, il n'y avait aucun indice d'effraction.
Et le soir aussi, se dit-il, tout se trouvait dans
l'état où il l'avait laissé. Le sable et les briques ne
paraissaient pas avoir été dérangés. Était-ce bien un
voleur qui avait pris les sacs ? ou était-ce une puissance cruelle qu'aucune main ne pouvait atteindre, qui
avait fait ses délices de le plonger une seconde fois
dans le désespoir. Il recula devant cette terreur plus
vague, et fit un violent effort pour s'arrêter à l'idée

d'un voleur ayant des mains, et que des mains pouvaient saisir. En un clin d'œil, les pensées de Marner
se portèrent sur tous les voisins qui avaient fait des
remarques ou des questions de nature à être maintenant interprétées comme des motifs de soupçon. Il
y avait Jacques Rodney, braconnier bien connu, et
ne jouissant pas d'une bonne réputation sous d'autres
rapports : il s'était souvent rencontré avec Marner,
lorsque celui-ci faisait ses courses à travers les champs,
et il s'était permis quelques plaisanteries au sujet
de l'argent. De plus, il avait irrité Marner, un jour
qu'étant entré chez lui pour allumer sa pipe, il
s'était attardé près du feu, au lieu de s'en aller à ses
affaires. Jacques Rodney était le voleur : il y avait
quelque soulagement dans cette pensée. On pouvait
trouver Jacques et lui faire rendre l'argent. Marner
ne voulait pas le punir, mais seulement recouvrer
l'or qui s'était éloigné de lui, laissant son âme dans
un isolement semblable à celui d'un voyageur égaré
dans un désert inconnu. Il fallait mettre la main sur
le voleur. Les idées de Marner sur l'autorité de la loi
étaient confuses, cependant il sentait qu'il devait aller
déclarer le vol, et les grands personnages du village
— le pasteur, le constable [1] et le squire Cass —
feraient rendre à Jacques Rodney ou à toute autre
personne, l'argent volé. Stimulé par cette espérance,
il s'élança au dehors dans la pluie, oubliant de se
couvrir la tête et ne s'inquiétant pas de barrer sa

---

1. Officier de police en Angleterre. (N. du Tr.)

porte, car il lui semblait qu'il n'avait plus rien à
perdre. Il courut rapidement, jusqu'à ce que le
manque de respiration l'obligeât à ralentir le pas
comme il entrait dans le village, au tournant qui se
trouvait près de l'auberge de l'Arc-en-Ciel.

L'Arc-en-Ciel, aux yeux de Marner, était un lieu
somptueux de rendez-vous pour les maris opulents
et corpulents, dont les épouses avaient des provisions superflues de linge. C'était l'endroit où il devait
probablement rencontrer les autorités et les digni-
taires de Raveloe, — où il pourrait le plus rapidement annoncer le vol dont il avait été l'objet. Il sou-
leva le loquet et entra à droite dans une buvette,
sorte de cuisine brillamment éclairée et dans laquelle
les clients les moins considérables de la maison
avaient l'habitude de s'assembler. Le cabinet particulier à gauche était réservé à la société d'élite, et
là le squire Cass jouissait fréquemment du double
plaisir de la convivialité et de la condescendance,
Mais le cabinet restait dans l'obscurité ce soir, car
les principaux personnages faisant l'ornement du
cercle qui s'y tenait, assistaient tous — comme
Godfrey Cass — au bal de la fête de Mme Osgood,
Il en résultait que le groupe assis sur les bancs à
hauts dossiers dans la buvette, se trouvait plus
nombreux qu'à l'ordinaire. Plusieurs notables qui,
sans la circonstance, eussent été admis aux honneurs du cabinet particulier, et eussent procuré une
plus belle occasion à ceux qui étaient d'un rang plus

élevé, de trancher du maître et de prendre des airs
protecteurs, se contentaient alors de varier leur
plaisir en prenant leur grog, là où ils pouvaient
eux-mêmes faire les importants et se montrer affa-
bles, — dans la société des simples buveurs de bière.

CHAPITRE VI

La conversation qui était extrêmement animée
lorsque Silas arriva à la porte de l'Arc-en-Ciel, avait,
ainsi qu'à l'ordinaire, été languissante et intermittente au commencement de la réunion de la compagnie. Les habitués s'étaient mis tout d'abord à
fumer leurs pipes dans un silence qui tenait de la
gravité. Les plus importants d'entre eux — ceux qui
buvaient des spiritueux et étaient assis le plus près
du feu — se fixaient les uns les autres, comme si un
pari dépendait du premier qui fermerait les yeux.
Quant aux buveurs de bière, — gens pour la plupart
vêtus de vestes de futaine et de blouses, — ils restaient
les paupières fermées, et se passaient les mains sur
la bouche. On eût dit qu'absorber leurs gorgées de
bière constituait pour eux un devoir funèbre, qu'ils
remplissaient avec une tristesse gênante. Enfin,
M. Snell, l'aubergiste, homme disposé à rester neutre,
et accoutumé à se tenir éloigné des différends humains,
comme inhérents à des êtres qui avaient tous au

même titre besoin de boisson, rompit le silence, en disant d'un ton indécis, à son cousin le boucher :

« Il y a des gens qui diraient que c'est une belle bête que vous avez ramenée hier, Bob [1] ? »

Le boucher, homme gai, souriant, aux cheveux rouges, n'était pas d'une nature à répondre inconsidérément. Il lança quelques bouffées avant de cracher, et répondit :

« Ils ne se tromperaient pas beaucoup, Jean. »

Après cette faible et illusoire tentative de rompre la glace, le silence devint aussi rigoureux qu'auparavant.

« Était-ce une vache rouge de Durham ? » dit le maréchal ferrant, reprenant le fil du discours après un intervalle de quelques minutes.

Le maréchal regarda l'aubergiste, et l'aubergiste regarda le boucher comme étant la personne qui devait assumer la responsabilité de la réponse.

« Elle était rouge, » dit le boucher, d'une voix de fausset enjouée, mais enrouée, « et c'était bien une vache de Durham.

— Alors, vous n'avez pas besoin de me dire à moi, à qui vous l'avez achetée, » dit le maréchal, regardant autour de lui d'un certain air de triomphe : « je connais les gens qui ont les vaches rouges de Durham, dans ce pays. Et elle avait une étoile blanche sur la tête, je parierais deux sous ? » Le maréchal

1. Diminutif de Robert. (N. du Tr.)

se pencha en avant les mains sur les genoux, en posant cette question, et ses yeux clignotèrent avec finesse.

« Eh bien, oui, c'est possible, » dit le boucher avec lenteur, considérant qu'il faisait décidément une réponse affirmative. « Je ne dis pas le contraire.

— J'en étais bien certain, » dit le maréchal d'un ton provocant, en se rejetant en arrière, « si moi je ne connais pas les vaches de M. Lammeter, je voudrais bien savoir quel est celui qui les connaît, voilà tout. Et quant à la vache que vous avez achetée, bon marché ou non, j'étais là lorsqu'on l'a purgée, me contredise qui voudra. »

Le maréchal avait l'air farouche, et le feu paisible que le boucher mettait dans la conversation s'anima un peu.

« Je ne suis pas homme à contredire quelqu'un, dit-il, je suis pour la paix et la tranquillité. Il y a des gens qui préfèrent couper les côtes longues. Pour ma part, je suis de ceux qui les coupent courtes; mais moi je ne me querelle pas avec ces gens là. Tout ce que je dis, c'est que c'est une bête charmante, et rien qu'à la voir, toute personne raisonnable en aurait les larmes aux yeux.

— Eh bien, c'est la vache que j'ai purgée, quelle qu'elle soit, » poursuivit le maréchal avec colère, et c'était celle de M. Lammeter; autrement, vous avez menti lorsque vous avez dit que c'était une vache rouge de Durham.

— Je ne mens pas, dit le boucher de la même voix paisible et enrouée qu'auparavant, et je ne contredis personne. Lors même qu'un homme se mettrait dans une colère bleue, je ne le contredirais pas : je ne lui achète pas de viande; je ne fais pas de marchés avec lui. Tout ce que je dis, c'est que c'est une bête charmante, et je maintiendrai mes paroles; mais je ne veux me quereller avec personne.

— Non, vraiment! » dit le maréchal avec un amer sarcasme, en jetant un coup d'œil général sur la compagnie, « et peut-être que vous n'êtes pas têtu comme un mulet; et peut-être que vous n'avez pas dit que la vache était une durham rouge; et peut-être que vous n'avez pas dit qu'elle avait une étoile blanche sur le front, — soutenez cela, maintenant que vous êtes en train.

— Allons! allons! fit l'aubergiste; laissez la vache tranquille. La vérité est entre vous; vous avez raison tous les deux, et tous les deux vous avez tort, voilà ce que je soutiens toujours. Et, quant au fait que la vache appartient à M. Lammeter, je n'en dis rien; mais ce que je maintiens, c'est qu'il faut se rappeler que l'Arc-en-Ciel est l'Arc-en-Ciel. Et pour en revenir à la question, si la conversation doit rouler sur les Lammeter, vous, monsieur Macey, vous en savez plus que tout le monde sur ce chapitre, n'est-ce pas? Vous vous souvenez de l'époque où le père de M. Lammeter est venu dans ces parages, et a affermé les Garennes?

M. Macey était tailleur d'habits et chantre de la

paroisse. Ses rhumatismes l'avaient obligé récemment à partager cette dernière fonction avec un jeune homme aux traits délicats, assis en face de lui. Penchant sa tête blanche d'un côté, et faisant tourner ses pouces d'un air de satisfaction légèrement relevée d'une pointe de critique, il sourit avec compassion en réponse à l'appel de l'aubergiste, et dit :

« Oui, oui ; c'est vrai, c'est vrai ; mais je laisse parler les autres. Je suis retiré des affaires maintenant, et j'ai cédé la place aux jeunes. Adressez vos questions à ceux qui sont allés à l'école à Tarley : ils ont appris la bonne prononciation ; cela est venu à la mode depuis mon temps.

— Si vous me visez, monsieur Macey, fit le chantre suppléant d'un air de bienséance soucieuse, je répondrai que je ne suis point homme à parler quand je ne le dois pas. Comme le psaume dit :

Je sais ce qui est juste ; ce n'est pas tout,
Je pratique aussi ce que je sais [1].

— Eh bien, alors, je voudrais que vous ne sortissiez pas du ton, lorsqu'on vous l'a noté. Si vous êtes de ceux qui *pratiquent*, je désirerais vous voir *pratiquer* cela, » dit un gros homme à l'air jovial, excellent charron de son métier les jours ouvrables, mais directeur du chœur à l'église, les dimanches. Tout en parlant, il fit signe du regard à deux personnes de la société, qui étaient officiellement connues sous les

1. Psaume CVI, 3. (N. du Tr.)

noms de « basson » et de « petit bugle », avec la
confiance qu'il exprimait l'opinion du corps musical
de Raveloe.

M. Tookey, le chantre suppléant, qui partageait
l'impopularité commune aux suppléants, rougit
beaucoup, mais il répliqua avec une modération dis-
crète :

« Monsieur Winthrop, si vous voulez me prouver
que j'ai tort, je ne suis pas homme à dire que je ne
changerai pas. Mais il y a des gens qui croient leurs
oreilles infaillibles, et s'attendent à ce que le chœur
entier prenne leur personne pour modèle. Il peut y
avoir deux opinions, j'espère.

— Oui, oui, dit M. Macey, qui se sentait très heureux de cette attaque contre la jeunesse présomptueuse, vous avez raison là, Tookey : il y a toujours
deux opinions; il y a l'opinion qu'un homme a de
lui-même, et il y a l'opinion que les autres personnes
ont de lui. Il y aurait deux opinions sur une cloche
fêlée, si elle pouvait s'entendre elle-même.

— Mais, monsieur Macey, dit le pauvre Tookey,
resté sérieux au milieu de l'hilarité générale, j'ai entrepris de remplir en partie les fonctions de chantre de
la paroisse sur le désir de M. Crackenthorp, toutes
les fois que vos infirmités vous en rendraient incapable, et c'est un des privilèges de ces fonctions de
chanter dans le chœur; autrement, pourquoi avez-
vous fait la même chose vous-même?

— Ah! mais le vieux monsieur et vous ça fait

deux, dit Ben [1] Winthrop. Le vieux monsieur a un
don naturel. Tenez, le squire avait l'habitude de
l'inviter à prendre un verre, simplement pour l'entendre chanter le *Corsaire rouge* [2]; n'est-ce pas,
monsieur Macey? C'est un don naturel. Voilà mon
petit garçon, Aaron, il a aussi un don naturel : il
peut vous chanter un air sans hésiter, comme une
grive. Mais quant à vous, maître Tookey, vous feriez
mieux de vous en tenir à vos *Amen*. Votre voix est
assez bien lorsque vous la gardez dans le nez. C'est
votre intérieur qui n'est pas fait comme il faut pour
la musique : il ne vaut pas mieux que le creux d'un
sabot. »

Cette sorte de franchise inflexible était la forme
de plaisanterie la plus piquante aux yeux de la société
de l'Arc-en-Ciel; et l'insulte de Ben Winthrop fut
considérée par tout le monde comme ayant surpassé
l'épigramme de M. Macey.

« Je vois assez clairement ce qu'il en est, » dit
M. Tookey, incapable de rester calme plus longtemps.
« Il y a une conspiration pour me chasser du chœur,
afin que je n'aie point ma part de l'argent de Noël.
Voilà ce que c'est. Mais je parlerai à M. Crackenthorp;
je n'entends pas qu'aucune personne se joue de moi.

— Non, non, Tookey, dit Ben Winthrop. Nous
vous donnerons votre part pour que vous vous reti-

---

1. Abréviation de Benjamin. (N. du Tr.)
2. Texte : *The Red Rover*, chanson populaire, en Angleterre.
(N. du Tr.)

riez, voilà ce que nous ferons. Il y a des choses autres
que la vermine pour lesquelles les gens payeraient
volontiers, afin d'en être débarrassés.

— Allons! allons! » fit l'aubergiste, qui comprenait que payer les gens pour leur absence était un
principe social dangereux, « une plaisanterie est une
plaisanterie. Nous sommes tous bons amis ici, je
pense. Nous devons donner pour recevoir. Vous avez
raison tous les deux, et tous les deux vous avez tort;
voilà ce que je soutiens toujours. Je suis de l'avis de
M. Macey ici présent qu'il y a deux opinions; et si
l'on me demandait la mienne, je dirais que lui et
Winthrop ont tous deux raison. Tookey a raison et
Winthrop aussi; ils n'ont qu'à couper la poire en
deux pour se mettre d'accord. »

Le maréchal fumait sa pipe d'un air assez farouche,
avec un certain dédain pour cette discussion triviale.
Lui-même n'avait pas d'oreille pour la musique, et il
n'allait jamais à l'église parce qu'il appartenait au
corps médical, et qu'il pouvait être requis pour les
vaches délicates. Mais le boucher, qui était musicien
dans l'âme, avait écouté la discussion en formant à
la fois des vœux pour la défaite de Tookey et le
maintien de la paix.

« Assurément, » dit-Il, entrant dans les vues con-
ciliantes de l'aubergiste, « nous aimons notre vieux
chantre. Il chantait si bien autrefois, et il a un frère
qui a la réputation d'être le meilleur ménétrier
des environs. Ah! c'est bien dommage que Salomon

ne demeure pas dans notre village, et qu'il ne puisse nous jouer un air quand nous le voudrions, n'est-ce pas, monsieur Macey? Je lui fournirais du foie et du mou de veau pour rien, sur ma parole.

— Oui, oui, dit M. Macey, au comble de la joie. Dans notre famille nous sommes réputés pour être musiciens depuis une époque aussi reculée qu'on la puisse mentionner. Mais ces choses disparaissent, ainsi que je le dis à Salomon toutes les fois qu'il vient par ici, — il n'y a plus de voix comme autrefois, et personne ne se rappelle ce que nous nous rappelons, excepté les vieux corbeaux.

— Oui, vous vous souvenez du temps où le père de M. Lammeter est venu dans ce pays, n'est-ce pas, monsieur Macey? dit l'aubergiste.

— Je le crois bien, reprit le vieux chantre, qui avait maintenant passé par la filière des flatteries nécessaires pour l'amener à commencer son récit. C'était un beau vieillard, aussi beau et même plus beau que le monsieur Lammeter actuellement existant. Il venait d'une petite distance du côté du Nord, autant que j'aie jamais pu l'apprendre. Mais personne ne sait quelque chose de positif sur cette région : seulement, son pays ne devait pas être bien loin au Nord, et il n'était sans doute pas très différent de celui-ci, car M. Lammeter a amené avec lui une belle race de moutons, de sorte que, dans cette région-là, il y avait certainement des pâturages et tout ce qu'il est raisonnable de trouver. Nous avons entendu dire

qu'il avait vendu ses propres terres pour venir affermer
les Garennes. Cela semblait bizarre de la part d'un
homme qui avait des propriétés à lui, de venir louer
une ferme dans un pays qui lui était inconnu. Mais
on a dit que c'était à cause de la mort de sa femme,
bien qu'il y ait dans les choses des raisons que personne ne connaisse. Voilà à peu près ce que j'ai pu
apprendre. Mais certaines personnes sont si instruites,
qu'elles vous trouveraient d'emblée cinquante motifs
imaginaires. Pendant ce temps, la véritable raison
est là dans un coin, leur crevant continuellement les
yeux, et elles ne la voient pas du tout. Cependant
on s'aperçut bientôt que nous avions un nouvel habi-
tant qui était au courant des choses, tenait une bonne
maison, et était très estimé de tout le monde. Et le
jeune homme — c'est-à-dire M. Lammeter actuellement existant, et qui n'a jamais eu de sœur — se
mit bientôt à faire la cour à Mlle Osgood, — c'est-à-
dire à la sœur de M. Osgood actuellement existant.
C'était une personne joliment belle, vous ne sauriez
vous en faire une idée. On prétend que sa jeune
fille lui ressemble; mais c'est la façon de penser
des gens qui ne savent pas ce qui est arrivé avant
leur naissance. Quant à moi, je dois bien le savoir,
car j'ai aidé le vieux pasteur, M. Drumlow, — je
l'ai aidé à les marier. »

Là-dessus, M. Macey fit une pause. Il donnait toujours son récit par acomptes, s'attendant à être ques-
tionné, suivant la coutume.

« Oui, et quelque chose de particulier arriva, n'est-ce pas, de sorte qu'il était probable que vous, monsieur Macey, vous vous rappelleriez ce mariage ? dit l'aubergiste d'un ton flatteur.

— Je le crois bien, même quelque chose de tout à fait particulier, » répondit M. Macey, hochant la tête de côté. « M. Drumlow... le pauvre vieux monsieur je l'aimais, malgré qu'il eût la tête un peu confuse, tant à cause de son âge que parce qu'il prenait une goutte de quelque chose de chaud quand l'office avait lieu le matin par un temps froid,... et le jeune M. Lammeter voulut à toute force se marier en janvier,—mois qu'il est certainement peu raisonnable de choisir, car le mariage n'est pas comme un baptême ou un enterrement qu'on ne peut remettre. Or, lorsque M. Drumlow... le pauvre vieux monsieur, je l'aimais... lorsque M. Drumlow arriva aux questions, il les fit en sens contraire, pour ainsi parler. Il dit : « Voulez-vous prendre cet homme pour votre « femme légitime ? » Ensuite il demanda : « Voulez-« vous prendre cette femme pour votre mari légi-« time ? » Mais le plus beau de l'affaire, c'est que nul autre que moi ne s'en aperçut, et que les fiancés répondirent tout de suite « oui », comme si j'avais moi-même dit *Amen* où il fallait, sans avoir écouté ce qui précédait ».

— Mais vous, vous saviez assez bien ce qui était en train de se passer, n'est-ce pas, monsieur Macey ? Vous ne fermiez pas vos oreilles, dites ? fit le boucher.

— Juste ciel ! » reprit M. Macey, faisant une pause,
et souriant de pitié en voyant la pauvre imagination
de son auditeur ; mais j'étais tout tremblant, —
j'étais, pour ainsi parler, comme un habit qu'on aurait
tiré par les deux pans, car je ne pouvais pas arrêter
le pasteur — je ne pouvais prendre cela sur moi.
Cependant je pensais : « Et s'ils n'étaient pas bien
mariés, parce que les mots sont de travers ? » Puis
ma tête se mit à travailler comme un moulin, car j'ai
toujours été extraordinaire pour tourner et retourner
les choses, et les examiner sous toutes leurs faces.
Ensuite je me suis dit : « Ne serait-ce pas le sens plutôt
que les mots qui rend le mariage indissoluble ? » En
effet, le pasteur était de bonne foi, et le marié et la
mariée aussi. Et alors, quand je me suis mis à y
réfléchir, j'ai vu que le sens comptait pour bien peu
dans la plupart des faits, attendu que vous pouvez
vouloir unir plusieurs objets ensemble et que votre
colle peut être mauvaise ; dans ce cas, où en êtes-
vous ? J'en vins donc à cette réflexion : « Ce n'est pas
le sens qui fait, c'est la colle. » Et j'étais aussi tourmenté que si j'avais eu trois cloches à sonner à la
fois lorsque nous allâmes dans la sacristie, et qu'on
commença à signer son nom. Mais à quoi bon tant
de paroles ? Vous ne pouvez pas vous imaginer ce
qui se passe dans l'esprit d'un homme intelligent.

— Cependant, vous vous êtes contenu malgré tout,
n'est-ce pas, monsieur Macey ? dit l'aubergiste.

— Oui, je me suis contenu tout à fait, jusqu'à ce

que je fusse seul avec M. Drumlow. Alors, moi de
tout divulguer, respectueusement toutefois, comme
toujours. Le pasteur traita la chose légèrement, et dit :
« Bah, bah, Macey, tranquillisez-vous ; ce n'est ni le
« sens ni les mots : c'est le registre des mariages
« qui fait l'affaire, voilà la colle. » Ainsi, vous voyez
qu'il résolut la question facilement. Les pasteurs et
les docteurs savent tout par cœur, pour ainsi parler,
et ils ne sont pas tourmentés par la préoccupation
de distinguer le bon et le mauvais côté des choses,
comme je l'ai été maintes et maintes fois. Et il est
assez certain que le mariage a bien tourné. Seulement,
cette pauvre dame Lammeter — autrefois Mlle Osgood
— mourut avant que ses filles fussent grandes. Quoi
qu'il en soit, en ce qui concerne la prospérité et
tout ce qui est honorable, il n'y a pas de famille
plus considérée que celle-là. »

Tous les auditeurs de M. Macey avaient entendu
cette histoire bien souvent. Ils ne l'écoutèrent pas
moins comme un air favori, et à certains endroits
ils cessèrent un instant de fumer leurs pipes, afin de
pouvoir consacrer toute leur attention aux paroles
qu'ils attendaient. Mais ce n'était pas fini. M. Snell,
l'aubergiste, fit dûment la question qui devait amener
la suite du récit :

« A propos, n'a-t-on pas dit que le vieux monsieur
Lammeter possédait une jolie fortune, lorsqu'il vint
dans ce pays ?

— Oui, c'est juste, reprit M. Macey ; néanmoins,

M. Lammeter, actuellement existant, n'a pu faire
autre chose que la conserver intacte, je crois bien.
On a toujours dit que personne ne pouvait s'enrichir
aux Garennes. Et pourtant il afferme la propriété à
bon marché, attendu que c'est ce qu'on appelle un
bien de fondation.

— Oui, et il y a peu de personnes qui sachent
aussi exactement que vous comment cette terre est
devenue un bien de fondation, n'est-ce pas, monsieur
Macey? dit le boucher.

— Comment le sauraient-elles? répliqua le vieux
chantre avec un certain mépris. Mais mon grand-
père a fait la livrée des grooms de ce M. Cliff qui
vint bâtir les grandes écuries des Garennes. Ce sont
des écuries quatre fois aussi grandes que celles du
squire Cass, car il ne pensait qu'aux chevaux et à
la chasse, ce Cliff. C'était un tailleur de Londres qui,
au dire de certaines personnes, était devenu fou
à force de tromper les gens. Il ne pouvait pas aller
à cheval. Grand Dieu! on prétend qu'il ne serrait
pas plus sa bête que si ses jambes eussent été une
paire de pincettes. Mon grand-père a entendu raconter cela au vieux squire Cass maintes et maintes
fois. Cependant, il voulait aller à cheval malgré tout,
comme si le malin l'y eût poussé. Il avait un fils,
un garçon de seize ans, et son père ne voulait pas
qu'il fît autre chose que de se livrer continuellement à l'équitation, bien que le jeune homme s'ef-
frayât de cet exercice, à ce qu'on rapporte. Tout le

monde disait que le père voulait dépouiller son fils de ce que celui-ci avait du tailleur, pour en faire un gentilhomme à force de le faire monter à cheval. Ce n'est pas que je ne sois tailleur moi-même; mais, considérant que Dieu m'a placé dans cette condition, j'en suis fier, car les mots *Macey tailleur* ont été inscrits au-dessus de notre porte, avant même que l'effigie de la reine disparût de dessus les shillings [1]. Quant à Cliff, il avait honte d'être appelé tailleur. En outre, il était cruellement vexé de ce qu'on se moquait de sa façon de monter, et aucune personne de distinction du voisinage ne pouvait le supporter. Cependant, son pauvre garçon tomba malade et mourut. Le père ne vécut pas longtemps après. Il était devenu plus bizarre que jamais. On a rapporté qu'il allait dans ses écuries en plein milieu de la nuit, une lanterne à la main, et y plaçait un grand nombre de chandelles allumées. Il en était arrivé à ne plus pouvoir dormir, et il se tenait là, faisant claquer son fouet, et regardant ses chevaux. On a dit également que c'était un miracle si les écuries n'avaient pas été réduites en cendres, avec les pauvres bêtes qui y étaient renfermées. Mais il mourut enfin dans le délire, et on trouva qu'il avait laissé ses propriétés — les Garennes et le reste — à une fondation de Londres. Voilà comment les Garennes sont devenues un bien de fondation. Toutefois, en ce qui concerne les écuries,

1. Allusion au retrait des shillings frappés sous la reine Anne, en 1702. (N. du Tr.)

M. Lammeter n'en fait jamais usage, car elles ont des proportions exorbitantes. Grand Dieu! s'il vous arrivait de faire claquer les portes, il y aurait dans la moitié de la paroisse un retentissement semblable au bruit du tonnerre. »

— Oui, mais il se passe plus de choses dans ces écuries que ce que l'on voit en plein jour, n'est-ce pas, monsieur Macey? dit l'aubergiste.

— Oui, oui, passez près de là par une nuit noire, voilà tout, » dit M. Macey clignotant de l'œil mystérieusement, « et ensuite faites croire, si vous voulez, que vous n'avez pas vu de lumières dans les écuries, et que vous n'avez pas entendu le piaffement des chevaux et le claquement des fouets, ni des hurlements quand arrive la pointe du jour. Depuis mon enfance, on a toujours appelé cela le *congé de Cliff*, certaines personnes ayant prétendu que c'était, pour ainsi parler, un congé pendant lequel le malin cessait de le faire rôtir. Voilà ce que mon père m'a raconté, et c'était un homme de bon sens, bien qu'il y ait aujourd'hui des gens qui savent ce qui est arrivé avant qu'ils fussent nés, mieux qu'ils ne comprennent leurs propres affaires.

— Qu'est-ce que vous dites de cela, hein, Dowlas? » demanda l'aubergiste, en se tournant vers le maréchal qui grillait d'impatience de prendre la parole. « Voilà un fameux problème pour vous. »

M. Dowlas était l'esprit sceptique de la compagnie, et il était fier de ce titre.

« Ce que je dis? Je dis ce que dirait un homme de
bon sens qui ne fermerait pas les yeux pour regarder
un poteau indicateur, s'il avait besoin de voir son
chemin, — je dis que je suis prêt à parier dix livres
sterling avec toute personne qui voudra se tenir
avec moi, durant n'importe quelle nuit où il fera
beau temps, dans les pâturages devant les écuries
des Garennes, — je dis que nous ne verrons pas de
lumières et que nous n'entendrons aucun bruit, si ce
n'est le souffle de notre nez. Voilà ce que je dis, et je
l'ai dit maintes fois. Mais il n'y a personne qui
veuille risquer un billet de dix livres sterling pour
ces revenants dont on se croit si sûr.

— Mais, Dowlas, ce n'est pas malin, en vérité, de
faire un pari dans ces conditions, dit Ben Winthrop.
Vous pourriez tout aussi bien parier avec un homme
qu'il n'attraperait pas de rhumatismes, s'il se tenait
dans l'eau jusqu'au cou dans la mare par une nuit
glaciale. Ce serait joliment amusant pour quelqu'un
de gagner un pari en attrapant des rhumatismes. Les
gens qui croient au *congé de Cliff* ne vont pas
s'aventurer à s'approcher de l'endroit pour une affaire
de dix livres sterling.

—Si M. Dowlas veut connaître la vérité sur ce sujet,»
dit M. Macey, avec un sourire sarcastique, et en se frappant les pouces l'un contre l'autre, « il n'a aucunement besoin de parier; qu'il aille se tenir là tout seul,
personne ne l'en empêchera. Alors, il pourra faire
savoir aux habitants de la paroisse s'ils se trompent.

— Merci ! je suis votre obligé, » dit le maréchal avec un grognement de mépris. « Si les gens sont sots, ce n'est pas mon affaire. Moi, je n'ai pas besoin de connaître la vérité sur les revenants ; je la connais déjà. Mais je ne suis pas opposé à un pari, pourvu que tout soit loyal et sincère. Que l'on parie avec moi dix livres sterling que je verrai le *congé de Cliff*, et j'irai me tenir là tout seul. Je n'ai pas besoin de compagnie. Je ferais la chose aussi volontiers que je remplirais cette pipe.

— Ah, mais qui vous surveillera, Dowlas, pour s'assurer que vous y êtes ? Le pari ne serait pas loyal, fit le boucher.

— Le pari ne serait pas loyal ? répliqua M. Dowlas avec colère. Je voudrais bien voir quelqu'un se présenter et dire que je veux parier déloyalement. Allons ! voyons ! maître Lundy, je voudrais bien vous entendre dire cela.

— Très probablement que vous le voudriez, reprit le boucher. Mais ce n'est point mon affaire. Je n'ai pas de marchés à conclure avec vous, et je ne vais pas essayer d'obtenir une réduction sur votre prix. Si quelque personne désire vous faire une offre égale à votre estimation, elle le peut. Je suis pour la paix et la tranquillité, voilà.

— Oui, c'est ce que désire tout chien hargneux en train d'aboyer, aussitôt que vous le menacez d'un bâton, dit le maréchal. Mais je n'ai peur ni d'un homme ni d'un revenant, et je suis prêt à parier loyalement. Moi, je ne suis pas un roquet qui détale.

— Oui, mais voici ce qu'il y a là-dedans, Dowlas, »
dit l'aubergiste, d'un ton de voix rempli de candeur
et de tolérance : « Il y a des gens, suivant moi, qui ne
peuvent pas voir de revenants, lors même que ceux-
ci seraient plantés devant eux aussi visiblement que
des piquets. Et il y a une raison à cela. Tenez, voilà
ma femme, par exemple, elle ne sent rien, quand
même elle aurait sous le nez le fromage le plus fort.
Je n'ai jamais vu de revenant moi-même ; mais alors
je me dis : « Très probablement, tu n'as pas l'odorat
« nécessaire. » C'est-à-dire que je mets le revenant à
la place d'une odeur ou bien vice versâ. Voilà pourquoi je suis pour les deux opinions. Comme je le
dis, la vérité est entre elles. Si Dowlas devait aller
se tenir pendant toute la nuit devant les écuries, et
rapporter qu'il n'a pas vu la moindre trace du *congé
de Cliff*, je prendrais son parti, et si quelque personne disait que, malgré cela, le *congé de Cliff* existe
réellement, je prendrais aussi son parti, car l'odorat
est ce qui me guide. »

L'argument analogique de l'aubergiste ne fut pas
bien reçu par le maréchal, qui était un homme fon-
cièrement opposé aux compromis.

« Bah! bah! » dit-il, avec une nouvelle irritation,
en posant son verre, « qu'est-ce que l'odorat vient
faire ici? Un revenant a-t-il jamais poché l'œil à
quelqu'un? Voilà ce que je désirerais savoir. Si les
revenants veulent que je croie en eux, qu'ils cessent
d'aller se glisser furtivement dans les lieux obscurs

et solitaires; qu'ils viennent où il y a du monde et
de la lumière.

— Comme si les revenants voulaient qu'une personne aussi ignorante que vous crût en eux! » dit
M. Macey, profondément écœuré de voir chez le
maréchal cette grossière inaptitude à comprendre
la nature des phénomènes concernant les revenants.

CHAPITRE VII

Le moment d'après, cependant, il parut y avoir
quelques preuves que les revenants avaient dans leur
nature plus de condescendance que M. Macey ne
leur en attribuait; car, soudainement, on vit la figure
pâle et maigre de Silas Marner. Debout dans la
lumière chaude de la pièce, il ne proférait aucune
parole, mais regardait autour de l'assemblée avec des
yeux étranges et surnaturels. Les longues pipes firent
un mouvement simultané, comme celui des antennes
d'insectes effrayés. Tous ceux qui étaient présents,
sans même en excepter le sceptique maréchal, eurent
l'impression qu'ils voyaient, non point Silas Marner
en chair et en os, mais une apparition. En effet, la
porte par laquelle Silas était entré, se trouvait cachée
par les bancs à hauts dossiers, et personne ne s'était
aperçu de son arrivée. On pouvait supposer que

M. Macey, assis très loin du revenant, jouissait du triomphe de ses arguments, triomphe qui devait tendre à neutraliser sa part de l'alarme générale. N'avait-il pas toujours dit qu'au moment où Silas Marner avait son extase étrange, son âme s'affranchissait de son corps? La preuve était là. Néanmoins, toutes choses considérées, il eût été tout aussi content sans l'apparition. Pendant quelques instants il régna un silence de mort : l'essoufflement et l'agitation empêchaient Marner de parler. L'aubergiste, poussé par le sentiment dont il était constamment animé, qu'il était de son devoir de tenir sa maison ouverte à tout le monde, et confiant dans la protection de son inébranlable neutralité, assuma enfin sur lui la tâche de conjurer l'esprit.

« Maître Marner, dit-il, d'un ton conciliant, que voulez-vous? Que venez-vous faire ici?

— Volé! répondit Silas, haletant. J'ai été volé! Je cherche le constable... et le juge... et le squire Cass... et M. Crackenthorp.

— Saisissez-le, Jacques Rodney, » reprit l'aubergiste, chez qui l'idée d'un revenant se dissipait; « il a perdu la tête, je crois. Il est trempé jusqu'aux os. »

Jacques Rodney, assis le plus près de l'entrée de la pièce, était à portée de l'endroit où se tenait Marner; mais il refusa ses services.

« Venez le saisir vous-même, monsieur Snell, si vous en avez envie, » répondit Jacques avec assez

de mauvaise humeur. « Il a été volé, et assassiné
aussi, que je sache, » ajouta-t-il à voix basse.

« Jacques Rodney! » dit Silas, en se tournant vers
lui, et fixant ses yeux étranges sur l'homme qu'il
soupçonnait.

« Eh bien, maître Marner, que me voulez-vous? »
reprit Jacques, tremblant un peu et saisissant sa
canette en guise d'arme défensive.

« Si c'est vous qui avez volé mon argent, » dit
Silas, joignant ses mains suppliantes, et élevant la
voix jusqu'à crier, « rendez-le-moi, et je vous lais-
serai tranquille; je ne mettrai pas le constable après
vous. Rendez-le-moi, et je vous donnerai,.... je vous
donnerai une guinée.

— Moi... volé votre argent! continua Jacques
avec colère; je vais vous lancer cette canette sur le
nez si vous dites que c'est moi,... moi qui ai volé votre
argent.

— Allons! allons! maître Marner, » reprit l'aubergiste, se levant alors d'un air résolu et saisissant
Marner par l'épaule, « si vous avez une plainte à
faire, exposez-la d'une manière raisonnable et mon-
trez que vous êtes dans votre bon sens; autrement,
personne ne vous écoutera. Vous êtes trempé comme
un rat noyé. Asseyez-vous, séchez vos vêtements et
parlez franchement.

— Ah, vous entendez, mon vieux, » continua le
maréchal, qui commençait à sentir qu'il n'avait pas
été tout à fait égal à lui-même, et à la hauteur de la

situation « Ne regardons plus fixement les gens et
ne crions plus, ou bien nous vous ferons garrotter
comme un insensé. Voilà pourquoi je n'ai pas parlé
tout d'abord, — je me suis dit : le bonhomme est
fou.

— Oui, oui, faites-le asseoir, » dirent d'une seule
voix plusieurs des assistants, très contents que
l'existence des revenants fût encore une question
ouverte.

L'aubergiste força Marner à enlever son habit, et
ensuite à s'asseoir sur une chaise au milieu du cercle, de manière que, séparé de toute autre personne,
il reçût directement les rayons du feu. Le tisserand,
trop abattu pour avoir d'autre but distinct que celui
d'obtenir du secours en vue de recouvrer son argent,
se soumit sans résistance. Les craintes passagères
de la compagnie avaient maintenant disparu pour
faire place à un vif sentiment de curiosité, et toutes
les physionomies s'étaient tournées vers Silas, lorsque
l'aubergiste, après s'être rassis, parla de nouveau :

« Eh bien, voyons, maître Marner, qu'est-ce donc
que vous avez à dire,... que vous avez été volé?
Expliquez-vous clairement.

— Il ferait mieux de ne pas répéter que c'est moi
qui l'ai volé, » s'écria Jacques Rodney, vivement.
« Qu'aurais-je pu faire de son argent? Je pourrais tout aussi bien voler le surplis du pasteur et le
porter

— Retenez votre langue, Jacques, et écoutons ce

qu'il a à dire, reprit l'aubergiste. Eh bien, voyons, maître Marner. »

Alors Silas raconta son histoire, et fut fréquemment interrompu par des questions, à mesure que le caractère mystérieux du vol devenait évident.

Cette situation étrange et nouvelle pour lui d'exposer ses peines à ses voisins de Raveloe, d'être assis à la chaleur d'un foyer autre que le sien, et de se sentir en présence de physionomies et de voix qui faisaient naître en lui ses premières espérances de secours, exerça sans aucun doute une influence sur Marner, malgré la vive préoccupation que lui causait son infortune. Notre conscience ne perçoit guère plus le commencement d'une croissance morale, que celui d'une croissance dans la nature; — la sève a circulé bien des fois avant que nous découvrions le moindre signe du bourgeon.

Le léger soupçon avec lequel ses auditeurs l'avaient écouté d'abord, se dissipa graduellement devant la simplicité convaincante de sa détresse. Il était impossible pour les voisins de douter de la véracité de Marner. Ils ne pouvaient à vrai dire, d'après la nature des faits relatés par lui, conclure immédiatement qu'il n'avait pas de motifs de les exposer faussement; mais, comme M. Macey le fit observer, « il n'était pas probable que des gens ayant le diable pour eux, fussent aussi abattus que l'était le pauvre Silas ». Bien plutôt, de la circonstance étrange que le voleur n'avait laissé aucune trace, et s'était trouvé

connaître le moment opportun où Silas était sorti
sans fermer sa porte, — moment que des agents
mortels ne pouvaient calculer en aucune façon, — la
conclusion la plus naturelle à tirer, semblait être
que l'intimité peu honorable du tisserand avec le
malin, si elle avait jamais existé, devait être détruite.
En conséquence, ce mauvais coup avait été fait à
Marner par quelqu'un aux trousses duquel il était
tout à fait inutile de mettre le constable. Le motif
pour lequel le voleur surnaturel avait été forcé-
ment obligé d'attendre que Silas ne fermât pas sa
porte à clef, fut une question qui ne vint à l'esprit
de personne.

« Ce n'est pas Jacques Rodney qui a fait cette besogne, maître Marner, dit l'aubergiste. Il ne faut pas
soupçonner le pauvre Jacques. Peut-être y aurait-il
un petit reste de compte à régler avec lui pour quelque chose comme un lièvre ou deux, s'il fallait toujours avoir les yeux grands ouverts et ne jamais les
fermer. Mais Jacques a été tout le temps ici à boire
sa canette, comme l'homme le plus convenable de la
paroisse. Il y était même avant l'heure où, d'après
votre témoignage, vous avez quitté votre maison,
maître Marner.

— Oui, oui, continua M. Macey; n'accusons pas
l'innocent. Ce n'est pas la loi. Il faut qu'il y ait des
gens pour jurer qu'un homme est coupable, avant
qu'il puisse être arrêté. N'accusons pas l'innocent,
maître Marner. »

La mémoire de Silas n'était pas tellement engourdie, qu'elle ne fût pas susceptible d'être éveillée par
ces paroles. Sous l'influence d'un mouvement de
repentir, aussi nouveau et aussi étrange pour lui que
l'avait été toute autre chose pendant l'heure qui
venait de s'écouler, il s'élança de sa chaise, s'approcha tout près de Jacques, et le regarda comme s'il
voulait s'assurer de l'expression de sa physionomie.

« J'ai eu tort, lui dit-il,... oui, oui,... j'aurais dû
réfléchir. Il n'y a aucune preuve contre vous, Jacques. Mais vous êtes entré chez moi plus souvent
que tout autre. Voilà pourquoi vous m'êtes venu à
l'idée. Je ne vous accuse pas. Je ne veux accuser
personne. Seulement, » ajouta-t-il dans son égare-
ment misérable, en portant ses mains à sa tête et en
se retournant du côté de la compagnie, « j'essaye,...
j'essaye de m'imaginer où peuvent être mes guinées.

— Ah! ah! elles sont allées où il fait assez chaud
pour les fondre, je crois, dit M. Macey.

— Allons donc! » reprit le maréchal. Et il demanda alors, de l'air d'un juge qui pose à un témoin
des questions captieuses : « Combien d'argent pouvait-il y avoir dans les sacs, maître Marner?

— Deux cent soixante-douze livres sterling, douze
shillings et un demi-shilling, hier soir lorsque j'ai
compté, dit Silas, se rasseyant avec un gémissement.

— Bah! Mais ce n'était pas si lourd à emporter.
Quelque vagabond est entré, voilà tout. Quant à
l'absence de pas, et aux briques et au sable qui

n'étaient pas dérangés, eh bien, vos yeux sont assez
semblables à ceux d'un insecte, maître Marner; vous
êtes obligé de regarder de si près, que vous ne pouvez
pas voir beaucoup de choses à la fois. Je suis d'avis
que, si j'eusse été à votre place, ou vous à la mienne,
— car cela revient au même, — vous ne vous seriez
pas imaginé que tout était dans l'état où vous l'aviez
laissé. Mais voici ce que je propose : c'est que deux
hommes parmi les plus sensés de la compagnie aillent
avec vous chez M. Kench, le constable, — il est malade et au lit, à ce que je sais, — pour lui demander
qu'il nomme l'un de nous son suppléant; car c'est
la loi, et je ne crois pas que quelqu'un prenne sur lui
de me contredire sur ce point. Ce n'est pas très loin
d'ici chez Kench. Alors, si c'est moi qui suis nommé
suppléant, je m'en retournerai avec vous, maître
Marner, et j'examinerai les lieux. Au cas où quelqu'un
trouverait à redire à cela, je lui serais obligé de se
lever et de le dire bravement. »

Par ce discours important, le maréchal s'était
rétabli dans sa propre estime, et il attendait avec
confiance qu'on le désignât comme un des hommes
les plus sensés.

« Voyons cependant quel temps il fait ce soir, »
dit l'aubergiste, qui se considérait aussi comme personnellement intéressé dans cette proposition. « Mais
il pleut encore à verse! » ajouta-t-il, comme il revenait de regarder à la porte.

« Eh bien, je ne suis pas homme à avoir peur de

la pluie, dit le maréchal. Cela fera mauvais effet
quand le juge Malam apprendra qu'une plainte a
été adressée à des gens honorables comme nous, et
que nous n'avons fait aucune démarche. »

L'aubergiste fut de cet avis, et, après avoir demandé
l'assentiment de la compagnie et dûment répété une
petite cérémonie connue dans le haut clergé sous le
nom de *nolo episcopari* [1], il consentit à bien vouloir
accepter le réfrigérant honneur d'aller chez Kench.
Mais, à la grande horreur du maréchal, la proposition qu'il avait faite d'être lui-même suppléant
du constable, soulevait une objection de la part de
M. Macey. Ce vieil oracle, qui prétendait connaître
la loi, déclara qu'aucun médecin ne pouvait être
constable, — que ce fait lui avait été transmis par
son père.

« Et vous êtes médecin, il me semble, bien que
vous ne soyez qu'un médecin-vétérinaire ; car une
mouche est une mouche, lors même qu'elle serait un
taon, » dit, en terminant, M. Macey, quelque peu
émerveillé de sa sagacité.

Un violent débat s'éleva à ce sujet. Le maréchal,
naturellement, n'était pas disposé à renoncer au titre
de médecin, mais il soutenait qu'il était permis à
un médecin d'être constable s'il le voulait ; que le

---

1. *Nolo episcopari,* je ne veux pas être évêque. Allusion aux
ecclésiastiques de l'Église anglicane qui, par humilité chrétienne, ne doivent pas accepter d'emblée d'être évêques.
(N. du Tr.)

sens de la loi était simplement qu'on ne pouvait pas
l'obliger à être constable s'il ne le désirait pas.
M. Macey considéra cette interprétation comme une
absurdité, attendu que la loi n'était pas supposée avoir
plus de tendresse pour les médecins que pour les autres
gens. Il ajouta que, s'il était dans la nature des médecins plus que dans celle des autres mortels, de ne pas
désirer d'être constables, comment se faisait-il que
M. Dowlas souhaitât si fort d'agir en cette qualité?

« Moi, je ne tiens pas à remplir le rôle du constable, » répliqua le maréchal, poussé à bout par ce
raisonnement impitoyable. « Personne ne peut dire
que j'y tienne, si on veut parler sincèrement. Mais
s'il doit y avoir des jaloux et des envieux à propos
de cette démarche à faire chez Kench par un temps
pareil, y aille qui voudra, vous ne m'y ferez pas
aller, c'est moi qui vous le dis. »

Cependant, par l'intervention de l'aubergiste le
différend s'accommoda. M. Dowlas consentit à partir
comme second, ne voulant plus agir officiellement.
Ainsi, le pauvre Silas, escorté de ses deux compagnons, et qu'on avait pourvu de vieux habits, sortit
de nouveau par la pluie, songeant aux longues heures
de nuit qui restaient à s'écouler, non point comme
ceux à qui il tarde de prendre du repos, mais
comme les veilleurs qui attendent le matin [1].

1. Psaume CXXIX, verset 6. (N. du Tr.)

CHAPITRE VIII

Lorsque Godfrey Cass revint de la soirée de Mme Osgood, à minuit, il ne fut pas très surpris d'apprendre que Dunsey n'était pas rentré à la maison. Peut-être celui-ci n'avait-il pas vendu Éclair et attendait-il une autre occasion ; peut-être que, à cause du brouillard de l'après-midi, il avait préféré se réfugier à l'auberge du Lion Rouge à Batherley pour y passer la nuit, si la chasse l'avait retenu dans ce voisinage ; car, il n'était pas probable qu'il se sentît très contrarié de laisser son frère dans l'incertitude. L'esprit de Godfrey était trop absorbé par les attraits et les manières de Nancy à son égard, trop plein d'exaspération contre lui-même et contre son sort, — exaspération qui ne manquait jamais de se produire en lui, à la vue de cette jeune fille, — pour qu'il songeât beaucoup à Éclair ou à la conduite probable de Dunstan.

Le matin suivant tout le village fut mis en émoi par l'histoire du vol. Godfrey, comme tous les autres, passa son temps à en recueillir et discuter les nouvelles, et à visiter les Carrières. La pluie avait fait disparaître toute possibilité de distinguer des pas ; mais un examen minutieux de l'endroit avait fait découvrir, dans une direction opposée au village, une boîte à amadou à moitié enfoncée dans la

boue, et contenant une pierre à feu et un briquet.
Ce n'était pas la boîte à amadou de Silas; car la
seule qu'il eût jamais possédée, était encore sur une
étagère, chez lui. L'opinion généralement acceptée
fut que la boîte trouvée dans le fossé avait quelque
rapport avec le vol. Une petite minorité de gens
secouait la tête, et donnait à entendre que ce n'était
pas un vol sur lequel les boîtes à amadou pussent
jeter beaucoup de lumière. Le conte de maître Marner paraissait singulier, et on avait connu des cas
où un homme, après s'être lui-même causé quelque
dommage, avait ensuite requis le juge d'en rechercher l'auteur. Mais quand on pressait ces gens de
questions au sujet des motifs de leur opinion, et
du gain que de semblables faux prétextes devaient
procurer à maître Marner, ils se contentaient de
secouer la tête comme auparavant, et faisaient
observer qu'on n'était pas à même de savoir ce que
quelques personnes considéraient comme leur gain;
de plus, tout le monde avait le droit d'avoir une
opinion, motivée ou non, et le tisserand, comme
personne ne l'ignorait, avait presque le cerveau fêlé.
M. Macey, bien qu'il prît la défense de Marner contre
tout soupçon de supercherie, tournait aussi en ridicule l'idée de la boîte à amadou. En vérité, il la répu-
diait comme une suggestion assez impie, tendant à
insinuer que tout devait être l'œuvre de mains humaines, et qu'il n'y avait aucun pouvoir surnaturel
capable de faire disparaître les guinées sans enlever

les briques. Néanmoins, il se tourna contre M. Tookey avec assez de violence, lorsque ce suppléant zélé,
voyant que cette interprétation de la chose seyait
particulièrement à un chantre de paroisse, la poussa
encore plus loin en se demandant si c'était bien convenable de faire une enquête sur un vol dont les
circonstances étaient si mystérieuses.

« Comme si, dit en terminant M. Tookey, comme
s'il n'existait rien autre chose que ce que les juges et
les constables sont en état de découvrir.

— A présent, n'allez pas dépasser le but, Tookey, »
reprit M. Macey, hochant la tête de côté en signe de
remontrance. « Voilà comment vous procédez toujours : si je jette une pierre et que je touche la
marque, vous pensez qu'il y a quelque chose de
mieux à faire, et vous essayez d'en jeter une au delà
de la mienne. Ce que j'ai dit était contre la boîte à
amadou ; je n'ai rien dit contre les juges et les constables ; car ils ont été nommés par le roi George, et il
siérait mal à un fonctionnaire de paroisse d'éclater
en invectives contre le souverain. »

Tandis que ces discussions avaient lieu dans le
groupe qui se trouvait devant l'auberge de l'Arc-
en-Ciel, une délibération plus importante était tenue
à l'intérieur sous la présidence de M. Crackenthorp,
le pasteur, assisté du squire Cass et d'autres habitants aisés de la paroisse. L'idée venait d'entrer dans
l'esprit de M. Snell, l'aubergiste, — qui était, comme
il le fit observer, un homme habitué à coordonner

les faits, — de rattacher à la boîte à amadou, qu'en qualité de suppléant du constable il avait eu lui-même l'honorable distinction de trouver, certains souvenirs d'un colporteur. Celui-ci était entré dans son auberge pour boire quelque chose environ un mois auparavant, et avait positivement déclaré être porteur d'une boîte à amadou qui lui servait à allumer sa pipe. Il y avait là certainement une piste à suivre. Et comme la mémoire, lorsqu'elle est dûment imprégnée de faits constatés, est quelquefois d'une fécondité surprenante, M. Snell recouvra graduellement la vive impression de l'effet que la physionomie et la conversation du colporteur avaient produit sur lui. Le regard de ce dernier était empreint d'une certaine expression qui avait frappé d'une façon désagréable l'organisme sensible de M. Snell. Assurément, rien de particulier n'était sorti de sa bouche, — non, rien, excepté cette parole au sujet de la boîte à amadou; — mais ce n'est pas ce qu'un homme dit qui fait, c'est la manière dont il le dit. De plus, il avait un teint basané exotique qui annonçait peu d'honnêteté.

« Portait-il des boucles d'oreilles ? » demanda M. Crackenthorp, qui avait quelque connaissance des coutumes étrangères.

« Bon,... attendez,... voyons, » répondit M. Snell, comme une somnambule docile qui voudrait réellement ne pas se tromper, si c'était possible. Après s'être distendu les coins de la bouche, et contracté

les yeux, — on eût dit qu'il essayait de voir les boucles d'oreilles, — il parut renoncer à l'effort et dit :

« Eh bien, il avait dans sa boîte des boucles
d'oreilles à vendre; il est donc naturel de supposer
qu'il pouvait les porter. Mais il a passé dans presque
toutes les maisons du village : il y a peut-être quelque autre personne qui les lui a vues aux oreilles,
bien que je ne puisse prendre sur moi d'affirmer
la chose. »

M. Snell avait eu raison de supposer que quelqu'autre personne se souviendrait des boucles d'oreilles; car, l'enquête se poursuivant dans la paroisse, on
fit savoir, avec une énergie de plus en plus vive, que
le pasteur avait demandé à être informé si le colporteur portait des boucles d'oreilles, et un courant
d'opinion s'établit qu'il importait beaucoup que le
fait fût élucidé. Naturellement, tous ceux qui entendirent la question, et qui ne s'étaient fait aucune
image distincte du colporteur *sans* boucles d'oreilles,
se le représentèrent immédiatement *avec* des boucles
d'oreilles plus ou moins grandes, suivant le cas.
L'image fut bientôt prise pour un souvenir vivant. En
conséquence, l'épouse du vitrier — femme qui avait
de bonnes intentions et n'était point adonnée au
mensonge, et dont la maison était une des mieux
tenues du village — se trouva prête à déclarer,
qu'aussi sûrement qu'elle devait communier à la prochaine fête de Noël, elle avait vu de grosses boucles,
ayant la forme du croissant de la nouvelle lune, aux

deux oreilles du colporteur. En même temps, Jeanne
Oates, la fille du savetier, — personne douée d'une
imagination plus vive, — affirmait non seulement
qu'elle les avait vues, mais qu'elle en avait frémi
d'horreur, comme elle en frémissait encore au moment même où elle parlait.

En outre, en vue de jeter plus de lumière sur cette
piste de la boîte à amadou, on recueillit dans les
différentes maisons tous les articles achetés au colporteur, et on les porta à l'auberge de l'Arc-en-Ciel,
pour y être exposés publiquement. En fait, le sentiment général dans le village fut, qu'afin de tirer
au clair la question du vol, il fallait accomplir beaucoup de choses à l'Arc-en-Ciel. De plus aucun mari
n'avait besoin de s'excuser auprès de son épouse,
pour se rendre à cette auberge, tant que ce lieu
serait la scène de devoirs publics rigoureux.

Quelque désappointement — peut-être aussi un
peu d'indignation — se manifesta à la nouvelle que
Silas Marner, interrogé par le squire et le pasteur,
avait répondu qu'il n'avait conservé aucun souvenir
du colporteur, sauf que celui-ci était venu à la chaumière, mais sans entrer. Il s'était immédiatement
éloigné lorsque Silas, tenant la porte entr'ouverte,
lui avait dit qu'il n'avait besoin de rien. Tel avait été
le témoignage du tisserand. Cependant il se cram-
ponnait fortement à l'idée que le colporteur était
le coupable, probablement pour la seule raison que
cela lui présentait l'image distincte d'un endroit où

son or pouvait se trouver, après avoir été enlevé de la
cachette : — il lui semblait le voir maintenant dans
la boîte du colporteur. Toutefois, les gens du village
firent remarquer, avec une certaine irritation, que
n'importe qui, excepté une créature aveugle comme
Marner, aurait vu l'homme rôder par là. En effet, comment s'expliquer qu'il eût laissé sa boîte à amadou
dans le fossé tout près de la chaumière, s'il n'avait
pas traîné aux alentours? Sans aucun doute, il avait
fait ses observations en voyant Marner à sa porte.
Tout le monde pouvait savoir — rien qu'à le regarder
— que le tisserand était un avare à moitié fou. Il
était étonnant que le colporteur ne l'eût pas assassiné. On avait découvert maintes et maintes fois que
des gens de cette espèce, avec des boucles à leurs
oreilles, étaient des assassins. Il n'y avait pas si longtemps qu'on en avait jugé un aux assises, pour qu'il
n'existât point encore des personnes qui s'en sou-
vinssent.

Godfrey Cass, il est vrai, étant entré à l'auberge
de l'Arc-en-Ciel pendant une des répétitions fréquemment données par M. Snell de sa déposition, avait
fait peu de cas du témoignage de l'aubergiste. Il avait
déclaré avoir acheté lui-même un canif au colporteur,
et il considérait celui-ci comme un gaillard qui rica-
nait assez gaiement. Suivant lui, tout ce qu'on disait
du vilain regard de cet homme n'avait pas de bon
sens. Mais, dans le village, ses paroles furent tenues
pour le verbiage irréfléchi d'un jeune homme, —

comme si c'était M. Snell seulement qui eût trouvé
que la personne du colporteur offrait quelque chose
de bizarre. Au contraire, il y avait au moins une
demi-douzaine de témoins qui étaient prêts à se rendre devant le juge Malam, pour apporter des preuves
beaucoup plus frappantes qu'aucune de celles que
l'aubergiste pouvait fournir. Il était à désirer que
M. Godfrey ne se rendît pas à Tarley, afin de jeter de
l'eau froide sur ce que M. Snell avait dit devant le
juge de ce village, et empêcher ainsi ce magistrat de
rédiger un mandat d'arrêt. On le soupçonnait d'avoir
cette intention quand, dans l'après-midi, on l'avait
vu partir à cheval du côté de Tarley.

Mais à ce moment, l'intérêt que Godfrey prenait
au vol s'était évanoui en présence de son anxiété
croissante au sujet de Dunstan et d'Éclair. Il n'allait
pas à Tarley, mais à Batherley ; car il se sentait
incapable de rester plus longtemps dans cette incertitude à leur égard. La possibilité que Dunstan lui eût
joué le vilain tour de s'en aller avec Éclair, pour
revenir au bout d'un mois après en avoir perdu le
prix au jeu, ou l'avoir dissipé d'une autre manière,
était une crainte qui l'importunait même plus que la
pensée d'un accident fâcheux. Maintenant que le bal
de Mme Osgood était passé, il s'en voulait d'avoir
confié son cheval à Dunstan. Au lieu d'essayer de
calmer ses craintes, il les encourageait, avec cette
idée superstitieuse et inhérente à chacun de nous,
que plus on attend le mal résolûment, moins il est

probable qu'il arrivera ; aussi, lorsqu'il entendit un
cheval s'approcher au trot, et vit un chapeau s'élever
au-dessus de la haie au delà d'un coude de la ruelle,
il lui sembla que sa conjuration avait réussi. Cependant, l'animal ne fut pas plutôt en vue que son cœur
se serra de nouveau, car ce n'était pas Éclair. Et
quelques moments après il s'aperçut que le cavalier
n'était pas Dunstan, mais Bryce, qui arrêta sa monture pour causer avec lui. La physionomie de celui-
ci n'annonçait rien de bon.

« Eh bien, monsieur Godfrey, vous avez là un
frère qui a de la chance, ce maître Dunsey, n'est-ce
pas ?

— Que voulez-vous dire ? fit Godfrey vivement.

— Comment, n'est-il pas encore revenu à la maison ?
reprit Bryce.

— A la maison ? Non. Qu'est-il arrivé ? Parlez vite.
Qu'a-t-il fait de mon cheval ?

— Ah ! je pensais bien que c'était à vous, bien qu'il
prétendît que vous le lui aviez cédé.

— L'a-t-il abattu et couronné ? dit Godfrey, rouge
de colère.

— Pire que cela, dit Bryce. Voyez-vous, j'étais
convenu avec lui d'acheter la bête moyennant cent
vingt livres sterling, — somme folle, mais j'ai toujours aimé ce cheval. Et ne s'en va-t-il pas l'empa-
ler, — s'élancer sur une haie où se trouvaient des
pieux, au sommet d'un talus ayant un fossé sur le
devant ! Il y avait longtemps que le cheval était

mort lorsqu'on l'a découvert. Alors Dunsey n'est pas
revenu à la maison depuis, n'est-ce pas?

— A la maison? Non, reprit Godfrey, et il ferait
mieux de ne pas y revenir. Que le diable m'emporte,
imbécile que je suis! J'aurais dû savoir que les choses
se termineraient ainsi.

— Eh bien, pour vous dire la vérité, continua
Bryce, après la conclusion du marché il me vint positivement à l'idée que votre frère avait bien pu monter
le cheval et le vendre à votre insu, car je n'ai pas cru
qu'il fût à lui. Je savais que maître Dunsey faisait
des siennes quelquefois. Mais où peut-il être allé?
On ne l'a plus revu à Batherley. Il ne doit pas s'être
fait de mal, car il a bien été obligé de partir à pied.

— Du mal? dit Godfrey, amèrement. Il ne se fera
jamais de mal; il est créé pour en faire aux autres.

— Vous lui avez donc réellement permis de vendre
le cheval, dites? reprit Bryce.

— Oui, je voulais m'en défaire; il a toujours eu
la bouche un peu trop dure pour moi, » répondit
Godfrey, dont l'orgueil le faisait regimber à l'idée
que Bryce devinait que la nécessité l'avait forcé à se
séparer de sa monture. « J'allais voir ce qu'Éclair
était devenu; je pensais bien qu'il était arrivé quelque
malheur. Je vais repartir maintenant, » ajouta-t-il, en
tournant la tête de son cheval, avec le désir de pouvoir se débarrasser de Bryce, car il sentait que la
grande crise de sa vie — crise si longtemps redoutée
— était proche. « Vous venez à Raveloe, n'est-ce pas?

— Mon Dieu, non, pas maintenant, dit Bryce
Comme je devais me rendre à Flitton, je faisais
ce détour avec l'idée qu'il ne serait pas mauvais
d'entrer chez vous en passant, pour vous dire un
peu tout ce que je savais moi-même au sujet du
cheval. Je suppose que maître Dunsey n'a pas tenu
à se montrer avant que la mauvaise nouvelle se fût
un peu dissipée. Il est peut-être allé faire une visite
à l'auberge des Trois-Couronnes, près de Whit-
bridge; je sais qu'il aime la maison.

— C'est bien possible, » dit Godfrey assez distraitement. Puis, secouant sa préoccupation, il ajouta
en s'efforçant de paraître indifférent : « Nous entendrons parler de lui assez tôt, j'en réponds.

— Eh bien, voici mon chemin, » dit Bryce, sans
être surpris de voir que Godfrey était assez abattu.
« Alors je vais vous dire bonjour, et souhaiter d'être
à même de vous apporter de meilleures nouvelles
une autre fois. »

Godfrey chevaucha lentement. Il se représentait la
scène où il devait tout avouer à son père, — scène
qu'il sentait ne plus pouvoir éviter. Il lui fallait faire
la révélation relativement à l'argent dès le lendemain
matin même. En supposant qu'il cachât le reste,
comme Dunstan ne manquerait pas de revenir bientôt, si celui-ci se trouvait obligé d'endurer la violence de la colère de son père, il raconterait toute
l'histoire par dépit, dût-il n'avoir aucun profit à
en retirer. Il existait peut-être encore un moyen

de gagner le silence de Dunstan, et de retarder le mauvais jour : Godfrey pourrait dire à son père qu'il avait lui-même dépensé l'argent remis par Fowler entre ses mains. Comme il ne s'était jamais rendu coupable d'une semblable offense auparavant, l'affaire se dissiperait après un peu d'orage. Mais il était incapable de se résoudre à cela. Il sentait qu'en donnant l'argent à Dunstan, il avait déjà commis un abus de confiance à peine moins coupable que celui d'avoir dépensé l'argent lui-même et à son profit. Cependant, il y avait entre les deux actes une distinction qui lui montrait le second comme tellement le plus odieux, que l'idée de s'en accuser lui était insupportable.

« Je ne prétends pas être un bon sujet, se dit-il, cependant je ne suis pas un coquin; du moins, je m'arrêterai court quelque part. Je préfère supporter les conséquences de ma propre conduite, et ne pas faire croire que je suis l'auteur de ce que je n'eusse jamais voulu commettre. Jamais je n'aurais eu l'intention de dépenser l'argent pour mon plaisir,... je n'ai cédé qu'à la torture. »

Pendant tout le reste du jour, Godfrey, à part quelques fluctuations accidentelles, demeura fermement résolu à tout avouer à son père, et il ajourna l'histoire de la perte d'Éclair jusqu'au lendemain matin, afin qu'elle servît d'introduction à un sujet plus important. Le vieux squire était accoutumé à voir Dunstan s'absenter fréquemment de la maison;

aussi ne pensait-il pas qu'il valût la peine de faire
une remarque touchant la disparition de son fils et
celle du cheval. Godfrey se répéta maintes et maintes
fois que, s'il laissait échapper cette occasion favorable qu'il avait de tout avouer, il ne s'en présenterait
peut-être jamais une autre : la révélation pourrait
même se produire d'une façon plus odieuse que par
la méchanceté de Dunstan, si *l'autre* venait elle-même
comme elle en avait menacé Godfrey. Alors, pour se
préparer à la scène qui aurait lieu, il essaya de se
la représenter : il arrêta dans son esprit comment il
passerait de la confession de la faiblesse qu'il avait
eue de donner l'argent à Dunstan, au fait que celui-ci
le tenait si fermement, qu'il avait dû renoncer à lui
faire lâcher prise, — comment, en outre, il agirait
sur son père pour que celui-ci s'attendît à quelque
chose de très grave avant de lui révéler la chose
même. Le vieux squire était un homme implacable :
il prenait des résolutions pendant une colère violente, et on ne parvenait pas à les lui faire abandonner, même après que sa colère était passée. Telles sont
les matières embrasées des volcans, qui se durcissent
et forment le roc en se refroidissant. Comme beaucoup d'hommes inflexibles et violents, il laissait le
mal s'accroître à la faveur de sa propre négligence,
jusqu'à ce qu'il en fût assailli avec une force qui
l'exaspérait. Il se retournait alors avec une rigueur
farouche, et sa dureté devenait inexorable. C'était là
son système avec ses fermiers : il les laissait arriérer

leurs payements, négliger leurs clôtures, réduire leur
matériel et leur bétail, vendre leur paille, et faire toute
autre chose qu'il ne fallait pas faire ; puis, lorsqu'il était
à court d'argent par suite de cette indulgence, il prenait contre eux les mesures les plus sévères, et devenait sourd à toutes les supplications. Godfrey savait
tout cela, et il le ressentait d'autant plus vivement
qu'il avait toujours éprouvé l'ennui d'être témoin des
accès de colère soudains et impitoyables de son père,
accès pour lesquels son irrésolution habituelle le pri-
vait de toute sympathie. Mais il ne critiquait pas
l'indulgence coupable qui les précédait : cette indulgence lui semblait assez naturelle. Cependant, comme
Godfrey le pensait, il y avait tout juste une chance
pour que l'orgueil de son père considérât ce mariage
sous un jour qui le persuaderait de le tenir secret,
plutôt que de chasser son fils et de faire parler de la
famille dans le pays, à dix milles à la ronde.

Tel était l'aspect sous lequel Godfrey réussit à
envisager les choses d'assez près jusqu'à minuit. Il
s'endormit ensuite, en pensant que c'en était fini de
délibérer en lui-même. Mais lorsqu'il sortit de son
sommeil dans l'obscurité paisible du matin, il trouva
qu'il lui était impossible de réveiller ses pensées du
soir précédent. On eût dit qu'elles étaient fatiguées
outre mesure et ne pouvaient plus être ranimées
pour un nouveau travail. Au lieu d'arguments en
faveur d'un aveu, il n'était plus capable maintenant
de se représenter autre chose que les fâcheuses con-

séquences qui en résulteraient. Alors revint l'ancienne crainte du déshonneur, — l'ancienne horreur
de penser à élever une barrière infra.ichissable entre
lui-même et Nancy, — son ancien penchant à compter
sur les chances propres à lui être favorables et à lui
épargner une dénonciation. Pourquoi, après tout,
bannirait-il par ses actes personnels les espérances
que donne le hasard? Il s'était représenté l'affaire
sous un faux jour, la veille. Il avait été furieux
contre Dunstan, et il n'avait songé qu'à une rupture
complète de leur entente mutuelle. Mais ce qu'il
y aurait de plus sage à faire pour lui, ce serait d'essayer d'adoucir la colère de son père contre Dunsey,
et de conserver autant que possible les choses dans
leur ancien état. Si Dunstan ne revenait pas dans
quelques jours, — et Godfrey supposait que le coquin
avait assez d'argent dans sa poche pour se permettre
de prolonger son absence plus longtemps encore, —
tout pourrait se dissiper.

CHAPITRE IX

Godfrey se leva et déjeuna de meilleure heure que
de coutume, mais il resta dans le petit salon lambrissé
jusqu'à ce que ses plus jeunes frères eussent fini de
prendre leur repas et fussent sortis. Il attendit son

père, lequel faisait toujours avec son régisseur une
promenade qui précédait le déjeuner. Personne ne
mangeait à la même heure le matin, à la Maison
Rouge. Le squire venait toujours le dernier, afin de
donner à un appétit assez faible de plus grandes
chances, avant de le mettre à l'épreuve. Il y avait
presque deux heures que la table était garnie de mets
substantiels attendant son arrivée. C'était un sexagé-
naire, grand et corpulent. Ses sourcils froncés et le
regard assez dur de sa physionomie semblaient ne
pas être en harmonie avec sa bouche flasque et sans
énergie. Sa personne portait les marques d'une négligence habituelle, et son habillement était mal soigné.
Cependant, il y avait dans l'air du vieux squire quelque chose qui le distinguait des fermiers ordinaires
de la paroisse. Ceux-ci étaient peut-être à tous égards
aussi raffinés que lui, mais ils s'étaient traînés lour-
dement sur le chemin de la vie, avec la conscience
d'être dans le voisinage d'hommes qui leur étaient
supérieurs. Ils manquaient, par conséquent, de cette
possession d'eux-mêmes, de cette autorité de la parole et de cette prestance qui formaient l'apanage
d'un homme considérant les gens au-dessus de lui
comme des êtres tellement éloignés, qu'il n'avait personnellement guère plus à faire avec eux qu'avec le
Grand Turc. Le squire avait été accoutumé toute sa
vie à recevoir l'hommage des gens de la paroisse, et
à penser que sa famille, ses gobelets d'argent et tout
ce qui lui appartenait, était ce qu'il y avait de plus

ancien et de meilleur; et, comme il ne fréquentait
jamais de bourgeoisie d'une sphère plus élevée que la
sienne, son opinion ne souffrait pas de la comparaison.

En entrant dans l'appartement il lança un regard
sur son fils, et lui dit :

« Comment, monsieur! vous [1] n'avez donc pas
encore déjeuné non plus? » Ils n'échangèrent aucune
de ces salutations agréables du matin; non point
qu'il existât entre eux quelque inimitié, mais parce
que la fleur suave de la courtoisie ne croissait pas
dans des demeures telles que la Maison Rouge.

« Si, mon père, répondit Godfrey, j'ai déjeuné,
mais je vous attendais pour vous parler.

— Ah! bien, » reprit le squire, se jetant noncha-
lamment dans son fauteuil et parlant d'une voix
pesante et tousseuse, — ce qui était regardé, à Raveloe, comme une sorte de privilège de son rang, —
tandis qu'il coupait un morceau de bœuf, et le tendait au chien courant qui était entré avec lui.

« Sonnez pour qu'on apporte ma bière, voulez-
vous? Vos affaires, à vous autres jeunes gens, sont le
plus souvent vos plaisirs personnels; mais, si vous
êtes pressés de les faire, les autres ne le sont pas. »

La vie du squire était tout aussi oisive que celle
de ses fils; toutefois, c'était une fiction entretenue par
lui et ses contemporains, à Raveloe, que la jeunesse
était exclusivement la période de la folie, et que

1. Voyez note, page 43

leur vieille sagesse était un état continuel de souffrance que le sarcasme adoucissait. Avant de reprendre la parole, Godfrey attendit que la bière fût venue
et la porte fermée. Pendant ce temps, Rapide, le
chien courant, consomma des morceaux de bœuf en
quantité suffisante pour faire le dîner d'un pauvre
un jour de fête.

« Il y a eu un maudit accident au sujet d'Éclair,
commença-t-il; c'est arrivé avant-hier.

— Quoi! s'est-il couronné? » dit le squire, après
avoir bu une gorgée de bière. « Je pensais que vous
saviez mieux monter que cela, monsieur. Je n'ai
jamais abattu un cheval de ma vie. Si je l'avais
fait, j'aurais pu chanter pour en avoir un autre ; car
mon père, à moi, n'était pas aussi disposé à délier
les cordons de sa bourse que d'autres pères de ma
connaissance. Mais il faut que ceux-ci changent de
gamme, il le faut nécessairement. Tant avec les hypo-
thèques qu'avec les payements en souffrance, je suis
aussi à court d'argent qu'un mendiant de grand
chemin. Et ce sot de Kimble dit que les journaux
parlent de paix. Mais, le pays ne pourrait plus se
maintenir : les prix dégringoleraient comme le poids
d'un tourne-broche et je n'obtiendrais jamais mes
arriérés, lors même que je ferais vendre tout ce que
ces individus possèdent. Et voilà ce maudit Fowler,...
je ne veux pas tolérer son retard plus longtemps;
j'ai dit à Winthrop d'aller chez Cox aujourd'hui
même. Ce coquin de menteur m'a promis de me

verser sans faute cent livres sterling le mois dernier.
Il profite de ce qu'il a une ferme écartée, et il croit
que je le perdrai de vue. »

Le squire venait de débiter son discours en toussant
et en s'interrompant ; toutefois, sans arrêt assez long
qui pût servir de prétexte à Godfrey pour reprendre
la parole. Celui-ci vit que son père avait l'intention
d'éluder toute demande pécuniaire motivée par le
malheur arrivé à Éclair. En outre, il devina que le
ton d'insistance auquel le squire avait ainsi été
amené en parlant du peu d'argent qu'il avait et de
ses arriérés, devait probablement produire dans son
esprit la disposition la moins favorable pour écouter
les aveux de son fils. Cependant il fallait continuer,
maintenant qu'il avait commencé.

« C'est quelque chose de plus grave : le cheval
a été empalé sur un pieu et il s'est tué, » dit-il,
aussitôt que son père se fut arrêté et eut commencé
de couper sa viande. « Mais je n'avais pas l'intention de vous demander de m'en acheter un autre ; je
songeais seulement que j'avais perdu les moyens de
vous rembourser avec le prix d'Éclair, comme je
me le proposais. Dunsey l'a emmené à la chasse
l'autre jour pour le vendre, et, après avoir conclu
le marché avec Bryce pour cent vingt livres sterling,
il a suivi la meute et a fait quelque saut insensé ou
autre qui a immédiatement réglé l'affaire du cheval.
Sans cette circonstance, je vous aurais donné cent
livres sterling ce matin. »

Le squire avait mis là son couteau et sa fourchette, et regardait son fils fixement et avec stupéfaction. Son esprit n'était pas assez subtil pour deviner ce qui avait probablement pu causer un renversement aussi étrange des rapports entre le père et le fils, que cette proposition de Godfrey de lui donner cent livres sterling.

« La vérité est, mon père,... j'en suis bien fâché,... j'ai eu grand tort, dit Godfrey. Fowler a bien payé les cent livres sterling. Il me les a remises lorsque je suis allé là-bas, le mois dernier. Mais Dunsey m'a tourmenté pour avoir l'argent, et je le lui ai laissé parce que j'espérais pouvoir vous le rendre plus tôt. »

Le squire, devenu rouge de colère avant que son fils eût fini de parler, ne parvint qu'avec difficulté à s'exprimer :

« Vous avez laissé l'argent à Dunsey, monsieur? Et depuis quand êtes-vous si intime avec votre frère, que vous soyez obligé de vous liguer avec lui pour détourner mon argent? Êtes-vous en train de devenir un vaurien? Je vous dis que je ne souffrirai pas cela. Je chasserai toute votre séquelle en même temps, et je me remarierai. Je voudrais, monsieur, que vous vous souvinssiez que ma propriété n'est pas un bien inaliénable. Depuis l'époque de mon grand-père, les Cass peuvent disposer de leur terre comme bon leur semble. N'oubliez pas cela, monsieur. Vous avez laissé l'argent à Dunsey! Pourquoi laisser l'argent à Dunsey? Il y a quelque mensonge là-dessous.

— Il n'y a aucun mensonge, mon père, » reprit
Godfrey. « Je n'aurais pas voulu dépenser l'argent
moi-même ; seulement Dunsey m'a tourmenté, et j'ai
été assez sot pour le lui donner. Mais j'avais l'intention de vous le remettre, qu'il me le rendît ou non.
Voilà toute l'affaire. Je n'ai jamais eu l'idée de détourner l'argent. Vous ne m'avez jamais pris à jouer un
vilain tour, mon père.

— Où est Dunsey, alors ? Pourquoi restez-vous là
à causer ? Allez chercher Dunsey, je vous dis, et qu'il
explique pourquoi il a eu besoin de argent, et ce qu'il
en a fait. Il s'en repentira. Je le mettrai à la porte.
J'ai déjà dit que je voulais le faire ; je le ferai. Il ne
me bravera pas. Allez le chercher.

— Dunsey n'est pas revenu, mon père.

— Quoi ! Il s'est donc cassé le cou ? » dit le squire,
se montrant quelque peu mécontent à l'idée que, s'il
en était ainsi, il ne pourrait pas mettre ses menaces
à exécution.

« Non, il n'a pas eu de mal, je crois, car le cheval a été trouvé mort, et Dunsey a dû pouvoir s'en
aller à pied. Je suppose que nous le reverrons bientôt.
Je ne sais pas où il est.

— Et pourquoi vous a-t-il fallu lui donner mon
argent ? Répondez-moi là-dessus, » continua le squire,
attaquant Godfrey de nouveau, puisque Dunsey n'était
pas à sa portée.

« Eh bien, mon père, je ne sais pas, » répondit
Godfrey avec hésitation.

C'était là un faible subterfuge, mais Godfrey n'aimait pas mentir, et, comme il ne savait pas assez qu'aucune sorte de duplicité ne peut prospérer longtemps, sans l'aide de paroles mensongères, il n'avait à sa disposition aucune défaite imaginée à l'avance.

« Vous ne savez pas? je vais vous dire ce qu'il en est, monsieur. Vous avez fait des vôtres et vous avez acheté son silence, » dit le squire avec une pénétration subite. Godfrey tressaillit. Il sentit son cœur battre violemment en voyant que son père avait presque deviné. Cette alarme soudaine le poussa à faire un pas de plus, — une très légère impulsion suffit pour cela lorsque la voie est inclinée.

« Eh bien, mon père, reprit-il, — et il essayait de parler d'un ton facile et insouciant, — il y avait une petite affaire entre moi et Dunsey; elle n'a aucune importance pour tout autre que lui et moi. Il ne vaut guère la peine de se mêler des folies des jeunes gens,... cela ne vous aurait nui en rien, mon père, si je n'avais pas eu la mauvaise chance de perdre Éclair. Je vous aurais remis l'argent.

— Des folies! bah! il serait temps d'en finir avec les vôtres. Je voudrais vous apprendre, monsieur, qu'il faut réellement y mettre un terme, dit le squire, fronçant les sourcils et lançant à son fils un regard irrité. Vos beaux exploits ne sont pas de ceux pour lesquels je trouverai désormais de l'argent. Tenez, mon grand-père avait ses écuries remplies de chevaux; sa table aussi était une bonne table, — et dans

des temps plus mauvais que le nôtre, — à ma connaissance du moins. Je pourrais faire de même, si
je n'avais pas quatre vauriens qui se cramponnent à
moi comme de grosses sangsues. J'ai été un père
trop bon pour vous tous, voilà ce que c'est. Mais
je serrerai la bride désormais, monsieur. »

Godfrey resta silencieux. Il n'était pas probable
qu'il fût très pénétrant dans ses jugements ; toutefois,
il avait toujours senti que l'indulgence de son père
n'était pas de la bonté, et il avait soupiré vaguement après quelque discipline qui eût maîtrisé sa
faiblesse vagabonde, et secondé ses meilleures intentions. Le squire mangea son pain et sa viande rapidement, et but une bonne gorgée de bière ; puis, il
tourna le dos à la table, et reprit la parole.

« Ce sera tant pis pour vous, sachez-le ; mieux
vaudrait pour vous essayer à m'aider à conserver ce
que nous avons.

— Eh bien, mon père, je me suis souvent offert
pour prendre la gestion des affaires, mais vous savez
que vous avez toujours mal interprété la chose, et que
vous avez paru croire que je voulais vous supplanter.

— Je ne me souviens point de vos offres, ni d'avoir
mal interprété la chose, dit le squire, dont les souvenirs consistaient en certaines impressions vives que
les détails n'avaient point modifiées ; ce que je sais,
c'est qu'à une certaine époque, vous avez paru songer
à vous marier, et je n'ai pas cherché à vous barrer
le chemin comme quelques pères l'auraient fait. J'ai-

merais autant vous voir épouser la fille de Lammeter
que toute autre. Je suppose que, si je vous avais dit
non, vous auriez persisté dans votre intention ;
à défaut de contradiction, vous avez changé d'avis.
Vous êtes comme une girouette ; vous tenez de votre
pauvre mère. Elle n'a jamais eu de force de caractère. Il est vrai que c'est inutile à une femme si son
mari est un homme comme il faut, mais cette qualité
serait bien nécessaire à la vôtre, car vous avez à
peine assez de volonté pour faire marcher vos deux
jambes dans la même direction. La jeune fille n'a
pas dit pour tout de bon qu'elle ne voulait pas de
vous, n'est-ce pas ?

— Non, dit Godfrey, sentant une vive chaleur lui
monter au visage, et se trouvant mal à son aise ;
mais je ne crois pas qu'elle veuille de moi.

— Vous ne croyez pas ! Pourquoi n'avez-vous pas
le courage de le lui demander ? Avez-vous toujours
le désir de l'épouser, elle ? Voilà la question.

— Je n'en désire pas d'autre, répondit Godfrey
d'une manière évasive.

— Eh bien, alors, laissez-moi faire la demande à
votre place, voilà tout, si vous n'avez pas le cœur
de la faire vous-même. Il n'est pas probable que
Lammeter voie d'un mauvais œil sa fille se marier
dans ma famille, à moi, il me semble. Quant à la
jolie jeune fille, elle n'a pas voulu de son cousin,
et je ne vois pas d'autre soupirant qui aurait pu vous
couper l'herbe sous le pied.

— J'aimerais mieux laisser la chose tranquille pour l'instant, si vous le voulez bien, mon père, reprit Godfrey, effrayé. Je crois qu'elle est un peu fâchée contre moi juste en ce moment, et je désirerais lui parler moi-même. Il faut qu'on s'occupe personnellement de ces choses-là.

— Eh bien, alors, parlez et occupez-vous-en, et voyez si vous ne pouvez pas changer de conduite. C'est ce qu'il est nécessaire qu'un homme fasse lorsqu'il songe à se marier.

— Je ne vois pas comment il me serait permis d'y songer à présent, mon père. Vous n'aimeriez pas à m'établir dans une de vos fermes, je suppose, et je ne crois pas qu'elle consente à venir demeurer dans cette maison avec tous mes frères. On y mène une vie différente de celle dont cette jeune fille a l'habitude.

— Elle ne consentirait pas à venir demeurer dans cette maison ? Ne me dites pas cela. Demandez-lui, voilà tout, reprit le squire avec un rire bref et ironique.

— J'aimerais mieux laisser la chose tranquille pour l'instant, mon père, dit Godfrey. J'espère que vous n'essayerez pas de presser les affaires en disant quoi que ce soit.

— Je ferai ce qui me plaira, répliqua le squire, et je vous apprendrai que je suis le maître ; autrement, vous pouvez quitter la maison et partir chercher un domaine ailleurs. Allez-vous-en dire à Winthrop de ne pas se rendre chez Cox, mais de m'attendre... et ordonnez qu'on selle mon cheval.

Cependant, attendez : voyez à vendre la vieille haridelle de Dunsey et à me remettre l'argent, entendez-
vous? Il n'entretiendra plus de chevaux à mes frais.
Et si vous savez où il est fourré, — vous le savez sans
doute, — vous pouvez l'inviter à s'épargner la peine
de revenir à la maison. Qu'il se fasse garçon d'écurie
et subvienne à ses besoins. Il ne sera plus à mes
crochets.

— Je ne sais pas où il est, mon père ; et, si je le
savais, ce ne serait pas à moi de lui dire de ne plus
revenir, fit Godfrey, s'avançant vers la porte.

— Le diable vous confonde, monsieur ; ne restez pas
là à raisonner, mais allez dire qu'on prépare mon cheval, » continua le squire, tandis qu'il prenait une pipe.

Godfrey sortit, sachant à peine s'il était plus soulagé à l'idée que l'entrevue était terminée sans avoir
apporté aucun changement à sa position, ou plus
inquiet en songeant qu'il s'était enchevêtré davantage
dans les subterfuges et les artifices. Ce qui s'était
passé au sujet de la demande de la main de Nancy,
avait causé au jeune homme une nouvelle alarme :
la crainte que le squire ne glissât à M. Lammeter,
après un dîner, quelques mots qui fussent de nature à
le mettre, lui, Godfrey, dans un embarras tel qu'il
serait absolument obligé de refuser Nancy, au moment même où elle semblerait être à sa portée. Il
eut recours à son refuge ordinaire, à l'espérance de
quelque coup imprévu de la fortune, de quelque
chance favorable qui lui épargnerait des conséquences

désagréables, — peut-être même justifierait son manque de sincérité en en manifestant la prudence.

En ce qui concerne le fait de compter sur quelque
coup de dés de la fortune, on peut à peine dire que
Godfrey fût de la vieille école. Le hasard favorable
est le dieu de tous les hommes qui suivent leurs propres impulsions, au lieu d'obéir à une loi à laquelle
ils croient. Que même un homme distingué de notre
temps obtienne une position qu'il a honte de faire
connaître, et son esprit recherchera toutes les issues
imaginables, susceptibles de le délivrer des résultats
que cette position laisse prévoir. S'il dépense au delà
de son revenu, s'il évite le travail honnête et résolu
qui procure un salaire, il se met aussitôt à rêver
à la chance de trouver un bienfaiteur, un nigaud
qu'il saura cajoler, afin de l'amener à user de
son influence en sa faveur, — à s'imaginer un état
d'esprit possible chez quelque personne probable
qui n'est point encore prête à paraître. Qu'il néglige
les obligations de son emploi, il jette inévitablement
son ancre sur le hasard, avec l'espoir que la chose
qui n'a point été faite ne se trouvera pas être de
l'importance supposée. S'il trahit la confiance de
son ami, il adore cette même complexité subtile
appelée le hasard, qui lui donne l'espérance que cet
ami ne l'apprendra jamais. S'il abandonne un honnête métier pour rechercher les distinctions d'une
profession à laquelle il n'a jamais été appelé par la
nature, sa religion est infailliblement le culte du

hasard favorable, en qui il croit comme au puissant créateur du succès. Le mauvais principe rejeté par cette religion, c'est l'ordre naturel de la succession des choses, d'après lequel les semences produisent une récolte de leur espèce [1].

CHAPITRE X

Le juge Malam était naturellement considéré à Tarley et à Raveloe comme un personnage d'une vaste intelligence, attendu qu'il était capable de tirer, sans preuves, des conclusions beaucoup plus profondes que celles qu'on pouvait attendre de ses voisins qui n'étaient point magistrats. Il n'y avait pas probabilité qu'un tel homme négligeât l'indice de la boîte à amadou. Aussi, une enquête fut mise sur pied, ayant pour objet un colporteur : nom inconnu, cheveux noirs et frisés, teint basané d'un étranger, avec de la coutellerie et de la bijouterie dans une petite boîte, et portant de grandes boucles d'oreilles. Mais, soit que l'enquête fût trop lente pour le rattraper, soit que ce signalement s'appliquât à un si grand nombre de colporteurs, qu'elle ne sût pas faire un choix parmi eux, des semaines se passèrent, et il n'y eut d'autre résultat, concernant le vol, que la

1. *Galates*, VI, 7. (N. du Tr.)

cessation graduelle de l'agitation qu'il avait causée
à Raveloe. L'absence de Dunstan Cass fut à peine
le sujet d'une observation : une fois déjà auparavant,
il avait eu une querelle avec son père, et était parti
personne ne savait où. Au bout de six semaines il
était revenu reprendre ses anciens quartiers sans
rencontrer d'opposition, et faire le fanfaron comme
à l'ordinaire. Sa famille elle-même, qui s'attendait
également à cette issue, avec cette seule différence
que le squire était déterminé cette fois à lui interdire
les quartiers en question, ne mentionnait jamais son
absence, et, lorsque son oncle Kimble et M. Osgood
la remarquèrent, la nouvelle qu'il avait tué Éclair et
commis quelque offense contre son père, suffit pour
empêcher qu'on en fût surpris. Rapprocher le fait de
la disparition de Dunsey avec celui du vol arrivé le
même jour, c'était une chose bien éloignée du cours
ordinaire des pensées de tout le monde, même de
celles de Godfrey, qui avait de meilleures raisons
que n'importe qui pour savoir ce dont son frère était
capable. Il ne se souvenait pas que Dunsey et lui
eussent mentionné entre eux le nom du tisserand
depuis douze ans, époque de leur enfance où c'était
leur amusement de se moquer de lui. En outre,
son imagination trouvait toujours un *alibi* [1] pour
Dunstan : il se le représentait continuellement dans
quelque repaire en harmonie avec les goûts qu'il lui

1. Présence d'une personne dans un autre lieu que celui où
a été accompli le crime ou le délit. (Littré.)

connaissait, et vers lequel il s'était dirigé après avoir
abandonné Éclair. Il le voyait vivant aux crochets de
connaissances de rencontre, et songeant à revenir à
la maison pour s'amuser à tourmenter son frère aîné
comme autrefois. Lors même qu'un esprit de Raveloe
aurait rapproché les deux faits ci-dessus, je doute
qu'une combinaison aussi injurieuse pour l'honorabi-
lité héréditaire d'une famille ayant un monument
mural dans l'église et des gobelets d'argent vénérables,
ne fût pas restée secrète à cause de sa tendance mal-
saine. Mais les puddings [1] de Noël, la chair de porc
bouillie et épicée et l'abondance des liqueurs spiri-
tueuses, jettent l'originalité de l'esprit dans la voie
du cauchemar, et sont de grands préservatifs contre
la dangereuse spontanéité de l'activité de la pensée.

Quand on parla du vol à l'auberge de l'Arc-en-
Ciel et ailleurs, dans la bonne société, la balance
continua à osciller entre l'explication rationnelle
basée sur la boîte à amadou, et la théorie d'un
mystère inpénétrable qui tournait les recherches en
ridicule. Les partisans de la croyance à la boîte à
amadou et à un colporteur, considéraient leurs adver-
saires comme une collection de gens crédules au
cerveau troublé, qui, ayant personnellement l'œil
vairon [2], supposaient que tout le monde n'y voyait

1. On désigne sous ce nom diverses espèces de gâteaux
anglais, généralement composés de graisse, de farine, d'œufs,
de lait, et souvent de raisins de Corinthe. (N. du Tr.)

2. Ces villageois s'imaginaient, à tort, qu'une personne qui
a l'œil vairon voit tout en blanc. (N. du Tr.)

comme eux que du blanc; et ceux qui étaient pour l'inexplicable, faisaient plus que de donner à entendre que leurs antagonistes étaient des volatiles disposés à chanter avant qu'ils eussent trouvé du grain, — de vraies écumoires sous le rapport de la capacité, et dont la clairvoyance consistait à supposer qu'il n'y avait rien derrière une porte de grange parce qu'ils ne pouvaient pas voir à travers. Par suite, bien que cette controverse ne servît pas à éclaircir le fait du vol, elle dévoilait certaines opinions vraies et importantes, mais n'ayant pas trait au sujet.

Cependant, tandis que la perte qu'il avait éprouvée servait ainsi à activer le faible courant de la conversation à Raveloe, le pauvre Silas lui-même était consumé par le désespoir que lui causait cette privation au sujet de laquelle ses voisins raisonnaient à leur aise. Quiconque l'eût observé avant la disparition de son or, aurait pu se figurer qu'un être aussi flétri et aussi ratatiné avait à peine la force de supporter aucune meurtrissure, ou de subir aucune déperdition, sans succomber immédiatement. En réalité, sa vie avait été une vie ardente, occupée par un but immédiat qui le séparait de l'inconnu immense et triste; sa vie avait été tenace, et, bien que l'objet autour duquel les fibres de cette vie s'étaient enlacées fût une chose isolée et inerte, cet objet donnait satisfaction au besoin de Marner d'avoir un attachement quelconque. Mais maintenant la séparation protec-

trice était détruite, l'appui était enlevé. Les pensées
de Silas ne pouvaient plus se mouvoir dans leur ancien cercle. Elles se trouvaient déroutées par un vide
semblable à celui que la fourmi laborieuse rencontre, lorsque la terre s'est affaissée sur le sentier
conduisant à sa demeure. Le métier était là, et le
tissage, et le dessin croissant du tissu ; mais le brillant
trésor dans la cachette, sous ses pieds, avait disparu ;
la perspective de le palper et de le compter n'existait
plus ; le soir n'avait plus ses visions de délices pour
calmer les désirs ardents de cette pauvre âme. La
pensée de l'argent qu'il gagnerait par le travail du
moment, ne pouvait lui procurer aucune joie, car
cette image chétive ne faisait que lui rappeler de
nouveau son infortune ; et ses espérances avaient été
écrasées avec trop de violence par le coup soudain,
pour que son imagination s'arrêtât à l'idée de voir
s'amasser un nouveau trésor avec ce petit commencement.

Ce vide était comblé par son chagrin. Lorsqu'il
était occupé à tisser, il gémissait fréquemment, tout
bas, comme une âme en peine : c'était le signe que
ses pensées étaient revenues au gouffre abrupt, —
aux heures inertes du soir. Et pendant toutes ces
heures, assis dans la solitude près de son triste feu,
il appuyait ses coudes sur ses genoux, serrait sa tête
dans ses mains et gémissait encore plus bas, comme
s'il cherchait à n'être pas entendu.

Cependant, il n'était pas complètement abandonné

dans son tourment. L'aversion qu'il avait toujours
inspirée à ses voisins s'était en partie dissipée, grâce
au nouveau jour sous lequel son infortune l'avait
présenté. Au lieu d'un homme possédant plus d'habileté que les gens honnêtes n'en pouvaient acquérir,
et, ce qui était plus grave, nullement disposé à en
faire usage en bon voisin, il était évident maintenant que Silas n'avait pas même assez d'habileté pour
conserver ce qui lui appartenait. On parlait généralement de lui comme d'une pauvre créature bien
cassée, et cet éloignement pour son prochain, qu'on
avait attribué auparavant à son mauvais vouloir et
à des rapports probables avec la pire société, était
actuellement considéré comme pure folie.

Ce retour à de meilleurs sentiments se manifestait
de différentes manières. L'air était imprégné de
l'odeur de la cuisine de Noël, et c'était la saison où
la superfluité du porc et du boudin suggère la charité de la part des familles aisées. Le malheur arrivé à
Silas l'avait placé au premier rang dans l'esprit des
ménagères telles que Mme Osgood. M. Gracken-
thorp aussi, tout en avertissant Silas que son argent
lui avait probablement été pris parce qu'il y pensait trop et ne venait jamais à l'église, renforçait sa
doctrine en lui faisant un cadeau de pieds de cochon,
— moyen excellent pour dissiper les préjugés mal
fondés, ayant cours sur la réputation du clergé. Les
voisins qui n'avaient que des paroles de consolation
à donner, se montraient enclins, non seulement à

saluer Silas et à discuter assez longuement son infortune lorsqu'ils le rencontraient dans le village, mais aussi à prendre la peine d'entrer dans sa chaumière, et à lui faire répéter tous les détails du vol dans l'endroit même où il avait été commis. Puis, ils essayaient de l'encourager, en disant : « Eh bien, maître Marner, vous n'êtes pas plus malheureux que les autres pauvres gens, après tout; et, si vous veniez à être impotent, la paroisse vous donnerait un secours. »

Je suppose qu'une des raisons pour lesquelles nous sommes rarement capables de consoler notre prochain par nos paroles, c'est que nos intentions se trouvent corrompues malgré nous avant de parvenir à passer entre nos lèvres. Nous pouvons envoyer du boudin et des pieds de cochon sans leur donner la saveur de notre propre égoïsme; mais le langage est un courant qui a presque toujours le goût du terroir impur qu'il a traversé. Il y avait une proportion raisonnable de bonté dans le cœur des gens de Raveloe; seulement, ils exerçaient cette bonté avec la franchise maladroite de l'ivresse, en employant les formes dont la flatterie et la dissimulation se revêtent le moins.

M. Macey, par exemple, vint un soir tout exprès pour informer Silas que les événements récents lui avaient donné l'avantage d'être considéré avec plus de faveur, par un homme dont l'opinion n'était pas formée à la légère. A cet effet, aussitôt qu'il se fu'

assis et qu'il eut ajusté ses pouces, il commença la
conversation, en disant :

« Allons ! maître Marner, voyons, vous n'avez pas
besoin de rester là assis à gémir. Vous êtes beaucoup plus heureux d'avoir perdu votre argent, que
de l'avoir conservé par de vils moyens. Je pensais
tout d'abord, quand vous êtes venu dans ce pays,
que vous n'étiez pas meilleur qu'il ne fallait. Vous
étiez beaucoup plus jeune que vous ne l'êtes maintenant ; mais vous avez toujours été une créature
pâle et effarée, ressemblant en partie à un veau à
tête blanche, s'il m'est permis de m'exprimer ainsi.
Pourtant on peut se tromper. Ce n'est pas le malin
qui a fait toutes les créatures à l'aspect bizarre. Je
veux parler des crapauds et autres êtres semblables, car ils sont souvent inoffensifs ; ils sont même
utiles pour détruire la vermine. Il en est à peu près
de même de vous, autant que je puis en juger, bien
qu'en ce qui concerne vos connaissances des plantes
et des drogues propres à rétablir la respiration, si
vous les avez apportées d'un pays éloigné, vous eussiez pu en être un peu plus généreux. Et si ces connaissances n'étaient pas acquises où il fallait, eh
bien, rien ne vous empêchait de compenser cela en
venant à l'église régulièrement. En effet, pour ce
qui est des enfants que la sorcière de Tarley char-
mait, je me suis trouvé à leur baptême maintes et
maintes fois, et ils recevaient l'eau bénite tout aussi
bien que les autres. Et c'est comme cela doit être,

attendu que si le vieux malin a envie de faire un peu
de bien pour se donner un *congé*, s'il m'est permis de
m'exprimer ainsi, quel est celui qui peut y trouver à
redire? Voilà mon opinion. Il y a quarante ans que
je suis chantre de cette paroisse, et je sais que lorsque
le pasteur et moi nous dénonçons la colère céleste,
le mercredi des Cendres [1], on ne prononce aucun
anathème contre ceux qui ont envie d'être guéris
sans médecin, que le Dr Kimble en dise ce qu'il
voudra. Par conséquent, maître Marner, comme je
vous le disais tout à l'heure, — il y a tant de détours
dans les choses, qu'il vous arrive d'être entraîné
comme je viens de l'être, jusqu'au dernier chapitre
du livre de prières [2] avant de revenir à son sujet, —
mon opinion est que vous ne devez pas vous décou-
rager. Quant à s'imaginer que vous êtes un malin
personnage, et qu'il y a plus de science dans votre
tête que vous ne pourriez en révéler, je ne suis pas
de cet avis du tout, et c'est ce que je répète toujours
aux voisins. Vous prétendez, leur dis-je, que maître
Marner aurait forgé un conte, eh bien, c'est absurde,
en vérité. Il faudrait réellement un homme intelligent pour inventer une histoire comme celle-là; et
j'ajoute : lorsqu'il est venu à l'auberge, il paraissait
aussi effrayé qu'un lièvre. »

Pendant ce discours sans suite, Silas était resté

1. Allusion à la cérémonie de la *commination*. (N. du T.)
2. La *commination* se trouve placée à la fin du livre de
prières anglais. (N. du Tr.)

immobile dans sa première attitude, appuyant ses
coudes sur ses genoux et pressant sa tête entre ses
mains. M. Macey s'arrêta, ne doutant pas qu'il n'eût
été écouté. Il s'attendait à quelque appréciation en
réponse; mais Marner resta silencieux. Il avait le
sentiment que le vieillard voulait lui être agréable, et
avait à son égard des intentions de bon voisin; malheureusement, cette bonté tombait sur Silas comme
les rayons du soleil sur l'homme misérable : sentant
qu'elle était bien loin de lui, il n'avait pas le cœur
d'en jouir.

« Voyons, maître Marner, n'avez-vous rien à
répondre à cela? dit enfin M. Macey, d'un ton de
légère impatience.

— Ah, répondit Marner lentement, en secouant
sa tête entre ses mains, je vous remercie, je vous
remercie de tout mon cœur.

— Oui, oui, certainement, je savais que vous me
remercieriez, dit M. Macey, et il m'est avis que.... A
propos, avez-vous un habillement du dimanche?

— Non, dit Marner.

— C'est ce que je pensais, dit M. Macey. Maintenant
laissez-moi vous conseiller de vous en procurer un.
Tenez, Tookey, c'est un pauvre diable, mais il a mon
fonds de tailleur, et une certaine partie de mon argent
avec. Il vous fera un vêtement complet, à bon
marché et à crédit. Alors vous pourrez venir à
l'église et être un peu plus sociable avec vos voisins. Comment! vous ne m'avez jamais entendu dire

« Amen » depuis votre arrivée dans ce pays! Je
vous recommande de ne pas perdre de temps, parce
que ce sera de la triste besogne quand Tookey en
sera chargé entièrement. Je pourrai bien ne plus
avoir du tout la force de me tenir debout au lutrin,
vienne un autre hiver. » Là-dessus, M. Macey fit une
pause, s'attendant peut-être à quelque signe d'émotion de la part de son auditeur. N'en observant
aucun, il continua : « Et quant à l'argent pour le
vêtement complet, eh bien, vous gagnez à votre
métier quelque chose comme une livre sterling par
semaine, maître Marner, et vous êtes encore jeune, il
me semble, bien que vous paraissiez si cassé. Mais,
vous ne deviez pas avoir vingt-cinq ans à l'époque
où vous êtes venu dans ce pays, n'est-ce pas? »

Silas tressaillit légèrement lorsque M. Macey passa
à ce ton d'interrogation, et répondit avec douceur
« Je ne sais pas; je ne puis pas le dire au juste; il
y a bien longtemps! »

Après avoir reçu une telle réponse, il n'est pas
surprenant que M. Macey ait fait observer plus tard,
dans la soirée, à l'auberge de l'Arc-en-Ciel, que Marner avait la tête toute troublée, et qu'il ne savait
probablement pas quand le dimanche venait, preuve
qu'il était plus païen que bien des chiens [1].

1. Texte: *than many a dog*. Expression commune en Angleterre. On dit aussi : *A dog of a heathen*, chien de païen. D'un
autre côté, le mot *chiens* est employé dans la Bible, pour désigner les *Gentils* ou anciens polythéistes. (N. du Tr.)

Outre M. Macey, une autre personne qui consolait
Silas, vint à lui le cœur tout rempli des mêmes pensées. C'était Mme Winthrop, la femme du charron.
Les habitants de Raveloe n'allaient pas aux offices
avec une régularité scrupuleuse. Peut-être eût-il été
difficile de trouver quelqu'un dans la paroisse, qui ne
pensât pas que les fidèles fréquentant l'église tous les
dimanches du calendrier, manifestaient un désir avide
d'être bien avec le ciel, et d'obtenir indûment un
avantage sur leurs voisins, — un désir d'être meilleurs
que le commun des mortels, impliquant un certain
blâme à l'adresse des gens qui, ayant eu des parrains
et des marraines aussi bien qu'eux, possédaient un
droit égal au service funèbre. En même temps, il était
entendu que tout le monde, excepté les domestiques
et les jeunes gens, devait recevoir le sacrement de
l'eucharistie à l'une des grandes fêtes. Le squire Cass
lui-même communiait à Noël, tandis que ceux qui
étaient considérés comme bons chrétiens, allaient à
l'église plus souvent, mais avec modération cependant.

Mme Winthrop comptait parmi ces derniers. C'était
en tout point une femme consciencieuse et scrupuleuse. Elle avait une telle ardeur à remplir ses devoirs,
que la vie ne semblait pas les lui présenter assez fréquemment, lorsqu'elle ne se levait pas à quatre heures
et demie du matin. Cela diminuait, il est vrai, la
besogne des heures qui suivaient, et cet inconvénient
devenait pour elle un problème qu'elle cherchait
constamment à résoudre.

Pourtant, elle n'avait pas le caractère acariâtre qu'on suppose être nécessairement associé avec de telles habitudes. C'était une femme très douce et très patiente, qui recherchait par nature tous les éléments les plus tristes et les plus sérieux de la vie, pour en repaître son esprit, — c'était la personne à qui l'on songeait tout d'abord à Raveloe, chaque fois qu'il se trouvait une maladie ou une mort dans une famille, lorsqu'il y avait des sangsues à appliquer, ou qu'une garde-malade faisait soudainement défaut.

Femme serviable, de bonne mine, au teint frais, elle avait toujours les lèvres légèrement serrées, comme si elle se croyait dans une chambre de malade, en présence du docteur ou du pasteur. Mais elle ne pleurnichait jamais; personne ne l'avait vue verser des larmes. On ne remarquait chez elle que de la gravité et une disposition à secouer la tête, et à soupirer d'une façon presque imperceptible, comme une pleureuse qui n'est pas parente du défunt. Il paraissait surprenant que Ben Winthrop, qui aimait son pot de bière et ses bons mots, s'accordât si bien avec Dolly [1]; mais elle acceptait les plaisanteries et la jovialité de son mari aussi patiemment que toute autre chose. Elle se disait que les hommes étaient toujours ainsi, quoi qu'on fasse, et, à ses yeux, les personnes du sexe fort étaient des créatures qu'il

1. *Dolly*, diminutif de *Dorothy*, Dorothée. (N. du Tr.)

avait plu au ciel de rendre naturellement ennuyeu-
ses, comme les taureaux et les dindons.

Cette femme bonne et bienfaisante ne pouvait
guère manquer de se sentir fortement attirée vers
Silas Marner, maintenant qu'il lui apparaissait sous
l'aspect d'une personne souffrante. Un dimanche,
dans l'après-midi, elle emmena son petit Aaron avec
elle, et se rendit chez Silas. Elle portait à la main
quelques petits gâteaux au saindoux, faits de pâte
peu épaisse, et très estimés à Raveloe. Aaron, enfant
de sept ans, dont les joues ressemblaient à des pommes, et dont la collerette propre et empesée paraissait être l'assiette qui contenait ces fruits, eut besoin
de toute l'audace de sa curiosité pour s'enhardir
contre la crainte que le tisserand aux gros yeux ne
lui infligeât quelque mal physique. Son appréhen-
sion s'accrut beaucoup quand, en arrivant aux Carrières, lui et sa mère entendirent le bruit mystérieux
du métier.

« Ah, c'est comme je le pensais, » dit Mme Winthrop tristement.

Ils durent frapper avec force, avant que Silas les
entendît ; cependant, lorsqu'il vint enfin à la porte,
il ne montra aucune impatience, comme il l'eût fait
autrefois en recevant une visite qui n'était ni solli-
citée ni attendue. Jadis, son cœur avait été comme
un coffret fermé à clef, et contenant un trésor ; mais
maintenant le coffret était vide, et la serrure en était
brisée. Abandonné dans les ténèbres et y cherchant

sa voie à tâtons, son appui lui faisant complètement défaut, Silas avait inévitablement le sentiment — sentiment triste, en vérité, et touchant presque au désespoir — que si aucun secours devait lui arriver, ce ne pouvait être que du dehors. Aussi, éprouvait-il une légère émotion d'espérance à la vue de ses semblables. Il avait une faible idée qu'il devait compter sur leur bienveillance.

Il ouvrit la porte entièrement pour laisser entrer Dolly ; toutefois, sans lui rendre son salut autrement qu'en faisant avancer le fauteuil de quelques pouces, pour lui indiquer qu'elle devait s'y placer. Aussitôt que Dolly se fut assise, elle enleva le tissu blanc qui recouvrait ses gâteaux et dit avec la plus grande gravité :

« Maître Marner, hier j'ai fait cuire au four des gâteaux au saindoux, et ils ont mieux réussi que de coutume. Je venais vous demander de vouloir bien en accepter quelques-uns, si vous le jugiez convenable. Je ne mange pas de ces choses-là moi-même, car ce que je préfère d'un bout de l'année à l'autre, c'est un peu de pain ; mais les hommes ont l'estomac si bizarrement fait, qu'il leur faut du changement, — oui, il leur en faut, je le sais ; que Dieu leur vienne en aide. »

Dolly soupira doucement, en offrant les gâteaux à Silas. Celui-ci la remercia avec bonté et regarda le présent de très près, distraitement, car il était accoutumé à examiner ainsi tout ce qu'il prenait dans la

main. Pendant tout ce temps, il était fixé par les
yeux ronds, brillants et étonnés du petit Aaron, qui
s'était retranché derrière la chaise de sa mère et
lançait de là des regards furtifs.

« Il y a des lettres empreintes dessus, dit Dolly.
Je ne puis pas les lire moi-même, et personne, pas
même M. Macey, ne sait au juste ce qu'elles veulent
dire ; mais elles ont une bonne signification, attendu
que ce sont celles qu'on voit sur le tapis du pupitre
de la chaire, à l'église. Quelles sont ces lettres, Aaron,
mon enfant ? »

Aaron se retira complètement derrière son rempart.

« Oh, allons donc, c'est méchant, lui dit sa mère,
avec douceur. Eh bien, quelles que soient ces lettres, elles ont une bonne signification. Ben dit que
c'est une marque qui a toujours été dans la famille,
depuis son enfance. Sa mère avait coutume de la
mettre sur les gâteaux, et je l'y ai toujours mise
aussi ; car, s'il existe quelque bien, nous en avons
besoin dans ce monde.

— C'est I. H. S. [1], » dit Silas.

A cette preuve de savoir, Aaron lança de nouveau
un regard furtif de derrière la chaise.

« Eh bien, pour sûr, vous pouvez les lire facilement, dit Dolly. Ben me a les lues maintes et maintes
fois, mais elles me sortent toujours de la tête. C'est
d'autant plus dommage que ce sont de bonnes lettres ;

_____

1. I. H. S. *In hac salus*, dans ceci (cette croix) le salut.
(N. du Tr.)

autrement, elles ne seraient pas dans l'église. C'est pourquoi je les mets sur toutes les miches et sur tous les gâteaux, bien que, parfois, elles ne veuillent pas tenir parce que la pâte se soulève; car, comme je le disais, si nous pouvons obtenir quelque bien, nous en avons besoin en ce monde, je vous assure. J'espère qu'elles vous en procureront, maître Marner. C'est dans cette intention que je vous ai apporté les gâteaux, et vous voyez que les lettres ont tenu mieux que de coutume. »

Silas était aussi incapable d'interpréter les lettres que Dolly; cependant, il n'était pas possible, en entendant les douces paroles de Mme Winthrop, de se tromper sur le désir qu'elle avait de faire du bien. Il répondit avec plus de sentiment qu'auparavant :

« Merci, merci de tout mon cœur. »

Néanmoins, il mit là les gâteaux et s'assit distraitement, triste et inconscient de tout avantage distinct, que les gâteaux et les lettres, et même la bonté de Dolly, étaient susceptibles de lui procurer.

« Ah, s'il y a du bien quelque part, nous en avons besoin, » répéta Dolly, qui n'abandonnait pas facilement une phrase utile. Elle continua de parler, en regardant Silas avec compassion.

« Mais n'avez-vous pas entendu les cloches de l'église ce matin, maître Marner? Je crois que vous ne saviez pas que c'était dimanche. Vivant si solitaire ici, vous oubliez quel jour c'est, il me semble; puis, lorsque votre métier fait du bruit, vous ne pouvez pas entendre les cloches, d'autant plus que l'air froid et humide en étouffe le son maintenant.

— Si, si, je les ai entendues, » répondit Silas, pour qui le son des cloches du dimanche était un simple incident, n'ayant aucun rapport avec la sainteté de ce jour. Il n'y avait pas de cloches dans la Cour de la Lanterne.

« Grand Dieu! dit Dolly, s'arrêtant avant de reprendre la parole. Mais quel dommage que vous travailliez le dimanche, et que vous ne vous nettoyiez pas, quand même vous n'iriez pas à l'église. Si vous aviez un morceau de rôti au feu, on comprendrait que vous ne pussiez pas le quitter, seul comme vous l'êtes. Mais la rôtisserie est là. Il n'y aurait qu'à vous résoudre à dépenser de temps en temps une pièce de quatre sous pour mettre votre viande au four, — pas toutes les semaines, bien entendu; je n'aimerais pas faire cela moi-même. Vous pourriez porter votre petit dîner chez le rôtisseur, car ce n'est que raisonnable d'avoir un petit morceau de quelque chose de chaud, le dimanche. Vous ne devriez point vous arranger de façon à ne pas pouvoir faire une distinction entre votre dîner de ce jour-là et celui du samedi. Mais maintenant, le jour de Noël, ce saint jour de Noël qui approche, si vous portiez votre dîner à la rôtisserie, et si vous alliez à l'église voir le houx et l'if [1], entendre l'antienne et communier ensuite,

1. Allusion à un vieil usage d'orner, à Noël, en Angleterre, les églises, les maisons et les boutiques, avec des rameaux et

vous vous sentiriez beaucoup mieux. Vous sauriez
à quoi vous en tenir, et vous pourriez mettre votre
confiance en *Ceux* qui en savent plus que nous,
attendu que vous auriez accompli ce qu'il est de
notre devoir à tous d'accomplir. »

Cette longue exhortation de Dolly, qui lui avait
coûté un effort extraordinaire de paroles, fut prononcée de ce ton doux et persuasif avec lequel
elle aurait essayé d'amener un malade à prendre sa
médecine, ou un bol d'une bouillie pour laquelle il
aurait eu de la répugnance. Jamais auparavant Silas
n'avait été serré de si près au sujet de son absence
de l'église. Le fait avait été simplement considéré
comme un trait du caractère général de sa nature
bizarre, et Marner était trop franc et trop simple
pour éluder l'appel de Dolly.

« Non, non, dit-il. Je ne sais rien de l'église. Je
n'ai jamais été à l'église.

— Jamais! » reprit Dolly, du ton bas de l'étonnement. Alors, se rappelant que Silas était venu d'un
pays inconnu, elle ajouta :

« Serait-ce parce qu'on n'avait pas d'églises dans
le pays où vous êtes né ?

— Oh, si, » dit Silas d'un air méditatif, assis
suivant son habitude, ses coudes appuyés sur se
genoux et soutenant sa tête dans ses mains. « Il y
avait des églises, il y en avait beaucoup C'était une

des arbrisseaux verts. C'est un reste des coutumes païennes.
(N. du Tr.)

grande ville. Mais je ne les connaissais pas, j'allais
à la chapelle . »

Dolly, très perplexe en entendant cette expression nouvelle, fut quelque peu effrayée de pousser
plus loin ses questions, dans la crainte que le mot
chapelle ne signifiât quelque repaire de méchanceté.
Après un instant de réflexion, elle dit :

« Eh bien, maître Marner, il n'est jamais trop tard
pour changer de conduite. Si vous n'avez jamais
fréquenté l'église, on ne saurait dire quel grand bien
cela vous ferait d'y venir. Moi, je me trouve plus à
mon aise et plus heureuse que je ne l'ai jamais été,
lorsque je suis allée entendre les prières, et les
chants aux louanges et à la gloire de Dieu que
M. Macey entonne, et les bonnes paroles prononcées
par M. Crackenthorp, principalement les jours de
communion. Si un peu d'ennui me vient, je sens
que je puis le supporter, car j'ai cherché de l'aide
où il fallait. Je me suis abandonnée à *Ceux* à qui
nous devons tous nous abandonner à la fin, et, si
nous avons fait notre devoir, il ne faut pas croire
que *Ceux* qui sont là-haut vaudront moins que nous
et ne feront pas le leur ».

L'exposé que fit la pauvre Dolly de la simple théo-
logie de Raveloe, vint frapper les oreilles de Silas sans
qu'il y comprît quelque chose ; en effet, il n'y avait

1. Les anglicans se servent du mot *église* pour désigner
l'édifice où ils pratiquent leur culte ; les dissidents emploient
le mot *chapelle*. (N. du Tr.)

dans ces paroles aucun mot qui pût évoquer un souvenir de la religion qu'il avait pratiquée autrefois, et son esprit se trouvait tout à fait dérouté par l'usage qu'elle faisait du pronom pluriel. Ce n'était point une hérésie de Dolly, mais seulement sa manière d'éviter une familiarité présomptueuse. Marner resta silencieux. Il ne se sentait pas disposé à donner son assentiment à la partie du discours qu'il comprenait entièrement, — la recommandation d'aller à l'église. En vérité, Silas était si peu accoutumé à parler, excepté pour faire les questions et les réponses brèves indispensables à la négociation de ses petites affaires, que les mots ne lui venaient pas aisément, s'ils n'étaient point sollicités par un but déterminé.

Mais maintenant le petit Aaron, qui s'était accoutumé à la présence terrible du tisserand, venait de s'avancer à côté de sa mère, et Silas, paraissant l'apercevoir pour la première fois, essaya de payer de retour les marques de la bonté de Dolly, en offrant à l'enfant une part du gâteau. Aaron recula un peu, et se frotta la tête contre l'épaule de sa mère. Toutefois, il pensa que le morceau de gâteau valait la peine de tendre la main pour l'avoir.

« Oh, fi donc! Aaron! » dit Dolly, en le prenant sur ses genoux; « mais, vous [1] n'avez pas besoin de gâteau avant quelque temps. Il a un

1. Voyez, p. 43, note.

appétit merveilleux, » ajouta-t-elle avec un léger
soupir, « merveilleux, Dieu le sait. C'est mon plus
jeune, et nous le gâtons d'une façon déplorable ; car,
soit moi, soit son père, il faut absolument que l'un
de nous l'ait devant les yeux, — absolument. »

Elle caressa la tête brune d'Aaron, en pensant que
la vue d'un tel amour d'enfant devait faire du bien à
maître Marner. Mais celui-ci, assis de l'autre côté du
foyer, ne voyait la figure rose aux traits bien dis-
tincts, que comme une boule obscure avec deux
points noirs à la surface.

« Et il a une voix comme celle d'un oiseau, vous
ne le croiriez pas, continua Dolly ; il sait chanter un
noël que son père lui a appris. C'est pour moi un
signe qu'il tournera bien, de voir qu'il peut apprendre
les airs religieux si vite. Voyons, Aaron, levez-vous,
et chantez votre noël à maître Marner, allons. »

Aaron, pour toute réponse, se frotta le front contre
l'épaule de sa mère.

« Oh, c'est méchant, dit Dolly avec douceur. Levez-
vous quand maman vous le commande, et donnez-
moi le gâteau à tenir, jusqu'à ce que vous ayez
fini. »

Il ne répugnait pas à Aaron de déployer ses talents,
même devant un ogre, dans des circonstances où il
se sentait en sûreté. En conséquence, après quelques
autres signes de fausse honte, consistant principalement à se frotter les yeux avec le dessus de ses mains,
et ensuite à regarder maître Marner entre ses doigts,

pour voir si celui-ci paraissait désirer ardemment le
noël, il se laissa enfin dûment redresser la tête.
Alors, il se tint debout derrière la table, qu'il ne
dépassait qu'à partir de sa large collerette. Il ressemblait ainsi à une tête de chérubin délivrée de l'en-
trave du corps. Enfin, avec la voix claire d'un oiseau,
il commença la mélodie suivante dont le rythme
était martelé et laborieux :

> Que Dieu vous donne la paix, gais gentilshommes,
> Que rien ne vous épouvante,
> Car Jésus-Christ, notre Sauveur,
> Vint au monde le jour de Noël.

Dolly écoutait d'un air pieux, jetant les regards sur
Marner, avec une certaine confiance que ces accents
contribueraient à l'attirer à l'église.

« Voilà ce qu'on appelle de la musique de Noël, »
dit-elle, lorsque Aaron eut fini, et fut rentré en possession de son morceau de gâteau. « Il n'y a pas
de musique qui soit à la hauteur de la musique de
Noël : « Écoutez les anges, messagers célestes, chan-
tent[1].... » Et vous pouvez juger de ce que cela doit
être à l'église, maître Marner, avec le basson et le
chœur. On ne peut s'empêcher de croire que l'on
soit déjà dans un monde meilleur. Je ne voudrais
pourtant pas mal parler de celui-ci, attendu que
Ceux qui nous y ont mis en savent plus que nous;

---

1. **Texte :** *Hark the herald angels sing.* Premiers mots d'un
cantique de Noël. (N: du Tr.)

mais quand on songe à l'ivrognerie et aux querelles.
ainsi qu'aux mauvaises maladies et aux angoisses
des mourants, — choses que j'ai vues maintes et
maintes fois, — on est reconnaissant d'entendre parler d'un séjour plus heureux. L'enfant chante joliment, n'est-ce pas, maître Marner?

— Oui, joliment bien, » répondit Silas distraitement.

Le noël, avec son rythme martelé, avait résonné
à ses oreilles comme une musique étrange, tout à
fait différente de celle d'une hymne, et ne pouvait
aucunement produire l'effet auquel Dolly s'attendait.
Mais Silas voulait lui montrer qu'il était reconnaissant, et la seule manière qui lui vint à l'esprit fut
d'offrir à Aaron un autre petit morceau de gâteau.

« Oh, non, je vous remercie, maître Marner, dit
Dolly, rabaissant les mains empressées d'Aaron. Il
faut que nous retournions chez nous maintenant. Par
conséquent, je vous dis au revoir, maître Marner. Si
vous ressentez jamais quelque mal intérieur, et que
vous ne puissiez pas travailler, je viendrai nettoyer à
votre place, et j'irai vous chercher un peu de nourriture, — de bon cœur. Mais je vous demande et je
vous prie de cesser de tisser le dimanche; c'est
mauvais pour l'âme et pour le corps. L'argent qui
vient de cette manière est un mauvais lit de repos
au dernier moment, s'il ne s'enfuit pas comme la
gelée blanche, personne ne sait où. Vous m'excuserez
d'avoir pris cette liberté avec vous, maître Marner,

car je vous veux du bien, en vérité. Faites votre révérence, Aaron. »

Silas dit au revoir à Dolly, et la remercia cordialement en lui ouvrant la porte. Toutefois, malgré lui, il se sentit soulagé lorsqu'elle fut partie, — soulagé de pouvoir tisser de nouveau et gémir à son aise. Cette manière simple de comprendre la vie et le bien-être, au moyen de laquelle Dolly avait essayé d'encourager Silas, n'était pour lui qu'un bruit éloigné d'objets inconnus, que son imagination était impuissante à se représenter. Les fontaines de l'amour du prochain et de la foi dans l'amour divin n'avaient pas encore été ouvertes, et son âme ressemblait encore au petit ruisseau rétréci [1]. Il n'y avait qu'une différence, c'est que le mince sillon tracé dans le sable était bloqué, et que l'eau s'en allait errant au hasard vers de ténébreux obstacles!

Et ainsi, malgré les paroles honnêtes et persuasives de M. Macey et de Dolly Winthrop, Silas passa la journée de Noël dans la solitude, mangeant sa viande le cœur attristé, bien qu'elle lui eût été offerte par une bonne voisine. Le matin, il regarda la gelée noire qui semblait s'appesantir cruellement sur chaque brin d'herbe, tandis que le vent glacial faisait frissonner la mare rouge à moitié gelée. Mais vers le soir la neige se mit à tomber, et lui voila même cette

1. Allusion aux dernières lignes du chapitre II, page 36. (N. du Tr.)

lugubre perspective, en le renfermant étroitement
avec son chagrin concentré. Et tout le long de la
soirée, il resta assis dans sa demeure dépouillée du
trésor, ne se souciant pas de fermer ses volets ou sa
porte, se pressant la tête entre les mains et gémis-
sant jusqu'à ce que le froid le saisit et l'avertit que
son feu n'était plus qu'une cendre grise.

Personne en ce monde, excepté lui, ne savait que
Silas était le même homme qui, aimant jadis son
prochain avec une tendre affection, avait eu confiance dans une bonté invisible. Même à ses yeux,
cette expérience de sa vie passée étai devenue
obscure.

Cependant, dans le village de Raveloe les cloches
sonnaient joyeusement, et l'église était plus remplie
que pendant tout le reste de l'année, par des fidèles
dont les visages vermeils apparaissaient au milieu des
nombreux rameaux d'un vert foncé, — fidèles pré-
parés à un office plus long que de coutume, grâce à
un déjeuner odorant de rôties et de bière. Ces verts
rameaux, l'hymne et l'antienne qu'on n'entendait
jamais qu'à Noël, même le *Credo* de saint Athanase,
— qui ne se distinguait des autres que parce qu'il
était plus long et avait une vertu exceptionnelle
puisqu'on ne le lisait que dans de rares occasions, —
produisaient un vague sentiment d'allégresse, pour
lequel les adultes n'auraient pas plus trouvé d'expression que les enfants. C'était le sentiment que quelque
chose de grand et de mystérieux avait été accompli

pour eux là-haut dans le ciel, et ici-bas sur la terre, — quelque chose qu'ils s'appropriaient par leur présence. Ensuite, les fidèles aux visages vermeils s'en retournèrent chez eux à travers le froid noir et piquant, se sentant libres, pendant le reste du jour, de manger, de boire, et de se réjouir, et usant sans crainte de cette liberté chrétienne.

A la réunion de famille chez le squire Cass ce jour-là, personne ne parla de Dunstan, — personne ne regrettait son absence, ou ne craignait qu'elle durât trop longtemps. Le docteur et sa femme, l'oncle et la tante Kimble étaient présents. La conversation annuelle de la fête de Noël eut lieu sans aucune omission. Elle atteignit son point culminant quand M. Kimble raconta ce qu'il avait vu et entendu, à l'époque où il étudiait la médecine dans les hôpitaux de Londres trente ans auparavant, se gardant bien de passer sous silence les anecdotes remarquables concernant sa profession, qu'il avait alors recueillies. Là-dessus suivirent les cartes, avec l'insuccès traditionnel de la tante Kimble pour en fournir une de la même espèce; puis, l'irascibilité de l'oncle Kimble à propos du *trick* au whist [1]. Lorsqu'il n'était pas de son côté, il se l'expliquait rarement sans une inspection générale de toutes les levées, pour s'assurer

---

1. Jeu devenu à la mode en France. On le joue avec 52 cartes qui sont réparties entre 4 joueurs, généralement. Ceux-ci sont deux à deux. Il y a 13 levées. I a 7e levée de deux des partenaires est le *trick*. (N. du Tr.)

qu'elles avaient été faites conformément aux vrais
principes. Le tout était accompagné de la forte odeur
des grogs fumants.

Mais, la réunion du jour de Noël étant purement
une réunion de famille, ne représentait point la fête
brillante par excellence de la saison à la Maison
Rouge. C'était le grand bal de la veille du jour de
l'an qui faisait la gloire de l'hospitalité du squire,
comme il avait fait celle de l'hospitalité de ses ancêtres depuis un temps immémorial. C'était là l'occasion où tous les membres de la société de Raveloe
et de Tarley — soit les anciennes connaissances
séparées par de longues routes sillonnées d'ornières,
soit les connaissances refroidies par des différends
relatifs à la possession de veaux échappés, soit les
connaissances qui s'étaient établies par une condescendance intermittente — comptaient se rencontrer
et se comporter avec des convenances réciproques.
C'était là l'occasion où les belles dames qui venaient
en trousse, envoyaient d'avance des caisses contenant
quelque chose de plus que leur toilette de bal. La
fête, en effet, ne devait pas durer qu'une soirée, à
l'instar d'un mesquin divertissement de ville, alors
que toutes les provisions de bouche sont mises immédiatement sur la table, et que la literie est insuf-
fisante. La Maison Rouge était approvisionnée comme
pour un siège. Quant aux lits de plume disponibles,
prêts à être étendus par terre, ils étaient aussi nombreux qu'on pouvait naturellement s'y attendre dans

une famille qui avait tué ses oies pendant bien des générations.

Godfrey Cass soupirait après cette veille du jour de l'an, avec une impatience folle et irréfléchie qui le rendait à moitié sourd aux importunités de l'anxiété, sa compagne.

« Dunsey reviendra bientôt à la maison; il y aura une grande scène; comment réduirez-vous sa rancune au silence? disait l'anxiété.

— Oh, il ne reviendra peut-être pas à la maison avant la veille du jour de l'an, répondait Godfrey. Alors je serai assis près de Nancy, je danserai avec elle, et j'obtiendrai un doux regard, quoi qu'elle fasse.

— Mais on a besoin d'argent autre part, reprenait l'anxiété, d'une voix plus forte; comment vous en procurerez-vous sans vendre l'épingle de diamant de votre mère? Et si vous n'en trouvez pas?...

— Eh bien, mais il peut arriver quelque événement qui rende les choses plus faciles. Dans tous les cas, il y a pour moi un plaisir qui est proche : Nancy vient à la soirée.

— C'est vrai, mais supposez que votre père pousse les choses à ce point que vous soyez obligé de refuser de vous marier avec elle, et de donner vos raisons?...

— Retenez votre langue, et ne me tourmentez pas. Je puis voir les yeux de Nancy exactement comme ils me regarderont, et sentir déjà sa main dans la mienne. »

Toutefois, l'anxiété continua de parler, bien que

ce fût au milieu de la société bruyante de Noël : elle
refusa de s'apaiser complètement, même avec beaucoup de boisson.

CHAPITRE XI

Quelques femmes, je l'avoue, ne paraîtraient pas
à leur avantage, si elles chevauchaient en croupe,
vêtues d'un manteau de voyage marron et d'un chapeau de castor de la même couleur, dont le fond
ressemble à une petite casserole. En effet, un vêtement rappelant la houppelande d'un cocher, et qui
a été coupé dans un petit morceau de drap avec
lequel on n'a pu que confectionner des pèlerines en
miniature, n'est pas bien propre à cacher les défauts
des formes. D'ailleurs, le marron n'est pas une nuance
propre à faire vivement ressortir les joues blêmes.
C'était un triomphe d'autant plus grand de la beauté
de Mlle Nancy Lammeter, de paraître tout à fait
séduisante dans un tel costume, quand, assise en
trousse sur un coussin, derrière son père grand et
droit, elle lui enveloppait la taille d'un de ses bras,
et regardait en bas, avec une anxiété vigilante, les
mares et les flaques d'eau recouvertes d'une neige
traîtresse, qui envoyaient des éclaboussures formi-
dables sous les coups des pieds de Dobbin. Un
peintre l'eût peut-être préférée dans ces moments

où elle n'avait pas conscience d'elle-même; mais
certainement, la rougeur de ses joues avait atteint
son plus grand degré de contraste avec le tissu marron dont elle était revêtue, lorsqu'elle arriva à la
porte de la Maison Rouge et aperçut M. Godfrey Cass
prêt à la descendre de cheval. Elle aurait désiré que
sa sœur Priscilla fût venue en croupe derrière leur
domestique en même temps qu'eux, car alors elle
se serait arrangée pour que M. Godfrey descendît
Priscilla la première. Dans l'intervalle, elle aurait
persuadé son père d'aller faire le tour vers le mon-
toir, au lieu de descendre près des marches de la
porte. Il était bien pénible, après avoir clairement
donné à entendre à un jeune homme la résolution
où vous étiez de ne pas l'épouser, quelque désir qu'il
eût de cette union, de le voir continuer néanmoins à
vous témoigner des égards particuliers. Et puis,
pourquoi n'avait-il pas toujours les mêmes atten-
tions, si réellement elles étaient sincères de sa part,
au lieu de se montrer aussi étrange que l'était M. Godfrey Cass? Il agissait quelquefois comme s'il ne voulait
pas lui parler, et ne s'occupait pas d'elle pendant
plusieurs semaines de suite; puis, tout d'un coup, il
lui faisait presque de nouveau la cour. De plus, il
était bien évident qu'il ne l'aimait pas d'une véritable
affection; autrement, il ne laisserait pas dire aux
gens les choses qu'ils disaient de lui. Supposait-il que
Mlle Nancy Lammeter pouvait être gagnée par qui
que ce fût, squire ou non, qui menait une mauvaise

vie. Ce n'était point ce qu'elle avait été accoutumée
à voir dans la personne de son propre père, l'homme
le plus sobre et le meilleur des environs, dont le seul
défaut était d'être un peu brusque et emporté de
temps en temps, si les choses n'étaient pas faites à la
minute.

Toutes ces pensées traversèrent rapidement l'esprit
de Mlle Nancy dans leur ordre habituel, entre le
moment où tout d'abord elle aperçut M. Godfrey
Cass debout à la porte, et celui où elle arriva près
de lui. Heureusement, le squire sortit aussi, et adressa
de bruyantes salutations au père de Nancy. Elle fut
donc, en quelque sorte, protégée par ce bruit, et
sembla y trouver un refuge pour sa confusion et
sa négligence de toute règle conforme à l'étiquette,
alors que les bras vigoureux du jeune homme la
descendaient de cheval, et paraissaient la juger ridi-
culement petite et légère. Et il y avait les meilleures
raisons de se hâter d'entrer dans la maison sans
retard, attendu que la neige recommençait à tomber,
menaçant d'un voyage désagréable les invités qui
étaient encore en chemin. Ceux-ci formaient la petite
minorité ; car déjà l'après-midi commençait à être
sur son déclin, et il ne resterait pas trop de temps
aux dames qui venaient d'une grande distance. Elles
avaient à faire leur toilette et à être prêtes avant le
thé qu'on allait prendre de bonne heure, et qui devait
les animer pour le bal.

Lorsque Mlle Nancy entra, il y eut par toute la

maison un murmure de voix, qui se confondit avec
le bruit d'un violon en train de préluder dans la
cuisine. Mais les Lammeter étaient des convives dont
l'arrivée avait évidemment si préoccupé les gens,
qu'on avait regardé par les fenêtres pour les voir
venir. En effet, Mme Kimble, qui faisait les honneurs
à la Maison Rouge en ces grandes occasions, vint
dans le vestibule au-devant de Mlle Nancy pour la
conduire en haut. Mme Kimble était la sœur du
squire, en même temps que la femme du docteur,
— double dignité avec laquelle son diamètre était en
raison directe. Aussi, comme un voyage au premier
la fatiguait assez, elle accéda à la demande que lui
fit Mlle Nancy, de lui permettre de se diriger seule
vers la chambre bleue, où, à leur arrivée le matin,
les caisses des demoiselles Lammeter avaient été dé-
posées.

On aurait à peine trouvé une chambre à coucher
dans la maison, où les dames ne fussent point occupées à se complimenter et à se préparer. La toilette de chacune était plus ou moins avancée, et se
continuait dans un espace resserré par les lits sup-
plémentaires étendus sur le parquet. Mlle Nancy, en
entrant dans la chambre bleue, eut à faire sa petite
révérence de cérémonie à un groupe de six dames.
D'un côté, il y en avait deux qui n'étaient rien moins
que les demoiselles Gunn, les filles du marchand de
vin de Lytherly, habillées à la dernière mode, portant ce qu'il y avait de plus collant en fait de jupes,

et de plus court en fait de tailles. Elles étaient exami-
nées par Mlle Ladbrook — des Vieux-Pâturages —
avec une fausse honte qui n'était pas sans être accom-
pagnée d'une critique secrète. Mlle Ladbrook sentait
bien que les demoiselles Gunn devaient regarder sa
jupe comme étant d'une ampleur exagérée; mais, en
retour, n'était-il pas dommage que les demoiselles
Gunn fussent dépourvues de ce jugement qu'elle
n'eût pas manqué de montrer à leur place en restant un peu en deçà de la mode. D'un autre côté,
Mme Ladbrook, en coiffe et en tour de cheveux, le
turban à la main, faisait une révérence et souriait
avec douceur, en disant : « Après vous, je vous prie, »
à une autre dame qui se trouvait dans la même
situation qu'elle-même, et lui avait poliment offert
la préséance à la glace.

Mais Mlle Nancy n'eut pas plutôt fait sa révérence,
qu'une dame d'un certain âge s'avança. Le fichu de
mousseline extrêmement blanc de cette dame, et la
cornette qui entourait ses boucles de cheveux gris et
lisses, formaient un contraste frappant avec les robes
bouffantes de satin jaune, et les coiffures à fontanges
de ses voisines. Elle s'approcha de Mlle Nancy avec
beaucoup d'afféterie, et lui dit lentement, d'une voix
aiguë et suave :

« Ma nièce, j'espère que vous êtes en bonne
santé. »

Mlle Nancy baisa respectueusement la joue de sa
tante, et répondit avec une afféterie aussi aimable ·

« En très bonne santé, je vous remercie, ma tante ; et j'espère que vous l'êtes aussi.

— Merci, ma nièce ; ma santé se maintient, quant à présent. Et comment va mon beau-frère ? »

Ces questions et ces réponses respectueuses ne discontinuèrent pas avant qu'on se fût assuré minutieusement, que tous les Lammeter étaient en aussi bonne santé qu'à l'ordinaire, et les Osgood pareillement ; de plus, que la nièce Priscilla devait sûrement arriver bientôt, et qu'il n'était pas très agréable de voyager en trousse par un temps de neige, encore qu'un manteau de voyage protégeât beaucoup. Alors Nancy fut présentée dans les formes aux visiteuses de sa tante, les demoiselles Gunn. Celles-ci furent annoncées comme étant les filles d'une dame connue de Mme Lammeter, bien qu'elles-mêmes n'eussent été persuadées qu'aujourd'hui, pour la première fois, à faire un voyage dans ces parages. Elles furent tellement surprises de trouver une physionomie et des formes aussi charmantes en un lieu retiré de la campagne, qu'elles commencèrent à éprouver quelque curiosité au sujet de la robe que Nancy mettrait après avoir ôté son manteau. Les pensées de Mlle Nancy étaient toujours dirigées avec la convenance et la modération qu'on remarquait dans ses manières. Elle se prit à réfléchir que les demoiselles Gunn avaient les traits plutôt grossiers qu'autrement, et que l'idée de porter des robes décolletées comme les leurs aurait pu être attribuée à la

vanité si leurs épaules eussent été jolies. Toutefois,
leurs épaules étant comme elles étaient, on devait
raisonnablement supposer que ces demoiselles ne les
découvraient pas pour l'amour d'en faire parade,
mais plutôt par suite de quelque obligation qui
n'était pas incompatible avec le bon sens et la mo-
destie.

Elle avait la conviction en ouvrant sa caisse, que
cela devait être l'opinion de Mme Osgood, car l'esprit
de Mlle Nancy ressemblait étonnamment à celui de
sa tante. Tout le monde disait que la chose était
surprenante, vu que la parenté venait du côté de
M. Osgood; et, bien que la forme cérémonieuse de
leurs salutations ne l'eût pas fait supposer, il y avait
un attachement dévoué et une admiration réciproque entre la tante et la nièce. Même·le refus de
Mlle Nancy d'accepter la main de son cousin Gilbert
Osgood — simplement pour le motif qu'il était son
cousin — n'avait pas le moins du monde refroidi la
préférence qui avait déterminé Mme Osgood, malgré
le grand chagrin que ce refus lui avait causé, à laisser
à Nancy plusieurs bijoux de famille, quelle que dût
être l'épouse future de son fils.

Trois des dames se retirèrent bientôt; mais les
demoiselles Gunn furent entièrement satisfaites que
le désir de Mme Osgood d'attendre sa nièce, leur
donnât aussi un motif de rester pour voir la toilette
de cette beauté rustique. Et il y eut pour elles un
véritable plaisir, depuis le moment où s'ouvrit la

caisse dans laquelle tout sentait la lavande et les
feuilles de roses, jusqu'à celui où le petit collier de
corail qui s'ajustait exactement autour de son petit
cou blanc, fût agrafé. Toute chose appartenant à
Mlle Nancy était d'une propreté et d'une pureté délicates : pas un pli n'était sans sa raison d'être; pas
la plus petite partie de son linge qui n'eût la blancheur qu'elle était supposée avoir; même les épin-
gles de sa pelote étaient piquées d'après un modèle
dont elle avait soin de ne pas s'écarter; et, quant
à sa propre personne, elle donnait l'idée d'une élégance aussi exquise et aussi invariable que le corps
d'un petit oiseau. Il est vrai que ses cheveux brun
clair étaient coupés derrière la tête comme ceux
d'un garçon, et étaient arrangés sur le devant en
un certain nombre de boucles plates rejetées bien
loin de son visage. Mais il n'y avait aucune sorte de
coiffure qui ne pût rendre charmants le cou et les
joues de Nancy. Lorsqu'enfin elle apparut vêtue complètement, avec sa robe de soie croisée couleur argent,
avec son tour de gorge en dentelle, son collier et ses
pendants d'oreilles de corail, les demoiselles Gunn
ne trouvèrent rien à critiquer, si ce n'est ses mains.
Celles-ci portaient les traces laissées par la fabrication du beurre, la pression du fromage et même
quelque besogne plus grossière. Mlle Nancy, pour sa
part, n'avait pas honte de cela. En effet, tout en
s'habillant, la jeune fille racontait à sa tante comment Priscilla et elle avaient mis leurs affaires dans

leurs caisses, la veille, attendu qu'elles devaient cuire
le matin de ce jour-là, et quitter la maison. Il était
donc désirable qu'elles fissent une bonne provision
de pâtés de viande pour les domestiques. En terminant cette remarque judicieuse, Nancy se tourna vers
les demoiselles Gunn, afin d'éviter l'impolitesse de
ne pas s'adresser à elles en même temps.

Les demoiselles Gunn sourirent avec raideur, et
pensèrent qu'il était bien dommage que ces personnes riches de la campagne, ayant des moyens
d'acheter de si beaux habits, — en vérité, la dentelle
et la soie de Mlle Nancy avaient un très grand prix,
— fussent élevées complètement dans l'ignorance
et la vulgarité. Mlle Nancy disait réellement *chair*
pour *viande*, *conséquent* pour *considérable*, *jeval* pour
cheval, fautes qui choquaient nécessairement les
oreilles de demoiselles vivant dans la bonne société
de Lytherly. Celles-ci disaient habituellement *ceval*,
même dans l'intimité de leur famille, et n'employaient
conséquent que lorsqu'il le fallait. Mlle Nancy, il est
vrai, n'avait jamais été à une plus grande école que
celle de la maîtresse Tedman. Ses connaissances de
la littérature profane n'allaient guère au delà des
vers qu'elle avait brodés sur sa grande tapisserie,
au-dessous de l'agneau et de la bergère; et, pour
balancer un compte, elle était obligée d'effectuer la
soustraction, en enlevant des shillings et des demi-
shillings métalliques et visibles, d'un total métallique
et visible. A peine y a-t-il de nos jours une servante

qui ne soit plus instruite que ne l'était Mlle Nancy.
Cependant, celle-ci avait les qualités essentielles
d'une dame bien élevée : un grand amour de la
vérité, un sentiment délicat de l'honneur dans ses
actions, de la déférence envers autrui, et des habitudes personnelles raffinées. Mais, de crainte que ces
qualités ne suffisent pas pour convaincre nos belles
grammairiennes, que les sentiments de Nancy ne
pouvaient en quoi que ce fût ressembler aux leurs,
j'ajouterai qu'elle était quelque peu orgueilleuse et
exigeante, et aussi constante dans son attachement à
une opinion erronée que dans son affection pour un
soupirant infidèle.

L'anxiété de Nancy au sujet de sa sœur Priscilla,
qui était devenue assez grande au moment où son
collier de corail fut agrafé, cessa heureusement
lorsque cette personne à l'air joyeux entra avec
un visage vivement coloré par le froid et l'humi-
dité. Après les premières questions et les premières
salutations, Priscilla se tourna vers Nancy et la contempla des pieds à la tête; puis, elle la fit pirouetter
pour s'assurer que la vue de dos était également
irréprochable.

« Que pensez-vous de ces robes-là, tante Osgood?
dit Priscilla, tandis que Nancy l'aidait à ôter la
sienne.

— Très belles, en vérité, ma nièce, » répondit
Mme Osgood, augmentant légèrement le ton céré-
monieux qu'elle prenait d'ordinaire. Elle avait tou-

jours considéré sa nièce Priscilla comme trop grossière.

« Je suis obligée d'avoir la même robe que Nancy,
savez-vous, bien que je sois de cinq ans plus âgée
qu'elle, et cela me fait paraître jaune. Elle ne veut
jamais avoir une chose sans que j'en aie une exactement semblable, — elle désire qu'on nous prenne pour
les deux sœurs. Je lui dis que les gens regarderont
cela comme une faiblesse de ma part, me faisant
m'imaginer que je paraîtrai belle en portant des
vêtements qui la rendent jolie elle-même. Car moi,
je suis laide, il n'y a pas à en douter ; j'ai les traits
de la famille de mon père. Mais, grand Dieu ! cela
m'est bien égal, et à vous ? » Priscilla, à ce moment,
se tourna vers les demoiselles Gunn, tout en conti-
nuant à jacasser. Elle était trop préoccupée du plaisir
de parler, pour remarquer que sa candeur n'était pas
appréciée. « Il y a assez de jolies fleurs pour attirer
les papillons : les belles femmes éloignent les hommes
de nous. J'ai une mauvaise opinion de ceux-ci, mes-
demoiselles Gunn ; je ne sais pas si vous en avez une
bonne. Et quant à se tourmenter et à se chagriner du
matin au soir au sujet de ce qu'ils pensent de vous,
et à se rendre l'existence malheureuse à propos de ce
qu'ils font quand ils ne sont pas près de vous, comme
je le dis à Nancy, c'est une folie dont aucune femme
ne devrait être coupable, si elle a un bon père et un
bon chez-soi. Qu'elle laisse tout cela à celles qui n'ont
pas de fortune et ne peuvent pas se tirer d'affaire.

Ainsi que je le répète toujours, M. Fais-à-ta-guise est le meilleur des maris, et le seul à qui je voudrais promettre d'obéir. Je sais que ce n'est pas agréable, une fois qu'on a été accoutumée à vivre largement, et à prendre soin de gros fûts de bière et autres choses semblables, d'aller fourrer son nez près du foyer d'autrui, ou de se mettre seule à table devant un cou de mouton ou un jarret de veau. Mais Dieu merci ! mon père est sobre. Il est probable qu'il vivra longtemps, et, si on a un homme au coin du feu, il importe peu qu'il soit tombé dans l'enfance, — il n'est pas besoin d'abandonner les affaires. »

La manière délicate avec laquelle Priscilla passait sa robe par-dessus sa tête sans endommager ses boucles lisses, força cette demoiselle à interrompre son examen rapide de la vie humaine. Mme Osgood en profita pour se lever et dire :

« Eh bien, ma nièce, vous allez nous suivre. Les demoiselles Gunn seront bien aises de descendre. »

« Ma sœur, dit Nancy à Priscilla, lorsqu'elles furent seules, vous avez offensé les demoiselles Gunn, certainement.

— Qu'ai-je fait, mon enfant? répondit Priscilla, assez alarmée.

— Mais, vous leur avez demandé si ça leur était égal d'être laides; vous dites les choses trop crûment.

— Grand Dieu! vraiment! Eh bien, c'est parti tout d'un coup; c'est un miracle que je n'en aie pas

dit davantage. Je ne suis pas d'une nature à vivre
avec des gens qui n'aiment pas la vérité. Mais quant
à être laide, regardez-moi, mon enfant, avec cette
robe de soie couleur argent. Je vous ai dit comment cela serait. Je parais aussi jaune qu'un aspho-
dèle. Tout le monde dirait que vous avez voulu faire
de moi un épouvantail.

— Non, Priscilla, ne parlez pas ainsi. Je vous ai
demandé et prié de ne pas prendre cette soie, s'il y
en avait une autre qui vous convînt davantage. Je
voulais que ce fût vous qui choisissiez, vous le savez,
répondit Nancy, avec le vif désir de se justifier.

— Allons donc! mon enfant, vous savez que cette
soie vous tenait au cœur, et vous aviez de bonnes
raisons pour cela, attendu que votre visage est de la
couleur de la crème. Ce serait joli si vous alliez
porter ce qui convient à mon teint. Ce que je n'ap-
prouve pas, c'est votre idée qu'il faut que je m'habille
comme vous. Mais vous faites de moi ce que vous
voulez. Il en a toujours été ainsi, depuis l'époque où
vous avez commencé à marcher. Lorsque vous vouliez
aller au bout du champ, vous y alliez, et il ne fallait
pas songer à vous fouetter, car vous paraissiez tout
le temps aussi minaudière et aussi innocente qu'une
pâquerette.

— Priscilla », dit Nancy, d'une voix douce, comme
elle attachait au cou de sa sœur, si différent du
sien, un collier de corail exactement semblable à
celui qu'elle portait. « je vous assure que je suis

disposée à céder autant qu'il est raisonnable ; mais
qui doit s'habiller pareillement, si ce n'est les deux
sœurs ? Voudriez-vous, lorsque nous sortons, que
nous parussions ne pas appartenir à la même famille,
— nous qui n'avons pas de mère ni d'autre sœur au
monde ? Je ne ferais que ce qui est convenable, quand
je devrais mettre une robe teinte en couleur jaune
fromage, et j'aimerais mieux que ce fût vous qui
choisissiez et me laissiez porter ce qui vous plaît.

— Vous y voilà encore ! vous ne changeriez pas
de gamme, même si on vous parlait d'un bout de la
semaine à l'autre. Ce sera joliment amusant de voir
comment vous mènerez votre mari, sans jamais élever
la voix plus haut que le chant de la bouilloire pendant ce temps-là. J'ai du plaisir à voir mener les
hommes.

— Ne parlez donc pas ainsi, dit Nancy, en rougissant. Vous savez que je n'ai point du tout l'intention
de me marier.

— Oh, vous n'avez point du tout l'intention de
faire cette bêtise ! » dit Priscilla, comme elle pliait
la robe qu'elle venait de quitter, et l'enfermait dans
sa caisse. « Et pour qui aurai-je à travailler, moi,
après la mort de mon père, si vous allez vous mettre
en tête de rester vieille fille, parce que certaines personnes ne sont pas meilleures qu'elles ne devraient
être ? Je suis à bout de patience à votre égard — de
vous voir rester toujours à couver un œuf clair,
comme s'il n'y en avait pas d'autre au monde De

deux sœurs, une vieille fille c'est assez, et je ferai honneur au célibat, car Dieu tout-puissant m'a mise au monde pour cela. Allons! nous pouvons descendre maintenant. Je suis réellement aussi prête que peut l'être un épouvantail. Il ne me manque rien pour effrayer les corbeaux, maintenant que mes boucles d'oreilles sont mises. »

Comme les deux demoiselles Lammeter entraient dans le salon de réception, celui qui n'aurait pas connu le caractère de chacune d'elles, aurait pu certainement supposer que la raison pour laquelle Priscilla aux traits grossiers, trapue et mal faite, portait une robe semblable à celle de sa jolie sœur, était son aveugle vanité, ou l'invention malicieuse de Nancy pour rehausser sa rare beauté personnelle.

Mais la gaieté inconsciente et l'excellente nature de Priscilla, ainsi que son bon sens, auraient bientôt fait disparaître le premier de ces soupçons; tandis que le calme modeste de la conversation et des manières de Nancy annonçait clairement un esprit exempt de tout artifice désavouable.

Au thé, des places d'honneur avaient été réservées pour les demoiselles Lammeter, près du haut de la table principale, dans le salon lambrissé. Cette pièce paraissait alors avoir une fraîcheur agréable, avec ses décorations de branches de houx, d'if et de laurier, provenant de la végétation abondante du vieux jardin. Nancy ressentit une agitation inté-

rieure qu'aucune fermeté de résolution ne put maîtriser, en voyant M. Godfrey Cass s'avancer pour la
conduire à un siège placé entre le sien propre et
celui de M. Crackenthorp; tandis que Priscilla fut
invitée à s'asseoir de l'autre côté, entre son père et
le squire. Nancy ne songeait pas sans quelque émotion que le prétendant auquel elle avait renoncé,
était le jeune homme occupant le plus haut rang
parmi les gens de la paroisse, et se trouvant chez lui
dans un salon vénérable et unique, qui, d'après l'expérience de cette jeune fille, représentait l'apogée de
la grandeur, — salon où elle, Nancy, aurait pu un
jour être la maîtresse, avec la pensée qu'en parlant
d'elle on l'appellerait « Madame Cass », la femme du
squire. Ces particularités rehaussaient à ses yeux le
drame de son cœur, et augmentaient l'énergie avec
laquelle elle se disait formellement, que la position
la plus éblouissante ne la persuaderait pas à accepter pour mari un homme dont la conduite témoignait
du peu de cas qu'il faisait de sa propre réputation.
Mais elle ajoutait que « n'aimer qu'une fois, et
aimer toujours, » était la devise d'une femme sincère
et pure; aussi, nul homme n'aurait jamais sur elle
aucun droit qui l'obligeât à détruire les fleurs des-
séchées qu'elle conservait et conserverait toujours
comme un trésor pour l'amour de Godfrey Cass. Et
Nancy était capable de tenir dans des circonstances
très pénibles la parole qu'elle se donnait à elle-même.
Rien, si ce n'est une rougeur bienséante, ne trahit

l'émotion causée par les pensées actives qui se pres-
saient dans son esprit, lorsqu'elle accepta de s'asseoir près de M. Crackenthorp; car elle était instinctivement si précise et si habile dans toutes ses actions,
et ses jolies lèvres se rencontraient avec une fermeté
si calme, qu'il lui eût été difficile de paraître agitée.

Le pasteur n'avait pas coutume de laisser une
charmante rougeur se dissiper, sans faire un compliment opportun. Il n'était pas le moins du monde
hautain ou aristocrate. C'était simplement un homme
aux yeux souriants, aux traits peu caractérisés et aux
cheveux gris, dont le menton était soutenu par les
nombreux replis d'une ample cravate blanche. Cette
cravate semblait éclipser toutes les autres parties de
sa personne, et, pour ainsi dire, communiquer un
relief particulier aux remarques qu'il faisait; aussi,
considérer son aménité indépendamment de cette
partie de son costume, c'eût été faire un effort d'abs-
traction pénible, sinon dangereux.

« Ah! mademoiselle Nancy », fit-il, comme il tournait la tête dans sa cravate, et souriait agréablement
en jetant les regards sur cette jeune fille, « si quelqu'un venait à prétendre que cet hiver a été rigoureux, je lui dirais que j'ai vu les roses fleurir la veille
du jour de l'an; dites, Godfrey, n'est-ce pas votre
avis, à vous? »

Godfrey ne fit pas de réponse, et évita de regarder
Nancy trop fixement; car, bien que ces personnalités
élogieuses fussent considérées comme d'un goût excel-

lent dans la vieille société de Raveloe, l'amour révé-
rencieux a une politesse particulière qu'il enseigne
aux hommes dont l'instruction est défectueuse à
d'autres égards. Mais le squire avait peine à supporter que son fils se montrât un aussi triste galant.
A cette heure avancée de la journée, il était toujours
de meilleure humeur que nous ne l'avons vu au
déjeuner, et il se sentait tout à fait heureux d'accomplir le devoir héréditaire dans sa famille, de se poser
en protecteur bruyant et jovial. La grande tabatière
d'argent était en activité de service, et, de temps en
temps, offerte invariablement à tous ses voisins, quel
que pût être le nombre de fois qu'ils eussent déjà
refusé cette faveur. Jusqu'ici, le squire n'avait souhaité la bienvenue d'une façon signalée qu'aux chefs
des familles, à leur arrivée ; mais toujours, à mesure
que la soirée s'avançait, son hospitalité rayonnait
avec plus d'ampleur, — jusqu'à ce qu'il eût tapé sur
le dos des plus jeunes convives, et manifesté la joie
particulière que leur présence lui procurait. Il croyait
fermement que ceux-ci devaient se sentir heureux de
vivre dans une paroisse où il y avait un homme aussi
cordial que le squire Cass pour les inviter chez lui
et leur vouloir du bien. Même dans cette première
phase de son humeur joviale, il était naturel qu'il
désirât suppléer aux imperfections de son fils, en
regardant et en parlant pour lui.

« Oui, oui, » commença-t-il, en présentant sa tabatière à M. Lammeter qui, pour la seconde fois, inclina

la tête, et fit un signe de la main pour refuser obsti-
nément l'offre du squire, « oui, nous autres vieux,
nous pouvons bien désirer être jeunes ce soir, lorsque
nous voyons le rameau de gui suspendu dans le salon
blanc [1]. Il est vrai que la plupart des choses ont
rétrogradé pendant ces trente dernières années. Le
pays périclite depuis que le vieux roi est tombé
malade [2]. Mais quand je regarde Mlle Nancy que voilà,
je commence à croire que les jeunes filles conservent
leurs avantages. Qu'on me pende si je me rappelle
avoir vu une beauté qui lui soit comparable, même
au temps où j'étais un beau jeune homme, et où je
faisais grand cas de ma cadenette. Soit dit sans vous
offenser, madame, » ajouta-t-il, en se penchant vers
Mme Crackenthorp, assise près de lui; « vous, je
ne vous connaissais pas lorsque vous étiez jeune
comme Mlle Nancy que voilà. »

Mme Crackenthorp, — petite femme qui clignotait
de l'œil et agitait continuellement ses dentelles, ses
rubans et sa chaîne d'or, et tournait la tête à droite
et à gauche, en faisant entendre des bruits réprimés,

---

1. Pendant les fêtes de Noël, et celles du jour de l'an quelquefois, c'est la coutume, en Angleterre, de suspendre une touffe
de gui dans les maisons, et toute jeune fille qui s'arrête au-
dessous peut, sans infraction aux règles de l'étiquette, être
embrassée par un jeune homme. Il y a des jeunes filles qui
évitent le perfide rameau, mais il y en a d'autres qui le re-
cherchent plus souvent qu'il ne faudrait. (N. du Tr.)

2. George III, qui fut frappé d'insanité, en 1788. Il se guérit
bientôt, mais il eut encore des attaques momentanées. Enfin,
en 1811, il perdit complètement la raison. (N. du Tr.)

ressemblant beaucoup au grognement d'un cochon
d'Inde, quand il contracte son museau et fait des
monologues dans toute société indistinctement, —
Mme Crakenthorp, dis-je, clignota de l'œil alors, et
continua à s'agiter en se tournant vers le squire; puis,
elle répondit : « Oh, non, vous ne m'offensez pas.... »

Ce compliment expressif, adressé par le squire à
Nancy, fut considéré par d'autres que Godfrey,
comme ayant une portée diplomatique; et le père
de cette jeune fille se redressa un peu plus en la
regardant à travers la table, avec une sérieuse satisfaction. Ce vieillard, grave et régulier dans ses habitudes, n'allait pas rabattre un iota de sa dignité, en
paraissant gonflé d'orgueil à l'idée d'une union entre
sa famille et celle du squire. Il était flatté de tout
honneur rendu à sa fille; néanmoins, il fallait qu'il
vît un changement sous plusieurs rapports, avant
d'accorder son consentement. Son corps maigre,
mais robuste, et son visage ferme aux traits accen-
tués, paraissant n'avoir jamais été coloré par les
excès, formaient un contraste frappant, non seulement avec la personne du squire, mais avec celle des
fermiers de Raveloe, en général, — ce qui s'accordait
avec son dicton favori : « que la race l'emportait sur
le pâturage ».

« Mlle Nancy ressemble étonnamment à sa défunte
mère, tout de même, n'est-ce pas, Kimble? » dit la
grosse dame de ce nom, en cherchant des yeux son
mari de tous côtés.

Le Dr Kimble, — les apothicaires de campagne dans
l'ancien temps jouissaient de ce titre sans la sanction
d'un diplôme, — homme svelte et agile, courait d'un
bout à l'autre de la pièce, les mains dans les poches.
Il se rendait agréable auprès de ses clientes du beau
sexe, avec l'impartialité d'un homme de sa profession, et partout il était le bienvenu en sa qualité
de docteur de droit héréditaire. Il n'était pas un de
ces apothicaires misérables qui vont en quête d'une
clientèle dans des localités nouvelles, et qui dépensent
tout leur revenu à faire mourir de faim leur unique
cheval; au contraire, c'était un homme dans l'aisance, aussi capable de tenir une table surabondante
que le plus riche de ses malades. De temps immémorial, le docteur de Raveloe avait été un Kimble.
Kimble était essentiellement un nom de docteur; aussi
était-il difficile d'avoir le courage de se représenter
cette triste réalité que le Kimble actuel n'avait pas
de fils, et qu'en conséquence sa clientèle pourrait être
transmise un jour à un successeur du nom incongru
de Taylor ou de Johnson. Mais, dans ce cas, les gens
les plus raisonnables de Raveloe appelleraient le
Dr Blick, de Flitton, ce qui serait plus naturel.

« M'avez-vous parlé, ma chère? » dit le digne
docteur, venant rapidement à côté de sa femme;
toutefois, comme s'il prévoyait qu'elle serait trop
hors d'haleine pour répéter la remarque qu'elle
venait de faire, il continua immédiatement :

« Ah! mademoiselle Priscilla, votre présence ravive

le goût de ce superfin pâté de porc. Je souhaite que
la fournée ne soit pas près d'être épuisée.

— Si, en vérité, elle l'est, docteur, répondit Priscilla ; cependant, je garantis que la prochaine sera
aussi bonne. Mes pâtés de porc ne réussissent pas
par hasard.

— Ce n'est pas comme vos traitements, n'est-ce
pas, Kimble ? Ne réussissent-ils pas uniquement parce
que les gens oublient de prendre vos remèdes ? » dit
le squire, qui considérait la médecine et les médecins comme beaucoup d'hommes loyalement religieux considèrent l'église et le clergé. Il savourait
une plaisanterie dirigée contre les docteurs et leur
science lorsqu'il était en bonne santé, mais récla-
mait leur aide avec impatience quand il avait quelque chose. Il frappa sur sa tabatière, et jeta les
regards autour de lui avec un sourire de triomphe.

« Ah ! en vérité, elle a l'esprit subtil, mon amie
Priscilla, » reprit le docteur, préférant attribuer le
bon mot à une dame, plutôt que de reconnaître l'avantage que le squire, en le faisant, avait pris sur son
beau-frère. « Elle épargne un peu de poivre pour en
assaisonner sa conversation ; c'est pourquoi elle n'en
met jamais trop dans ses pâtés. Tenez, voilà ma
femme, au contraire, elle n'a jamais de réponse au
bout de la langue ; malheureusement, si je l'offense,
elle ne manque pas de me scarifier la gorge avec du
poivre le jour suivant, ou bien de me donner la
colique avec des légumes aqueux. C'est une terrible

vengeance. » Là-dessus, l'agile docteur fit une grimace expressive.

« Avez-vous jamais entendu pareille chose? » dit Mme Kimble, en riant de très bonne humeur au-dessus de son double menton, à part à Mme Cracken-thorp, qui clignotait de l'œil, hochait la tête et avait l'intention aimable de sourire. Mais cette intention se perdit dans de légers refrognements et de petits bruits.

« Je suppose que c'est là l'espèce de vengeance adoptée dans votre profession, Kimble, si vous en voulez à un malade, dit le pasteur.

— Nous n'en voulons jamais à nos malades, excepté lorsqu'ils nous quittent, répondit M. Kimble. Alors, vous voyez, nous n'avons pas l'occasion de leur faire des ordonnances. Ah! mademoiselle Nancy, » continua-t-il, arrivant tout d'un coup auprès d'elle en sautillant, « vous n'oublierez pas votre promesse? Vous devez me réserver une danse, vous savez.

— Allons! allons! Kimble, ne soyez pas trop empressé, fit le squire. Laissez aux jeunes des chances de réussir. Voilà mon fils Godfrey qui vous jettera le gant, si vous enlevez Mlle Nancy. Il l'a demandée pour la première danse, j'en réponds. N'est-ce pas, monsieur? Qu'en dites-vous? continua t-il, comme il se penchait en arrière et regardait Godfrey. N'avez-vous pas demandé à Mlle Nancy d'ouvrir le bal avec vous? »

Godfrey était extrêmement mal à son aise, par

suite de cette instance significative au sujet de Nancy. Effrayé de songer quelle serait la fin de tout cela, au moment où son père aurait, suivant sa coutume, donné l'exemple hospitalier de boire avant et après souper, il ne vit rien de mieux à faire que de se tourner vers Nancy, et de dire avec aussi peu de maladresse que possible :

« Non, je ne le lui ai pas encore demandé, mais j'espère qu'elle acceptera, si quelqu'autre personne ne s'est pas déjà présentée.

— Non, je n'ai pas encore promis, » répondit Nancy tranquillement, bien qu'en rougissant. (Si M. Godfrey fondait quelques espérances sur le consentement de Nancy de danser avec lui, il allait bientôt être détrompé; mais il n'y avait aucune raison pour qu'elle fût impolie.)

« Alors, j'espère que vous n'avez aucune objection à danser avec moi, » reprit Godfrey, commençant à ne plus se rendre compte qu'il y avait quelque chose de gênant dans cet arrangement.

« Non, aucune objection, » répondit Nancy froidement.

« Ah, en vérité! vous avez de la chance, Godfrey, dit l'oncle Kimble. Mais vous êtes mon filleul; c'est pourquoi je ne veux pas vous couper l'herbe sous le pied. Autrement, je ne suis pas si vieux, n'est-ce pas, ma chère? continua-t-il, comme il revenait auprès de sa femme en sautillant légèrement. Cela ne vous ferait rien si j'en prenais une seconde, après que vous ne seriez plus, — pourvu que je pleure beaucoup auparavant?

— Allons! allons! prenez une tasse de thé et retenez votre langue, je vous en prie, » dit la gaie Mme Kimble, éprouvant quelque orgueil d'avoir un mari que la société, en général, devait considérer comme des plus habiles et des plus amusants. Si seulement il n'avait pas été aussi irritable quand il jouait aux cartes!

Tandis que ces personnalités inoffensives, bien mises à l'épreuve déjà, animaient le thé de cette manière, les sons d'un violon se rapprochèrent assez pour qu'on les entendît distinctement. Alors les jeunes gens se regardèrent d'un air sympathique, où se lisait leur impatience de voir le repas se terminer.

« Mais, voilà Salomon dans le vestibule, fit le squire, et il joue mon air favori, il me semble : « le Petit Laboureur aux cheveux blonds » [1]. Il veut nous insinuer que nous ne nous pressons pas assez pour l'entendre jouer. Bob, » ajouta-t-il, appelant son troisième fils, garçon aux grandes jambes qui était à l'autre bout de la salle, « ouvrez la porte, et dites à Salomon d'entrer. Il nous jouera un air ici. »

Bob obéit et Salomon entra, jouant en marchant, car il ne voulait à aucun prix s'arrêter au milieu d'un air.

« Ici, Salomon, dit le squire, d'un ton élevé et

1. *The flaxen-headed ploughboy*, chanson populaire en Angleterre. (N. du Tr.)

protecteur. Par ici, mon vieux. Ah! je savais bien que c'était « le Petit Laboureur aux cheveux blonds ». Il n'y a pas d'air plus beau. »

Salomon Macey, petit vieillard encore vert, avec une quantité abondante de longs cheveux blancs qui lui descendaient presque sur les épaules, s'avança vers l'endroit désigné. Il fit une révérence profonde sans cesser de jouer, comme pour faire entendre qu'il avait du respect pour la société, mais qu'il respectait davantage la musique. Aussitôt qu'il eut fini l'air et abaissé son violon, il s'inclina de nouveau devant le squire et devant le pasteur en disant : « J'espère que je vois Votre Honneur et Votre Révérence bien portants; je vous souhaite une parfaite santé, une longue vie et une bonne et heureuse année. Et à vous pareillement, monsieur Lammeter, et aux autres messieurs, et aux dames, et aux jeunes filles. »

En prononçant ces derniers mots, Salomon s'inclinait de tous côtés avec sollicitude, de peur de manquer au respect qu'il devait. Puis, là-dessus, il se mit immédiatement à préluder, et passa bientôt à l'air qu'il savait devoir être considéré par M. Lammeter comme un compliment personnel.

« Merci, Salomon, merci, dit M. Lammeter, lorsque le violon s'arrêta de nouveau. C'est « Sur les collines et bien, bien loin [1] », en vérité. Mon père

1. *O'er the hills and far away*, chanson écossaise, très populaire. (N. du Tr.)

me disait toutes les fois que nous entendions cette musique : « Ah! mon garçon, moi aussi, je viens « d'au delà des collines, de bien, bien loin. » Il y a beaucoup d'airs qui n'ont pour moi ni queue ni tête; mais celui-là me parle comme le sifflement du merle. Je suppose que cela tient au nom : le nom d'un air dit beaucoup de choses. »

Mais Salomon brûlait déjà de préluder de nouveau, et, sans tarder, il attaqua avec entrain « Sir Roger de Coverley [1] ». Là-dessus, on entendit le bruit des chaises qu'on repoussait en arrière, et le rire des voix.

« Oui, oui, Salomon, nous savons ce que cela signifie, dit le squire, en se levant. Il est temps de commencer la danse, n'est-ce pas? Allez devant, nous allons tous vous suivre. »

Ainsi Salomon, penchant sa tête blanche d'un côté et jouant avec vigueur, s'avança suivi du gai cortège, vers le salon où une touffe de gui se trouvait suspendue. Une multitude de chandelles de suif étincelaient au milieu des rameaux de houx couverts de baies. Elles se réfléchissaient dans les glaces ovales à la vieille mode, fixées sur les panneaux des lambris blancs, et y produisaient un assez brillant effet. Cortège bizarre! Le vieux Salomon, avec ses habits râpés et ses longs cheveux blancs, semblait entraîner cette honnête compagnie, aux accents magiques de

1. Nom d'un air, d'une danse et d'une chanson populaires. (N. du Tr.)

son violon, — entraîner des matrones prudentes,
portant des coiffures en forme de turbans; bien plus,
Mme Crackenthorp elle-même, la tête ornée d'une
plume perpendiculaire dont le sommet était de niveau avec l'épaule du squire, — entraîner de belles
jeunes filles qui pensaient avec satisfaction à leurs
tailles courtes et à leurs jupes dépourvues de plis sur
le devant, — entraîner des pères corpulents portant
de grands gilets bigarrés, et des fils rougeauds, pour
la plupart honteux et penauds, en culottes courtes
et en habits à longue queue.

Déjà M. Macey et quelques autres villageois privi-
légiés, à qui on permettait d'être spectateurs dans
ces grandes occasions, étaient assis sur des bancs
placés à leur intention près de la porte. L'admiration
et la satisfaction furent grandes parmi eux lorsque
les couples se furent formés pour la danse, et que le
squire et Mme Crackenthorp ouvrirent le bal, faisant vis-à-vis et donnant les mains au pasteur et à
Mme Osgood. C'était ainsi que les choses devaient
être; c'était à ce spectacle que tout le monde avait
été accoutumé, et la charte de Raveloe semblait se
renouveler par cette cérémonie. On ne considérait
pas comme une légèreté inconvenante, que les vieilles
personnes et celles d'un certain âge dansassent un
peu avant de se mettre à jouer aux cartes; cela était
plutôt regardé comme une partie de leurs devoirs
sociaux. Car, en quoi consistaient ces devoirs, si ce
n'était à se divertir en temps opportun; à échanger

des visites et des volailles aussi souvent qu'il le
fallait; à s'adresser réciproquement de vieux compliments en bonnes phrases traditionnelles; à faire
des plaisanteries bien mises à l'épreuve pour ne
blesser personne; à obliger, par hospitalité, vos
invités à trop manger et à trop boire chez vous, et à
trop boire et à trop manger vous-même dans la
maison du voisin, pour montrer qu'on appréciait ses
mets? Le pasteur donnait naturellement l'exemple
de ces devoirs sociaux; car, il n'eût pas été possible
aux esprits de Raveloe, sans une révélation divine
particulière, de penser qu'un ecclésiastique dût être
un pâle memento des solennités du culte, au lieu
d'être un homme pourvu de défauts raisonnables,
dont l'autorité exclusive de lire les prières et de prê-
cher, de baptiser, de marier et d'enterrer, coexistait
nécessairement avec le droit de vous vendre le terrain pour vous inhumer, et de lever la dîme en nature.
Sur ce dernier point, il y avait naturellement quelques récriminations; toutefois, elles n'allaient point
jusqu'à l'impiété. Elles n'avaient pas une signification
plus profonde que les murmures contre la pluie,
— murmures qui n'étaient point accompagnés d'un
esprit de défiance irréligieuse, mais du désir que la
prière devant ramener le beau temps fût dite immédiatement.

Lorsque le pasteur dansait, il n'y avait donc pas
de raison pour que cet acte ne fût pas accepté comme
une partie de l'ordre des choses, tout aussi bien que

s'il s'agissait du squire. D'un autre côté, il n'y en
avait pas non plus, pour que le respect officiel que
M. Macey devait au pasteur, l'empêchât de soumettre
la manière de danser de son supérieur, à cette critique
que les esprits d'une pénétration extraordinaire sont
nécessairement appelés à exercer sur la conduite
faillible de leurs semblables.

« Le squire est passablement agile, vu son poids,
dit M. Macey, et sa façon de frapper du pied est tout
à fait remarquable. Mais M. Lammeter l'emporte sur
tout le monde par son maintien. Vous voyez, il re-
dresse la tête comme un soldat, et il n'est pas si
boursouflé que la plupart des bourgeois qui sont
sur l'âge, — ceux-ci prennent de l'embonpoint, en
général, — et il a la jambe bien faite. Le pasteur est
assez leste, seulement sa jambe n'a rien de remarquable. Elle est un peu trop grosse vers le bas, et
ses genoux pourraient sans dommage se rapprocher
un peu plus ; pourtant, il pourrait être plus mal —
assurément ; bien qu'il n'ait pas cette superbe manière
du squire de balancer la main.

— Vous parlez d'agilité, regardez alors Mme Osgood, dit Ben Winthrop, qui tenait son fils Aaron
entre ses genoux ; elle trottine si légèrement avec ses
petits pas, qu'on ne peut voir comment elle va, —
vous diriez qu'elle a des petites roues sous les pieds.
Elle ne paraît pas avoir vieilli d'un jour depuis
l'année dernière. Il n'y a pas de femme mieux faite
qu'elle, que celle qui vient après soit où elle voudra.

— Je m'inquiète peu de savoir si les femmes sont
bien faites, dit M. Macey, avec quelque mépris. Elles
ne portent ni habit ni pantalons : on ne peut guère
se rendre compte de leurs formes.

— Papa, fit Aaron, dont les pieds étaient occupés
à tambouriner la mesure de la musique, comment
cette grosse plume de coq tient-elle dans la tête de
Mme Crackenthorp? Y a t-il un petit trou pour la
mettre, comme dans mon volant?

— Chut! mon enfant, chut. C'est ainsi que les dames
s'habillent, — oui, en vérité, » répondit le père,
qui ajouta cependant à demi-voix, en s'adressant à
M. Macey : « cela la rend drôle tout de même. Elle
ressemble presque à une bouteille au goulot court,
avec une grande plume dedans. Tenez, sur ma parole,
voilà le jeune squire qui commence avec Mlle Nancy
comme cavalière. En voilà une à votre goût. On
dirait un bouquet rose et blanc. Personne ne s'ima-
ginerait qu'il pût y en avoir d'autres aussi jolies. Je
ne m'étonnerais pas qu'elle devînt un jour Mme Cass,
après tout. Aucune jeune fille n'en serait plus digne,
car ce serait un beau couple. Vous ne pouvez rien
trouver à redire à la tournure de M. Godfrey, Macey,
je vous parie deux sous, moi. »

M. Macey pinça les lèvres, pencha davantage la tête
de côté, et ses pouces se mirent à tourner avec un
mouvement rapide, tandis que ses yeux suivaient Godfrey à travers la danse. Enfin, il résuma son opinion :

« Il est assez bien vers le bas, mais ses épaule

sont un peu trop rondes. Et quant à ces habits qu'il
commande au tailleur de Flitton, ils sont pauvrement
coupés pour être payés le double.

— Ah! monsieur Macey, vous et moi ça fait deux,
dit Ben, légèrement indigné de cette critique vétil-
leuse. Quand j'ai là un pot de bonne bière, j'aime à
l'absorber et à faire du bien à mon estomac, au lieu
de sentir le liquide et de le regarder avec de grands
yeux, pour m'assurer si je ne trouverai rien à redire
au brassage. Je voudrais vous voir me montrer un
jeune homme mieux taillé que maître Godfrey, — un
jeune homme qui vous terrasserait plus facilement,
ou ayant une meilleure mine que lui lorsqu'il est vif
et enjoué.

— Bah! dit M. Macey, provoqué à critiquer avec
plus de sévérité. Il n'a pas encore pris sa vraie couleur : il est à peu près comme un pâté imparfaitement
cuit. J'ai idée qu'il a le cerveau un peu faible, sinon,
pourquoi se laisse-t-il embobiner par ce vaurien de
Dunsey que personne n'a vu dernièrement, et lui
a-t-il laissé tuer ce beau cheval de chasse dont tout le
monde parlait dans le pays? Et pendant un temps il
téait toujours à rechercher Mlle Nancy; puis tout
s'est évanoui, pour ainsi parler, comme l'odeur de la
soupe quand elle se refroidit. Je ne m'y prenais pas
de cette façon, moi, à l'époque où je faisais la cour.

— Ah, mais peut-être bien que Mlle Nancy s'est
retirée, et qu'il n'en a pas été de même de votre
amoureuse, Ben.

— Assurément, répondit M. Macey, d'un air significatif. Avant de dire *cric*, je prenais grand soin de
savoir qu'elle dirait *crac*, et assez vivement, par-
dessus le marché. Moi, je n'allais pas ouvrir la bouche
comme un chien pour attraper une mouche, et la
refermer sans rien avoir à avaler.

— Eh bien, je crois que Mlle Nancy revient à de
meilleurs sentiments, continua Ben, car M. Godfrey
ne paraît pas aussi découragé en ce moment. Je vois
qu'il va l'emmener s'asseoir, maintenant que la
danse est terminée. Il me semble que cela s'appelle
courtiser, réellement. »

La raison pour laquelle Godfrey et Nancy avaient
quitté le bal, n'était pas aussi tendre que Ben se l'imaginait. Dans la forte presse des couples, un léger accident était arrivé à la robe de Nancy. Tandis que ce
vêtement était assez court pour laisser apercevoir la
cheville élégante sur le devant, il était assez long
par derrière, pour se prendre sous le poids majes-
tueux du pied du squire. Cet accident avait occa-
sionné la déchirure de certains points à la taille de
Nancy, et causé une grande agitation dans l'esprit
de sa sœur Priscilla, ainsi qu'une inquiétude sérieuse
dans celui de Nancy. Nos pensées peuvent être très
occupées par des conflits d'amour, mais elles le sont
rarement assez pour être insensibles à un désordre
dans l'organisation générale des choses. Nancy, ayant
à peine exécuté sa partie dans la figure qu'elle dansait avec Godfrey, dit à celui-ci, en rougissant profon-

dément, qu'elle était obligée d'aller s'asseoir jusqu'à ce que Priscilla fût libre de venir la trouver ; car les deux sœurs avaient déjà échangé un mot à voix basse, et un coup d'œil significatif. Aucune raison moins urgente que celle-là n'aurait été capable de déterminer Nancy à donner à Godfrey cette occasion de se placer seul auprès d'elle. Quant à Godfrey, il se sentait si heureux, et il était tellement plongé dans l'oubli sous le charme prolongé de la contredanse qu'il venait de danser avec Nancy, que la confusion de la jeune fille lui donna assez de hardiesse pour le déterminer à vouloir l'emmener directement, sans permission aucune, dans le petit salon d'à côté, où les tables de jeu étaient préparées.

« Oh ! non, merci, dit Nancy froidement, aussitôt qu'elle s'aperçut où il allait, pas là. Je vais attendre ici jusqu'à ce que Priscilla puisse venir auprès de moi. Je regrette de vous faire quitter le bal et de vous causer de l'ennui.

— Mais là, vous serez bien plus à votre aise toute seule, répondit le rusé Godfrey. Je vais vous y laisser jusqu'à l'arrivée de votre sœur. »

Il dit cela d'un ton indifférent.

C'était une proposition agréable, et exactement ce que Nancy désirait ; pourquoi, alors, se sentit-elle un peu blessée de ce que M. Godfrey la lui adressât ? Ils entrèrent, et elle s'assit sur une chaise contre une des tables de jeu, considérant cette position comme la plus décente et la plus inaccessible qu'elle pût choisir.

« Merci, monsieur, dit-elle immédiatement. Je ne
veux pas vous donner plus d'embarras. Je regrette que
vous ayez eu une cavalière qui a si peu de chance.

— C'est très méchant de votre part, » dit Godfrey, restant debout auprès d'elle, sans manifester la
moindre intention de partir, « de regretter d'avoir
dansé avec moi.

— Oh, non, monsieur, je n'ai pas du tout l'intention de dire quelque chose de méchant, reprit Nancy
en minaudant, et jolie à faire perdre la tête. Quand
les messieurs ont tant de distractions, une danse est
une bien petite affaire pour eux.

— Vous savez qu'il n'en est pas ainsi. Vous savez
qu'une danse avec vous m'importe plus que tous les
autres plaisirs du monde. »

Il y avait longtemps, bien longtemps, que Godfrey n'avait exprimé quelque chose d'aussi positif
que cela. Nancy tressaillit. Mais sa dignité naturelle
et sa répugnance instinctive à ne laisser paraître
aucune émotion, lui permirent de rester parfaitement
tranquille sur sa chaise. Seulement, ce fut d'un ton
un peu plus décisif qu'elle dit :

« Non, réellement, monsieur Godfrey, je ne le sais
pas, et j'ai de très bonnes raisons de penser le contraire ; néanmoins, si c'est vrai, je ne désire pas l'apprendre.

— Ne me pardonneriez-vous jamais, alors, Nancy ?
N'auriez-vous jamais une bonne opinion de moi, quoi
qu'il pût arriver ? Ne penseriez-vous jamais que le

présent pût racheter le passé, lors même que je
deviendrais un bon sujet, et que je renoncerais à
tout ce qui vous déplairait? »

Godfrey était à moitié conscient que cette occasion
inattendue de parler à Nancy en tête à tête, l'avait
mis hors de lui; mais un sentiment aveugle était
devenu maître de sa langue.

Nancy éprouva réellement une agitation extrême
devant la possibilité que suggéraient les paroles de
Godfrey. Cependant l'étreinte même de cette émotion qu'elle était en danger de trouver trop violente,
ranima tout l'empire que la jeune fille avait sur elle.

« Je serais très heureuse de voir un changement en
bien chez n'importe qui, monsieur Godfrey, répon-
dit-elle, avec une différence ć ton à peine sensible;
mieux vaudrait néanmoins qu'aucun changement ne
fût nécessaire.

— Vous êtes très cruelle, Nancy, dit Godfrey avec
humeur. Vous pourriez m'encourager à devenir un
meilleur sujet. Je suis bien malheureux; mais vous
n'avez pas de cœur.

— Je crois que ceux-là en ont le moins, qui commencent par mal agir, » répondit Nancy, lançant
soudain et malgré elle un petit trait d'indignation.
Godfrey fut enchanté de cette petite sortie. Il aurait
voulu continuer pour amener Nancy à se quereller
avec lui, — elle était d'une tranquillité et d'une fermeté si exaspérantes! Mais il ne lui était pas encore
indifférent, après tout.

L'entrée de Priscilla, qui se précipita en disant :
« Mon Dieu ! mon Dieu ! mon enfant, voyons cette
robe, » enleva à Godfrey l'espoir d'une querelle.

« Je suppose que je dois m'en ailler maintenant,
dit-il, à Priscilla.

— Cela m'est égal que vous vous en alliez ou que
vous restiez, » lui répondit cette franche demoiselle,
tout en cherchant quelque chose dans sa poche d'un
air affairé.

« Et vous, désirez-vous que je m'en aille ? » fit Godfrey, en regardant Nancy, qui se tenait alors debout
d'après l'ordre de Priscilla.

« Comme vous voudrez, » dit Nancy, essayant de
recouvrer toute sa première froideur, et abaissant
attentivement les yeux sur le rebord de sa robe.

« Alors, je préfère rester, » continua Godfrey, avec
la détermination irréfléchie de saisir ce soir-là autant
de joie qu'il le pourrait, sans s'inquiéter du lendemain.

CHAPITRE XII

Tandis que Godfrey Cass buvait à pleines gorgées
le doux breuvage de l'oubli en présence de Nancy,
et perdait volontairement tout souvenir du lien secret
qui, à d'autres moments, le harcelait et le tour-
mentait jusqu'à l'exaspérer au milieu des rayons

souriants du soleil, son épouse s'avançait à pas
lents et incertains, à travers les ruelles couvertes
de neige de Raveloe, portant son enfant dans ses
bras.

Ce voyage de la veille du jour de l'an était un acte
de vengeance prémédité, dont son cœur avait toujours nourri le projet depuis que Godfrey, dans un
accès de colère, lui avait dit qu'il aimerait mieux
mourir que de la reconnaître pour femme. Il devait
y avoir une grande soirée à la Maison Rouge la veille
du jour de l'an, elle le savait : son mari sourirait et
on lui sourirait. Il enfouirait son existence, à elle,
dans le coin le plus obscur de son cœur. Mais elle
troublerait son plaisir : elle irait en haillons sales,
avec son visage flétri, dont la beauté ne le cédait à
aucun autrefois, — elle irait avec son enfant, qui avait
les cheveux et les yeux de son père, déclarer au squire
qu'elle était l'épouse de son fils aîné. Rarement les
misérables peuvent s'empêcher de regarder leur situation comme un mal qui leur est infligé par ceux
dont la misère est moindre. Molly savait que, si elle
avait des haillons sales, ce n'était point la négligence
de son mari qui en était cause, mais le démon Opium
dont elle était esclave corps et âme, sauf qu'un reste
de tendresse maternelle lui faisait refuser de livrer
au monstre son enfant affamé. Elle le savait très bien ;
et néanmoins, dans les moments où sa misérable
conscience n'était pas engourdie, le sentiment de ses
besoins et de sa dégradation se transformait conti-

nuellement en amertume contre Godfrey. Il vivait
dans l'aisance, lui, et, si ses droits d'épouse étaient
reconnus, elle aussi serait dans l'aisance. La conviction qu'il se repentait de son mariage et qu'il en
souffrait, ne faisait qu'aggraver la rancune de Molly.
Les réflexions saines qui poussent le coupable à se
blâmer intérieurement, ne nous viennent pas en trop
grand nombre, même dans l'air le plus pur et avec
les meilleures leçons du ciel et de la terre. Comment
ces délicates méssagères aux blanches ailes pou-
vaient-elles arriver jusqu'à la cellule empoisonnée du
cœur de cette femme, cellule habitée seulement par
des souvenirs aussi peu nobles que ceux d'une fille
d'auberge, rêvant à son paradis d'autrefois, — à ses
rubans roses et aux plaisanteries des messieurs?

Elle était partie de bonne heure, mais elle s'était
attardée en route. Son indolence la disposait à croire
que la neige cesserait de tomber si elle attendait
sous un abri chaud. Elle s'était arrêtée plus longtemps qu'elle ne le pensait, et, maintenant qu'elle se
trouvait surprise par la nuit dans les longues ruelles
rugueuses et recouvertes de neige, même l'ardeur de
son dessein de vengeance ne pouvait empêcher son
courage de faiblir. Il était sept heures. A ce moment
elle n'était pas très loin de Raveloe, mais elle ne connaissait pas assez familièrement ces ruelles mono-
tones, pour savoir combien le but de son voyage était
proche. Elle avait besoin de consolation, et elle ne
connaissait qu'un consolateur, — le démon familier

caché dans son sein. Cependant, après avoir retiré
le reste noir, elle hésita un moment avant de le
porter à ses lèvres. A cet instant l'amour maternel
éleva la voix : plutôt un douloureux état de conscience que l'oubli; plutôt la continuation des souffrances de la lassitude, que l'engourdissement des
bras et l'impossibilité d'entourer et de sentir le précieux fardeau. Quelques secondes plus tard Molly
avait jeté quelque chose, — ce n'était pas le reste
noir : c'était une fiole vide. Elle continua sa route
au-dessous d'un nuage qui se déchirait, et d'où
venait de temps en temps la lumière d'une étoile se
voilant rapidement, car un vent glacial s'était élevé
depuis que la neige avait cessé de tomber. Mais Molly
marchait toujours, s'assoupissant davantage à chaque
pas, et pressant l'enfant sur son sein avec une incon-
science de plus en plus grande.

Lentement et à sa guise le démon accomplissait
son œuvre. Le froid et la fatigue lui venaient en aide.
Bientôt Molly ne ressentit plus qu'un désir suprême
et irrésistible qui lui déroba entièrement l'avenir, — le
désir impérieux de s'étendre par terre et de dormir.
Elle était arrivée dans un endroit où ses pas n'étaient
plus guidés par les haies des ruelles, et elle avait erré
au hasard, incapable de distinguer aucun objet, malgré l'immense nappe blanche qui l'entourait et la
lumière croissante des étoiles. Elle s'affaissa contre
un buisson de genêts, isolé. C'était un oreiller assez
doux, et le lit de neige était doux aussi. Elle ne

sentit pas que sa couche était froide. Elle ne s'inquiéta
pas si l'enfant s'éveillerait et demanderait sa mère
en pleurant. Néanmoins, les bras ne s'étaient point
encore relâchés de leur étreinte instinctive, et la petite
créature continuait à dormir aussi tranquillement
que si elle eût été balancée dans un berceau orné
de dentelles.

Cependant, l'engourdissement complet vint enfin :
les doigts perdirent leur force; les bras se détendi-
rent. Alors, la petite tête roula du sein sur lequel
elle était appuyée, et les yeux bleus s'ouvrirent tout
grands à la lumière froide des étoiles. D'abord l'enfant poussa le petit cri maussade de « ma-ma », et
fit un effort pour regagner le bras et le sein où elle
reposait. Seulement « ma-ma » n'entendait plus, et
l'oreiller semblait glisser en arrière. Soudain, comme
le petit être roulait de dessus les genoux de sa mère,
tout humides de neige, une vive lumière, rayonnant
sur la blancheur du sol, attira ses regards. Avec cette
rapidité de transition caractéristique de l'enfance, son
esprit fut immédiatement absorbé par la vue de cette
chose scintillante et animée, qui courait vers lui sans
jamais s'approcher. Il fallait attraper cette chose scintillante et animée. En un instant, la petite créature
s'était glissée sur ses pieds et ses mains, et bientôt
elle tendait l'une de celles-ci pour saisir les rayons
de lumière. Mais les rayons subtils ne voulurent pas
se laisser prendre ainsi, et la petite tête se leva pour
voir d'où ils venaient. Ils partaient d'un endroit

très brillant : alors, le petit être se dressa sur ses jambes
et s'avança en chancelant à travers la neige, traînant
derrière lui le vieux châle souillé dans lequel il était
enveloppé, tandis que son petit chapeau bizarre pen-
dillait derrière son dos, — il s'avança en chancelant
vers la porte ouverte de la chaumière de Silas Marner,
tout droit vers le foyer chaud, où il y avait un feu
clair de bûches et de petit bois. Le feu avait complètement chauffé le vieux sac — le pardessus de
Silas — étendu sur les briques, pour sécher. Le petit
enfant, accoutumé à rester seul pendant de longues
heures sans que sa mère fît attention à lui, s'accrou-
pit sur le sac et étendit ses petites mains devant
la flamme, tout à fait charmé, glouglotant et faisant
maint discours inarticulé au feu joyeux, comme un
petit oison nouvellement éclos qui commence à se
trouver à son aise. Cependant, la chaleur ne tarda
pas à produire un effet assoupissant : la tête mignonne
aux cheveux blonds tomba sur le vieux sac, et les
yeux bleus furent voilés par leurs paupières à demi
transparentes.

Et où Silas Marner se trouvait-il au moment où ce
visiteur étrange était venu à son foyer ? Il était dans
la chaumière, mais il n'avait pas vu l'enfant. Pendant les quelques semaines qui venaient de s'écouler
depuis le vol, il avait contracté l'habitude d'ouvrir sa
porte et de regarder au dehors de temps en temps,
comme s'il pensait que son argent pût lui revenir
d'une manière ou d'une autre, ou que quelques

indices, quelques nouvelles de son trésor se trouvassent mystérieusement en route, susceptibles d'être aperçues par les efforts de son regard ou l'attention de son oreille. C'était principalement le soir, quand il n'était pas occupé à son métier, qu'il se mettait à répéter cet acte machinal, auquel il aurait été incapable d'assigner aucun but déterminé, et qui ne saurait guère être compris que de ceux qui ont éprouvé l'affolante douleur de se voir séparés de l'objet suprêmement aimé. Dans le crépuscule du soir, et, plus tard, toutes les fois que la nuit n'était pas obscure, Silas regardait au dehors la petite perspective qui environnait les Carrières. Il veillait et écoutait attentivement, non point avec espoir, mais simplement avec un désir inquiet et irrésistible.

Ce matin-là, quelques-uns de ses voisins lui avaient dit que le lendemain était le jour de l'an, et qu'il fallait veiller le soir même pour entendre sonner le départ de l'ancienne année et l'arrivée de la nouvelle, parce que cela portait bonheur et pourrait lui faire revenir son argent. Ce n'était qu'une façon amicale des gens de Raveloe, de plaisanter au sujet des singularités à moitié insensées d'un avare. Cela avait peut-être contribué à jeter Silas dans un état d'agitation plus grand que de coutume. Depuis le commencement du crépuscule, il avait ouvert sa porte à maintes reprises, mais pour la refermer immédiatement chaque fois, en voyant que toute perspective était voilée par la neige tombante. Pourtant, la dernière

fois qu'il l'avait ouverte, il ne neigeait plus, et les
nuages se séparaient de place en place. Il resta longtemps debout à observer et à écouter. Il y avait alors
réellement sur la route quelque chose qui s'avançait
vers lui, seulement il ne distinguait rien. Le calme et
la nappe de neige immense et sans traces semblaient
resserrer sa solitude, et son désir inquiet touchait au
frisson du désespoir. Il rentra de nouveau et mit la
main droite sur le loquet de la porte pour la fermer.
Il ne la ferma pas : il fut arrêté, comme cela lui
était déjà arrivé depuis la disparition de son trésor,
par la baguette invisible de la catalepsie. Il resta
comme une image taillée [1], les yeux distendus, mais
sans vision, tenant sa porte ouverte, impuissant à
résister soit au bien, soit au mal, qui pouvait entrer
dans sa maison.

Lorsque Marner revint à lui, il continua l'action
suspendue et ferma sa porte, inconscient de la rupture dans la suite de ses idées, — inconscient de tout
changement intervenu, si ce n'est que la lumière du
jour s'était obscurcie et qu'il se sentait glacé et dé-
faillant. Il s'imagina qu'il était resté trop longtemps
sur la porte à regarder au dehors. Se tournant
vers le foyer, où les deux bûches étaient tombées en
se séparant et ne répandaient qu'une lueur rougeâtre
et douteuse, il s'assit sur sa chaise au coin du feu.
Comme il se baissait pour rapprocher les bûches, il

1. *Lévitique*, XXVI, 1; et *Deutéronome*, V, 8. (N. du Tr.)

lui sembla que ses yeux troublés apercevaient par
terre, devant le foyer, quelque chose ayant l'apparence de l'or. De l'or! — son or à lui, — rapporté
aussi mystérieusement qu'il lui avait été enlevé! Il
sentit alors que son cœur se mettait à battre avec
violence, et, pendant quelques instants, il fut incapable d'avancer la main pour saisir le trésor retrouvé.
Le monceau d'or paraissait briller et s'accroître sous
son regard agité. Il se pencha enfin, et tendit la main
en avant, mais au lieu des pièces dures au contour
familier et résistant, ses doigts rencontrèrnt des
boucles soyeuses et chaudes. Dans son extrême étonnement, Silas se laissa tomber sur les genoux et
baissa profondément la tête pour examiner la merveille : c'était une enfant endormie, — une jolie petite
créature rondelette, la tête toute couverte de boucles
blondes et soyeuses. Était-il possible que ce fût sa petite
sœur qui lui revînt dans un rêve, — sa petite sœur
qu'il avait portée dans ses bras pendant une année
avant qu'elle mourût, alors qu'il n'était lui-même
qu'un enfant sans souliers et sans bas? Telle fut la
première pensée qui frappa Silas stupéfait d'étonnement. Cependant, était ce bien un rêve? Il se remit
sur ses pieds, rapprocha les bûches, et, jetant dessus
quelques feuilles sèches et du petit bois, il obtint de
la flamme; mais la flamme ne fit pas disparaître la
vision : elle ne fit qu'éclairer plus distinctement la
petite forme rondelette de l'enfant, ainsi que ses
misérables vêtements. Elle ressemblait beaucoup à

cette petite sœur. Silas se laissa tomber en défaillance sur sa chaise, sous le double coup d'une surprise inexplicable, et d'un torrent rapide de souvenirs. Comment et quand l'enfant était-elle venue à son insu? Il n'était point allé au delà de sa porte. Mais en même temps que cette question, et l'écartant presque complètement, naissait dans son âme la vision de son ancienne demeure, et des vieilles rues conduisant à la Cour de la Lanterne. Et cette vision en contenait une autre : celle des pensées qu'il avait eues lors de ces scènes lointaines. Ces pensées lui semblaient étranges aujourd'hui : telles sont les anciennes amitiés qu'il est impossible de faire revivre. Cependant, il avait un vague sentiment que cette enfant était en quelque sorte un messager lui arrivant de cette vie du temps jadis. Ce petit être ranimait des fibres restées insensibles à Raveloe, — d'anciens frémissements de tendresse, d'anciennes impressions de crainte respectueuse causés par le pressentiment que quelque pouvoir présidait à sa destinée; car son imagination ne s'était pas encore dégagée du sentiment mystérieux produit en lui par la présence soudaine de l'enfant, et elle n'avait supposé aucune cause ordinaire et naturelle qui pût avoir amené l'événement.

Mais un cri se fit entendre sur l'âtre : la petite venait de s'éveiller. Marner se baissa pour la prendre sur ses genoux. Elle s'accrocha à son cou et poussa, avec une force de plus en plus grande, ces cris inarticulés, mélangés avec le mot « ma-ma », au moyen desquels les petits enfants expriment leur perplexité à leur réveil. Silas la pressa contre son cœur, et proféra presque inconsciemment des sons de tendresse pour la calmer. En même temps, il lui vint à l'idée qu'une partie de sa soupe qui s'était refroidie près du feu mourant, pourrait, s'il la faisait seulement réchauffer un peu, servir de nourriture à l'enfant.

Il eut beaucoup à faire pendant l'heure qui suivit. La soupe, adoucie avec un peu de cassonade provenant d'une ancienne provision qu'il s'était abstenu d'employer pour lui-même, arrêta les cris de la petite, lui fit lever ses yeux bleus vers Silas, et le fixer avec un grand regard calme, lorsqu'il lui mit la cuillère dans la bouche. Bientôt, elle se laissa glisser de dessus les genoux de Marner, et se mit à marcher çà et là, à petits pas, mais en chancelant si gentiment, qu'il se leva d'un bond pour la suivre, de peur qu'elle ne trébuchât contre quelque chose qui la blessât. Mais elle tomba seulement assise par terre, où, le visage en pleurs et regardant Marner, elle se mit à tirer ses petites chaussures, comme si elles lui faisaient mal. Il la reprit alors sur ses genoux. Cependant, ce ne fut que quelque temps après qu'il vint à l'esprit lent du célibataire Silas, que les souliers mouillés causaient la douleur de l'enfant, en serrant ses chevilles réchauffées. Il enleva les souliers avec difficulté, et Bébé s'occupa immédiatement avec délices du mystère de ses petits orteils, encore nouveau pour elle, invitant

Marner, avec beaucoup d'éclats de rire joyeux et
étouffés, à considérer aussi le mystère. Les souliers
mouillés avaient enfin suggéré à Silas l'idée que Bébé
avait marché dans la neige. Cette circonstance lui rappela qu'il n'avait songé à aucun moyen naturel par
lequel l'enfant avait pu entrer ou être apporté dans
la maison. Sous l'impulsion de cette nouvelle pensée,
et sans s'arrêter à former des conjectures, il la prit
dans ses bras et se dirigea vers la porte. Aussitôt
qu'il l'eut ouverte, la petite répéta de nouveau le
cri de « ma-ma » que Silas n'avait pas entendu
depuis le moment où la faim l'avait éveillée. En se
baissant, il put arriver à distinguer les empreintes
des petits pieds sur la neige immaculée, et il suivit
leurs traces jusqu'aux buissons de genêts. « Ma-ma ! »
s'écria l'enfant à maintes reprises, se tirant en avant
presque assez fort pour s'échapper des bras du tisserand, avant qu'il eût lui-même la certitude qu'il y
avait une autre chose qu'un buisson devant lui, —
qu'il y avait un corps humain, dont la tête était
profondément enfoncée dans le genêt, et à moitié
recouverte par la neige qui en avait été secouée.

CHAPITRE XIII

Le souper, commencé de bonne heure à la Maison
Rouge, était terminé, et la fête avait atteint le mo-

ment où la timidité elle-même venait de se changer en
gaieté naturelle, — le moment où les messieurs, ayant
conscience de leurs talents extraordinaires, pouvaient
enfin se laisser persuader de danser un « hornpipe [1] ».
C'était aussi l'heure où le squire aimait mieux parler
à voix haute, répandre du tabac et taper sur le dos
de ses convives, que de rester plus longtemps assis
à la table du whist. Cette préférence exaspérait
l'oncle Kimble, qui, toujours gai aux heures des
affaires sérieuses, s'acharnait et devenait violent lorsqu'il était à jouer et à boire de l'eau-de-vie. Il battait alors les cartes avant la donne de son adver-
saire, avec un regard enflammé et soupçonneux, et
retournait un chétif atout d'un air de dégoût inex-
primable, comme si, dans un monde où de telles
choses pouvaient arriver, on ne ferait pas aussi
bien de laisser tout aller à l'abandon. Quand la
soirée était arrivée à ce degré de liberté et de plaisir, il était d'usage que les serviteurs, après avoir
complètement terminé le service pénible du souper,
eussent leur part d'amusement en venant regarder
la danse, de sorte que les pièces de l'arrière-corps
de la maison restaient dans la solitude.

Deux portes faisaient communiquer le vestibule
avec le salon blanc. On les avait laissées ouvertes
toutes les deux pour avoir de l'air ; mais celle du
fond était obstruée par les serviteurs et les villa-

---

1. Nom d'une danse très populaire parmi les marins anglais,
et exécutée par un cavalier seul. (N. du Tr.)

geois : seule, la première était restée libre. Bob Cass
exécutait les figures d'un « hornpipe ». Très fier de
l'agilité de son fils, le squire déclara à plusieurs
reprises que Bob était exactement ce qu'il avait été
lui-même dans son jeune temps, d'un ton de voix
qui impliquait que ce talent était la suprême marque
du mérite juvénile. Il se trouvait au milieu d'un
groupe qui s'était placé en face de l'exécutant, assez
près de la première porte. Godfrey se tenait à une
petite distance, non point pour admirer le talent de
son frère, mais pour ne pas perdre de vue Nancy, qui
était assise dans le groupe auprès de M. Lammeter.
Il se tenait à l'écart parce qu'il voulait éviter de s'exposer à être en butte aux plaisanteries paternelles du
squire, sur la beauté de Mlle Nancy et sur le mariage
en général, plaisanteries qui allaient probablement
devenir de plus en plus explicites. Mais il avait la
perspective de danser de nouveau avec elle quand le
« hornpipe » serait terminé. En attendant, il était très
agréable à Godfrey de jeter de longs regards à Nancy,
sans être observé par qui que ce fût.

Cependant, comme il levait les yeux, après un de
ces longs regards, sa vue rencontra un objet qui,
à ce moment, le fit tressaillir autant qu'une apparition d'outre-tombe. C'était réellement une apparition de cette vie cachée, et gisant comme un
passage obscur derrière une façade ornée avec élégance qui reçoit la lumière du soleil et les regards
des honorables admirateurs. C'était sa propre enfant

dans les bras de Silas Marner. Telle fut son impression immédiate et indubitable, bien qu'il n'eût pas vu sa fille depuis plusieurs mois. Mais, au moment où il commençait à concevoir un peu l'espoir qu'il s'était peut-être trompé, M. Crackenthorp et M. Lammeter, étonnés de cette étrange visite, s'étaient déjà avancés vers Silas. Godfrey les rejoignit aussitôt, incapable de rester en place sans entendre jusqu'au moindre mot. Il essayait de se maîtriser; pourtant, il avait conscience que, s'il était observé, on ne manquerait pas de s'apercevoir de son agitation et de la pâleur de ses lèvres.

Mais en ce moment tous les yeux, à ce bout de la pièce, étaient fixés sur Silas. Le squire lui-même s'était levé, et lui demandait d'un ton irrité :

« Qu'y a-t-il ? Qu'est-ce que cela signifie ? Qu'avez-vous donc à entrer ici de cette manière ?

— Je suis venu chercher le docteur; j'ai besoin du docteur, avait dit Silas tout d'abord, à M. Crackenthorp.

— Eh bien, qu'y a-t-il, Marner ? fit le pasteur. Le docteur est ici; mais exposez tranquillement pourquoi vous avez besoin de lui.

— C'est une femme, répliqua Silas, à voix basse et à moitié hors d'haleine, juste au moment où Godfrey s'avançait. Elle est morte, je crois,... morte dans la neige, aux Carrières,... pas loin de ma porte. »

Godfrey sentit le cœur lui battre avec violence. Il y avait à cet instant une terreur dans son âme :

c'était que la femme ne fût réellement pas morte :
terreur coupable, — hôtesse bien odieuse pour avoir
trouvé un refuge dans la bonne nature de Godfrey.
Mais la nature d'aucun homme ne peut le protéger
contre les mauvais désirs, quand son bonheur dépend
de la duplicité.

« Chut, chut ! dit M. Crackenthorp, sortez dans le
vestibule. Je vais vous aller chercher le docteur. —
Il a trouvé une femme dans la neige et il croit qu'elle
est morte, » ajouta-t-il tout bas, au squire. « Il vaut
mieux en parler le moins possible; cela choquerait
les dames. Dites-leur seulement qu'une pauvre femme
souffre du froid et de la faim. Je vais aller chercher
Kimble. »

Déjà cependant, les dames s'étaient empressées
d'avancer, curieuses de savoir ce qui avait pu amener là le solitaire tisserand, dans des circonstances si
étranges, et s'intéressant à la charmante petite créature. Celle-ci, à moitié alarmée et à moitié attirée par
la lumière brillante et la société nombreuse, tantôt
fronçait les sourcils et se couvrait le visage, tantôt
relevait la tête en jetant tranquillement les yeux
autour d'elle, jusqu'à ce que les froncements de sourcils, ramenés par un attouchement ou un mot de
caresse, lui fissent cacher son visage avec une nouvelle résolution.

« Quelle est cette enfant? » dirent plusieurs dames
à la fois, entre autres Nancy Lammeter, qui s'adres-
sait à Godfrey.

« Je ne sais pas, — l'enfant de quelque pauvre femme qu'on a trouvée dans la neige, je crois, » fut la réponse que Godfrey s'arracha du cœur avec un effort terrible. « Après tout, suis-je bien certain ? » se hâta-t-il d'ajouter en lui-même, pour prévenir sa conscience.

« Mais vous feriez mieux alors de la laisser ici, maître Marner, » dit l'excellente Mme Kimble, hésitant cependant à mettre les vêtements souillés de la petite en contact avec son corset de satin broché. « Je vais dire à une des servantes de venir la prendre.

— Non, non, je ne puis pas m'en séparer, je ne puis pas la donner, répondit Silas brusquement. Elle est venue à moi, j'ai droit de la garder. »

Cette proposition de lui retirer l'enfant avait été adressée à Silas sans qu'il s'y attendît le moins du monde, et ses paroles, prononcées sous l'influence d'une impulsion forte et soudaine, furent presque comme une révélation qu'il se fit à lui-même. Une minute auparavant, il n'avait aucune intention précise au sujet de l'enfant.

« Avez-vous jamais entendu pareille chose ? dit Mme Kimble un peu surprise, à sa voisine.

— Maintenant, mesdames, je dois vous prier de me laisser passer, » dit M. Kimble, sortant de la salle de jeu, et assez irrité de l'interruption, mais rompu par le long exercice de sa profession à obéir aux appels désagréables, même lorsqu'il avait un peu trop bu.

« C'est une vilaine corvée de sortir en ce moment, hein, Kimble? dit le squire. Il aurait pu aller chercher votre jeune garçon, l'apprenti; voyons.... Quel est son nom?

— Il aurait pu? oui, mais à quoi bon dire qu'il aurait pu? » grommela l'oncle Kimble, se hâtant de sortir avec Marner, et suivi de M. Crackenthorp et de Godfrey.

« Allez me chercher une paire de grosses chaussures, Godfrey, dites? Mais, attendez,... que quelqu'un coure chez Winthrop chercher Dolly; c'est la meilleure femme qu'on puisse avoir. Ben était ici lui-même avant le souper, est-il parti?

— Oui, monsieur, je l'ai rencontré, dit Marner; mais je n'ai pas eu le temps de m'arrêter pour lui dire quoi que ce fût, si ce n'est que j'allais chercher le docteur, et il m'a répondu que celui-ci était chez le squire. Je me suis hâté de courir et, comme je n'ai vu personne dans l'arrière-corps du logis, je suis entré où la société se trouvait. »

L'enfant, dont l'attention n'était plus distraite par l'éclat de la lumière et les visages souriants des dames, se mit à pleurer et à appeler « ma-ma », bien qu'elle se cramponnât toujours à Marner, qui semblait avoir entièrement gagné sa confiance. Godfrey était revenu avec les chaussures. Aux cris de la petite, il sentit son cœur se serrer, comme si quelque fibre intime se tendait avec force.

« Je vais aller, » dit-il précipitamment, impatient

de se donner un peu de mouvement, « je vais aller chercher la femme, — Mme Winthrop. »

— Ah, bah ! envoyez une autre personne, dit l'oncle Kimble, se hâtant de partir avec Marner.

— Vous me ferez savoir si je puis être utile à quelque chose, Kimble, » dit M. Crackenthorp. Mais le docteur était trop loin pour entendre.

Godfrey aussi avait disparu. Il avait été prendre vivement son chapeau et son pardessus, conservant juste assez de présence d'esprit pour se souvenir qu'il ne devait pas passer pour un insensé ; mais il s'élança au dehors dans la neige, sans se soucier de ses souliers fins.

Quelques minutes après, il se rendait rapidement aux Carrières, en compagnie de Dolly. Tout en sentant qu'il était bien naturel qu'elle-même bravât le froid et la neige afin d'aller accomplir une œuvre de miséricorde, cette femme était cependant très tourmentée de voir un jeune monsieur se mouiller les pieds pour obéir à une impulsion semblable.

« Vous feriez beaucoup mieux de vous en retourner, monsieur, dit Dolly, avec une compassion respectueuse. Vous n'avez pas besoin de prendre froid. Mais je vous demanderai d'avoir la bonté, en vous en allant, de dire à mon mari de venir, — il est à l'Arc-en-Ciel, je crois, — si vous trouvez qu'il n'a pas trop bu pour être utile. Sinon, il y a Mme Snell qui pourra peut-être nous envoyer son petit domestique afin de faire les courses, car il sera probablement nécessaire d'aller chercher quelque chose chez le docteur.

— Non, je vais rester, maintenant que je suis sorti, je vais rester ici dehors, dit Godfrey, lorsqu'ils arrivèrent en face de la chaumière de Marner. Vous pourrez venir me dire si je puis être utile à quelque chose.

— En vérité, monsieur, vous êtes bien bon; vous avez le cœur tendre, » dit Dolly, se dirigeant vers la porte.

Godfrey était trop péniblement préoccupé pour ressentir quelque remords à cet éloge immérité. Il allait et venait, sans s'apercevoir qu'il enfonçait jusqu'aux chevilles dans la neige. Il n'avait conscience de rien, si ce n'est de l'agitation fébrile causée par son incertitude au sujet de ce qui se passait dans la chaumière, et de l'influence que chacun des deux dénouements aurait sur sa destinée future. Non, il n'était pas tout à fait sans avoir conscience de quelque autre chose. Plus profondément, dans son cœur, et à moitié étouffé par le désir passionné et la crainte, il y avait le sentiment qu'il ne devait pas attendre ces dénouements, qu'il devrait accepter les conséquences de ses actes, reconnaître sa misérable épouse et rendre ses droits à l'enfant délaissée. Toutefois, il n'avait pas assez de courage moral pour envisager la possibilité de renoncer volontairement à Nancy. Il avait seulement assez de conscience et de cœur, pour être constamment tourmenté par la

faiblesse qui empêchait ce renoncement. Et en ce
moment son esprit s'affranchissait de toute con-
trainte, et s'élançait vers la perspective imprévue de
la délivrance de son long servage.   -

« Est-elle morte? disait la voix qui prédominait
dans son cœur sur toutes les autres. Si elle l'est, je
puis épouser Nancy; alors, je serai un bon sujet à
l'avenir, et je n'aurai plus de secrets. Quant à l'enfant, on en aura soin d'une manière ou de l'autre. »
Mais, au milieu de cette vision, se présentait l'autre
alternative : « Elle vit peut-être; dans ce cas, c'en est
fait de moi. »

Godfrey ne sut jamais combien de temps s'écoula,
avant que la porte de la chaumière s'ouvrît et que
M. Kimble sortît. Il s'avança à la rencontre de son
oncle. Il venait de se préparer à maîtriser l'agitation
qu'il ne manquerait pas de ressentir, quelles que
fussent les nouvelles qu'il allait apprendre.

« Je vous ai attendu, puisque j'étais venu jusqu'ici,
dit-il, prenant le premier la parole.

— Bah! c'est absurde de votre part, d'être sorti;
pourquoi n'avez-vous pas envoyé un des domestiques? Il n'y a rien à faire,... elle est morte,... morte
depuis plusieurs heures, je crois.

— Quelle sorte de femme est-ce? dit Godfrey, sentant le sang lui monter au visage.

— Une jeune femme, mais amaigrie, avec de
grands cheveux noirs. Quelque vagabonde,... toute
couverte de haillons. Elle a au doigt une alliance,

cependant. On doit l'emporter à l'asile des pauvres demain. Allons, venez.

— Je désire la voir, dit Godfrey. Je crois avoir vu une femme comme celle-là, hier. Je vous rattraperai dans une minute ou deux. »

M. Kimble continua son chemin et Godfrey s'en retourna vers la chaumière. Il ne jeta qu'un regard sur le visage inanimé qui reposait sur l'oreiller, visage que Dolly avait arrangé avec un soin convenable. Mais il se rappela si bien ce dernier regard jeté sur la malheureuse épouse détestée, que, seize années après, chacun des traits de la physionomie flétrie était encore présent à son esprit, quand il raconta dans tous ses détails l'histoire de cette nuit-là.

Il se tourna immédiatement vers le foyer, où Silas Marner était assis à bercer la petite fille. Elle se tenait parfaitement tranquille maintenant, mais elle ne dormait pas. Elle était seulement apaisée par la soupe sucrée et par la chaleur. Ses yeux avaient pris ce grand regard calme qui nous inspire, à nous autres êtres humains plus âgés, en butte aux agitations intérieures, un certain respect mêlé de crainte lorsque nous sommes en présence d'un petit enfant. Tel est le sentiment que nous éprouvons en contemplant quelque beauté tranquille ou majestueuse du ciel et de la terre, une planète qui brille paisiblement, un églantier en pleine fleur, ou bien la voûte formée par les arbres au-dessus d'un sentier silencieux. Les yeux bleus, tout grands ouverts, regardaient ceux de

Godfrey sans aucun embarras ni signe de reconnaissance. L'enfant ne pouvait pas faire d'appel visible
ou intelligible à son père, et celui-ci se trouva sous
l'impression d'un étrange mélange de sentiments, —
d'un conflit de regrets et de joie, en voyant que ce
petit cœur ne répondait par aucun battement à la
tendresse à moitié jalouse du sien, tandis que les yeux
bleus s'éloignaient lentement de lui, et se fixaient sur
la figure bizarre du tisserand. Marner s'étant penché
bien bas pour les regarder, la petite main se mit à
lui tirer sa joue flétrie et à la défigurer avec délices.

« Vous allez mener l'enfant à l'asile des pauvres,
demain? demanda Godfrey, parlant avec autant d'indifférence qu'il le pouvait.

— Qui dit cela? répondit Marner, brusquement. Me
forcera-t-on à l'y conduire?

— Comment, vous ne voudriez pas la garder,
dites,... un vieux célibataire comme vous?

— Jusqu'à ce qu'on me montre qu'on a le droit de
me l'enlever, je la garderai, dit Marner. La mère est
morte, et je suppose que l'enfant n'a pas de père :
elle est seule au monde,... et je suis seul au monde.
Mon argent est parti je ne sais où... et elle me vient
je ne sais d'où.... Je ne sais rien,... je ne sais presque
plus où j'en suis.

— Pauvre petite créature! dit Godfrey. Laissez-moi
vous donner quelque chose pour lui procurer des
vêtements. »

Il venait de mettre la main à la poche et y avait

trouvé une demi-guinée. Il la plaça dans la main
de Silas, et se hâta de sortir de la chaumière pour
rattraper M. Kimble.

« Ah, je vois que cette femme n'est pas celle que
j'ai rencontrée, dit-il, lorsqu'il le rejoignit. La petite
fille est charmante; le vieux bonhomme semble vouloir la garder; c'est étrange pour un avare comme lui.
Mais je lui ai donné une bagatelle pour l'aider à se
tirer d'affaire. Il n'est pas probable que la paroisse
se querelle avec lui au sujet du droit de garder l'enfant.

— Non; cependant il y a eu un temps où j'aurais
cherché moi-même querelle à Marner pour l'avoir.
Mais il est trop tard maintenant. Si l'enfant s'élançait dans le feu, votre tante a trop d'embonpoint
pour la rattraper : elle ne pourrait que rester assise
et grogner comme une laie effrayée. Mais que vous
êtes sot, Godfrey, de sortir ainsi avec vos bas et vos
souliers de bal, — vous, un des élégants de la soirée,
d'une soirée qui se donne chez vous encore! Que signifient de telles boutades, jeune homme? Mlle Nancy
a-t-elle été cruelle, et voulez-vous la contrarier en
gâtant vos escarpins?

— Oh, tout a été désagréable ce soir. J'étais
harassé à mourir de sauter au bal et de faire l'aimable, ainsi que d'être assommé au sujet des « horn-
pipes ». Et il me fallait, par-dessus le marché, danser
avec l'autre demoiselle Gunn, » dit Godfrey, content
du subterfuge que son oncle lui avait suggéré.

Les faux-fuyants et les mensonges innocents cau-
sent au cœur, dont l'ambition est de se conserver
pur, autant de tourments qu'à un grand peintre les
touches fausses que son œil seul sait découvrir. Ils
sont aussi légers que de simples parures, lorsqu'une
fois les actes sont devenus mensongers.

Godfrey reparut dans le salon blanc, les pieds sé-
chés, et, puisqu'il faut dire la vérité, avec un sentiment de soulagement et de joie, — sentiment trop
intense pour que les pensées douloureuses vinssent le
combattre. Car, ne pouvait-il pas se hasarder maintenant, toutes les fois que l'occasion s'en présenterait, à
dire les choses les plus tendres à Nancy Lammeter, —
à lui promettre, ainsi qu'à lui-même, d'être toujours
ce qu'elle voudrait qu'il fût? Il n'y avait aucun danger que sa défunte épouse fût reconnue. Ce n'était
point une époque d'actives recherches et de grandes
rumeurs publiques; et, quant à l'acte de leur mariage,
il était bien loin, enfoui dans des pages que personne
ne feuilletait, — que personne, excepté lui, n'avait
intérêt à aller consulter. Dunsey, s'il revenait, serait
homme à le trahir; mais on pourrait acheter le
silence de Dunsey.

Et lorsque les événements se trouvent être d'autant plus heureux pour un homme qu'il a eu raison
de les redouter, n'est-ce pas une preuve que sa conduite a été moins sotte et moins blâmable qu'elle
n'aurait pu le paraître autrement? Quand nous
sommes bien traités par le sort, il nous vient natu-

rellement à l'idée que nous ne sommes pas tout à
fait sans mérite, et qu'il est assez raisonnable que
nous en usions bien envers nous-mêmes, et ne gâtions
pas notre bonne fortune. Où serait, après tout, pour
Godfrey, l'utilité de confesser le passé à Nancy Lammeter, et d'éloigner de lui le bonheur? — bien plus,
d'éloigner le bonheur de Nancy, car il avait quelque
assurance d'en être aimé. Quant à l'enfant, il veillerait à ce qu'on en prît soin; il ferait tout pour elle,
excepté la reconnaître. Peut-être ainsi serait-elle tout
aussi heureuse dans la vie, attendu que personne ne
pouvait dire comment les choses tourneraient, et,
— est-il besoin d'une autre raison? — eh bien, alors,
que le père serait beaucoup plus heureux, s'il n'avouait
pas sa paternité.

CHAPITRE XIV

A Raveloe, il y eut l'enterrement d'une personne
pauvre, cette semaine-là; et dans la ruelle Kench, à
Batherley, on apprit que la mère de l'enfant blonde,
la femme aux cheveux noirs, qui était récemment
venue y demeurer, en était repartie. On ne fit pas
d'autre remarque particulière au sujet de la disparition de Molly des yeux des hommes. Mais cette mort
non pleurée, qui, pour le sort de l'humanité, sem-

blait aussi insignifiante que la chute de la feuille
d'été, était chargée de la force de la destinée pour
certaines âmes que nous connaissons, et devait créer
les joies et les chagrins de toute leur vie.

La résolution de Silas Marner de garder l'enfant de
la « vagabonde. » fut un acte dont les gens du village
ne s'étonnèrent guère moins que du vol de son argent,
et sur lequel la conversation roula presque aussi fréquemment. A cet adoucissement des sentiments du
public à son égard, qui datait de son malheur, aux
soupçons et à l'aversion qui s'étaient transformés en
une pitié assez méprisante pour un être isolé et faible
d'esprit tel que lui, venait maintenant s'ajouter une
sympathie plus active, principalement de la part des
femmes. Les bonnes mères, qui savaient quelle peine
il fallait se donner pour conserver les enfants bien
portants et charmants; les mères indolentes, qui
connaissaient l'ennui d'être dérangées, — alors
qu'elles se croisaient les bras ou se grattaient les
coudes, — par les prédispositions malicieuses des
bébés ne faisant que commencer à se tenir sur leurs
jambes, prenaient le même intérêt à former des conjectures. Elles se demandaient comment un homme
seul se tirerait d'affaire avec une enfant de deux ans
sur les bras, et elles étaient également disposées à
suggérer à Marner leurs conseils. Les bonnes mères
lui parlaient surtout de ce qu'il serait préférable qu'il
fît, et les mères indolentes lui disaient avec insistance
ce qu'il ne viendrait jamais à bout de faire.

Parmi les bonnes mères, Dolly Vinthrop était celle dont Silas Marner acceptait le plus volontiers les bons services, car elle les lui rendait sans faire d'embarras. Silas lui avait montré la demi-guinée de Godfrey, et lui avait demandé comment il devait s'y prendre pour procurer quelques vêtements à l'enfant.

« Oh, maître Marner, dit Dolly, vous n'avez pas besoin de vous procurer autre chose qu'une paire de souliers; j'ai les petits jupons qu'Aaron portait il y a cinq ans, et ce serait mal employer l'argent que d'acheter des vêtements de bébé, vu que l'enfant va grandir comme l'herbe au mois de mai, — que le bon Dieu la bénisse, — soyez sûr de cela. »

Le même jour, Dolly apporta un paquet, et étala devant Marner, un à un, les tout petits vêtements, dans leur ordre naturel de succession. La plupart étaient rapiécés et reprisés, mais proprets et gentillets comme les plantes qui commencent à pousser. Cela servit d'introduction à une grande cérémonie, pratiquée avec de l'eau et du savon, d'où Bébé sortit revêtue d'une nouvelle beauté. Assise ensuite sur les genoux de Dolly, l'enfant se mit à manier ses petits orteils, et à caresser ses menottes ou à les frapper l'une contre l'autre, paraissant avoir fait sur elle-même plusieurs découvertes qu'elle communiquait au moyen des sons alternatifs de « gug-gug-gug » et de « ma-ma ». Le mot « ma-ma » n'était ni le cri du besoin ni celui du malaise. Bébé avait été accoutumée à le

prononcer, sans s'attendre qu'on y répondît par une
caresse ou un mot de tendresse.

« Personne ne croirait que les anges dans le ciel
pussent être plus jolis qu'elle, dit Dolly, caressant de
la main les boucles blondes et les embrassant. Et
dire qu'elle était couverte de ces haillons sales, et
que sa pauvre mère est morte de froid ! Mais il y a
Ceux qui ont pris soin de cette petite et qui l'ont
amenée à votre seuil, maître Marner. La porte était
ouverte, et elle est entrée en passant dans la neige,
comme un petit rouge-gorge mourant de froid et de
faim. N'avez-vous pas dit que la porte était ouverte?

— Oui, dit Silas, d'un air méditatif, oui, la porte
était ouverte. L'argent est allé je ne sais où, et cette
enfant m'est venue de je ne sais où. »

Marner n'avait dit à personne qu'il ignorait comment l'enfant était entrée. Il reculait devant des
questions pouvant conduire au fait que lui-même
supposait : à savoir, qu'il avait été pris d'une de ses
crises.

« Ah, dit Dolly, avec une douce gravité, c'est
comme le soir et le matin, et le sommeil et la veille,
et la pluie et la moisson : une chose s'en va, l'autre
vient, et nous ne savons ni où ni comment. Nous
pouvons travailler ferme, lutter et peiner, mais notre
labeur est bien insignifiant après tout : les grandes
choses viennent et s'en vont sans efforts de notre part,
— oui, il n'y a pas à en douter. Toutefois, je crois que
vous avez raison de garder l'enfant, maître Marner,

puisqu'elle vous a été envoyée, bien qu'il y ait des
gens qui ne soient pas de cet avis. Elle vous ennuiera
peut-être un peu tant qu'elle sera si petite; mais je
viendrai avec plaisir, et j'en prendrai soin à votre
place. Il me reste un peu de temps presque tous les
jours; car, lorsqu'on se lève de bonne heure le matin,
l'horloge semble s'arrêter vers dix heures, avant qu'il
soit temps d'aller chercher les provisions. Ainsi, je
vous le répète, je viendrai prendre soin de l'enfant à
votre place, de bon cœur.

— Merci... mille fois, dit Silas, hésitant un peu.
Je serai bien aise que vous me disiez ce qu'il faut
faire. » Puis, tandis qu'il se penchait en avant pour
regarder l'enfant, — non sans quelque jalousie, —
comme elle appuyait la tête en arrière contre le bras
de Dolly, et observait Silas de loin avec contentement,
il ajouta d'un air inquiet : « Mais je désire faire moi-
même ce qu'il faut pour la petite. Sans cela, elle
pourrait aimer quelque autre personne et ne pas
s'attacher à moi. J'ai été habitué à me tirer d'affaire dans ma demeure, — je puis apprendre, je puis
apprendre.

— Ah, pour sûr, dit Dolly, d'un ton de douceur.
J'ai vu des hommes qui étaient étonnamment adroits
avec les enfants. Les hommes sont en grande partie
gauches et entêtés, — que Dieu leur vienne en aide; —
cependant, lorsqu'ils ne sont pas ivres, ils ne man-
quent pas de sentiment, bien qu'ils ne puissent appliquer ni les sangsues ni les bandages : ils sont si

emportés et si impatients. Vous voyez, on met ceci d'abord, sur le corps, » continua Dolly, prenant une petite chemise, et la mettant à l'enfant.

« Oui, » dit Marner, docilement, regardant de très-près, afin d'initier ses yeux aux mystères. Là-dessus, Bébé lui saisit la tête de ses deux petits bras, et lui mit ses petites lèvres contre le visage, en faisant des ronrons.

« Tenez-donc, » dit Dolly, avec le tact délicat d'une femme, « c'est vous qu'elle aime le mieux. Elle veut aller sur vos genoux, j'en réponds. Allez, mignonne, alors. Prenez-la, maître Marner; mettez-lui les petites affaires; ensuite vous pourrez dire que vous avez fait ce qu'il fallait pour elle, depuis le commencement. »

Marner la prit sur ses genoux, tremblant sous l'influence d'une émotion mystérieuse pour lui, émotion causée par quelque chose d'inconnu qui commençait à poindre dans son existence.

Ses pensées et ses sentiments étaient si confus que, s'il eût essayé de les exprimer, il aurait seulement pu dire que l'enfant lui était arrivée au lieu de son or, — que son or était devenu l'enfant. Il prit les vêtements des mains de Dolly, et, sous sa direction, il les mit à Bébé. Celle-ci l'interrompit naturellement, par ses exercices gymnastiques.

« Voyez donc! mais, vous vous en tirez à merveille, maître Marner, dit Dolly; cependant, que ferez-vous lorsque vous serez forcé de rester assis à votre métier? car elle deviendra plus remuante et plus

malicieuse de jour en jour, pour sûr, — que Dieu la
bénisse! C'est heureux que vous ayez cet âtre élevé,
au lieu d'une grille; le feu se trouve ainsi moins à
sa portée; toutefois, si vous avez quelque chose qui
puisse se répandre ou se casser, ou lui couper les
doigts, elle sera vite après, et il n'est que raisonnable
que vous soyez prévenu. »

Silas, devenu assez perplexe, réfléchit un instant.
« Je l'attacherai au pied du métier, dit-il enfin; je
l'attacherai avec une longue et solide bande de
quelque chose.

— Bien, peut-être que cela suffira, comme c'est une
petite fille, attendu qu'on persuade plus facilement
les petites filles de rester en place que les petits garçons. Je sais ce que sont ceux-ci; j'en ai eu quatre,
— oui, quatre, Dieu le sait, — et si vous alliez les
prendre pour les attacher, ils se débattraient et crie-
raient comme les porcs quand on leur met un anneau
au nez [1]. Mais je vous apporterai ma petite chaise,
avec quelques petits morceaux de chiffons rouges, et
d'autres objets, pour qu'elle puisse jouer avec. Elle
s'assiéra et leur parlera comme s'ils étaient en vie.
Ah, si ce n'était pas un péché qui retombât sur mes
petits garçons, de désirer les voir créés autrement, —
que Dieu les bénisse, — j'aurais souhaité que l'un
d'entre eux fût une petite fille; et dire que j'aurais

---

1. Afin d'empêcher les cochons de faire des dégradations,
on leur met souvent un anneau au nez. L'opération les force
à pousser des cris et à se débattre. (N. du Tr.)

pu lui montrer à écurer, à raccommoder, à tricoter et toute autre chose. Seulement, je puis enseigner cela à cette petite fille, maître Marner, lorsqu'elle sera assez grande.

— Mais ce sera ma petite, à moi, dit Marner, assez vivement. Elle ne sera pas à d'autres.

— Non, pour sûr ; vous aurez le droit de l'avoir, si vous êtes un père pour elle, et si vous l'élevez en conséquence. Cependant, ajouta Dolly, arrivant à un point qu'elle avait auparavant résolu de toucher, il vous faut l'élever comme les enfants des gens baptisés, la mener à l'église, et lui faire apprendre son catéchisme. Mon petit Aaron peut le répéter parfaitement : il vous récite le « Je crois en Dieu », et tout le reste, ainsi que « Ne pas nuire à son prochain par paroles ou par actions », exactement comme s'il était l'enfant de chœur. Voilà ce que vous devez faire, maître Marner, si vous voulez remplir votre devoir envers la petite orpheline. »

Le pâle visage de Marner rougit subitement sous l'influence d'une nouvelle anxiété. Son esprit était trop préoccupé d'essayer de donner quelque interprétation définie aux paroles de Dolly, pour qu'il songeât à lui répondre.

« C'est mon opinion, continua-t-elle, que cette pauvre petite créature n'a jamais été baptisée, et il n'est que raisonnable d'avertir le pasteur. Au cas où vous n'y feriez aucune objection, j'en parlerais à M. Macey aujourd'hui même. Car, si l'enfant venait

jamais à tourner mal d'une façon ou de l'autre, et
que vous n'eussiez pas rempli votre devoir à son
égard, maître Marner, — que vous eussiez oublié de
la faire vacciner ou omis toute autre chose pour la
préserver du mal, — ce serait une épine dans votre lit
tant que vous seriez en deçà de la tombe. Je ne puis
pas croire qu'il soit facile à aucun homme de pouvoir
reposer tranquillement dans l'autre monde, s'il n'a
pas rempli son devoir envers les enfants infortunés
qui lui sont venus sans les avoir demandés. »

Dolly elle-même était alors disposée à garder le
silence pendant quelque temps, car ses paroles sortaient des profondeurs de sa simple croyance, et elle
était très anxieuse de savoir si elles produiraient l'effet.
désiré sur Silas. Celui-ci était embarrassé et inquiet,
attendu que ces mots de Dolly, « que la petite créature n'avait jamais été baptisée », ne contenaient
aucun sens distinct pour lui. Il ne connaissait que
le baptême des adultes, et il n'avait jamais entendu
parler du baptême des enfants.

« Que veulent dire vos paroles : « que la petite fille
« n'a jamais été baptisée? » dit-il enfin, avec timidité.
Les gens ne seront-ils pas bons pour elle sans cela?

— Mon Dieu, mon Dieu! maître Marner, dit Dolly,
du ton doux de la détresse et de la compassion, n'avez-
vous jamais eu de père ni de mère qui vous aient appris à dire vos prières, et qu'il y a de bonnes paroles
et de bonnes choses pour nous préserver du mal?

— Si, dit Silas, à voix basse; je sais beaucoup de

choses sur ce sujet, — du moins, j'en savais beaucoup, j'en savais beaucoup. Mais vos habitudes sont
différentes : mon pays est très loin d'ici. » Il s'arrêta
quelques instants ; puis il ajouta d'un ton plus ferme :
« Néanmoins, je désire faire tout ce qu'il est possible
en vue de l'enfant. Tout ce qui sera convenable pour
elle dans ce pays, et que vous jugerez être pour son
bien, je ne manquerai pas de m'y conformer, si vous
voulez me le dire.

— Eh bien, alors, maître Marner, dit Dolly, le
cœur réjoui, je vais demander à M. Macey d'en
parler au pasteur ; et vous aurez à vous décider
pour un nom, car il faudra en donner un à l'enfant
lorsqu'on la baptisera.

— Le nom de ma mère était Hephtsiba, dit Silas,
et ma petite sœur avait été nommée d'après elle.

— Mais, c'est un nom difficile à prononcer, dit Dolly,
et je ne suis pas sûre que ce soit un nom de baptême.

— C'est un nom qui se trouve dans la Bible, » dit
Silas, ses anciennes idées lui revenant à la mémoire.

« Alors, je n'ai aucune raison de m'y opposer, »
reprit Dolly, un peu effrayée des connaissances de
Silas sur ce chapitre ; « seulement, vous voyez, je ne
suis pas une savante, et je suis lente à comprendre
les mots. Mon mari dit que je suis toujours comme
si je mettais « le manche pour la poignée », — voilà
ce qu'il dit, — car il est très fin, — que Dieu lui
vienne en aide. Mais ce n'était guère commode d'appeler votre petite sœur par un nom aussi difficile à

prononcer, quand vous n'aviez rien d'important à
lui dire, il me semble, — dites, maître Marner?

— Nous l'appelions Eppie, répondit Silas.

— Eh bien, s'il n'y a aucun mal à raccourcir le
nom, ce serait beaucoup plus commode. Alors, je vais
m'en aller à présent, maître Marner, et je parlerai au
sujet du baptême avant la nuit. Je vous souhaite le
plus de chance possible, et j'ai la confiance que mon
vœu se réalisera, si vous remplissez votre devoir envers la petite orpheline,... en outre, il faut songer à
la faire vacciner. Quant au lavage de ses petits effets,
vous n'avez pas besoin de vous adresser à d'autres
qu'à moi, car je puis faire cela sans peine lorsque
j'ai là mon eau de savon. Oh, le cher petit ange!
Vous me permettrez d'amener mon petit Aaron un
de ces jours; il lui montrera la petite voiture que
son père lui a fabriquée, et le petit chien noir et blanc
qu'il est en train d'élever. »

Bébé fut donc baptisée, le pasteur décidant qu'un
double baptême était le risque le moins grand à courir. Dans cette occasion, Silas, après s'être mis aussi
proprement et aussi élégamment qu'il le pouvait,
parut pour la première fois à l'église et prit part aux
pratiques que ses voisins tenaient comme sacrées.

Il lui était impossible, d'après tout ce qu'il entendait ou voyait, d'identifier la religion de Raveloe
avec son ancienne foi. S'il en eût jamais été capable
dans le passé, il n'y serait parvenu que sous l'influence d'un sentiment intense, prêt à vibrer avec

sympathie, plutôt que par une comparaison de phrases et d'idées. Mais maintenant, depuis de longues années, ce sentiment était endormi.

Il n'avait pas de notion nette au sujet du baptême des enfants et de la fréquentation de l'église, si ce n'est que Dolly lui avait dit que c'était pour le bien de la petite. De cette manière, à mesure que les semaines formaient des mois, l'enfant créait sans cesse des liens nouveaux, entre l'existence de Marner et celle des personnes qu'il avait toujours évitées jusqu'ici, pour s'isoler d'une façon plus complète. Contrairement à l'or qui n'avait besoin de rien et devait être adoré dans une solitude tout à fait secrète, caché à toute lumière, sourd au chant des oiseaux, et ne tressaillant au son d'aucune voix humaine, Eppie était une créature dont les besoins étaient infinis, et les désirs toujours croissants. C'était une créature qui recherchait et aimait la lumière du soleil, le bruit de la vie, et les mouvements de la vie, — essayant toute chose, ayant foi dans les joies nouvelles, et faisant naître la bonté dans les yeux de tous ceux qui la regardaient. L'or avait confiné les pensées de Silas dans un cercle toujours le même, et ne conduisant à rien au delà de ses propres limites; Eppie, créature formée de changements et d'espérances, forçait à présent ces pensées d'aller en avant. Elle les entraînait bien loin de ce vain but vers lequel elles s'empressaient toujours de se diriger autrefois, et les portait vers les nouvelles choses qui devaient venir avec les années futures,

alors que la jeune fille aurait appris à comprendre quel
père dévoué Silas avait été pour elle. L'enfant faisait
rechercher à Marner des images de cet avenir, dans
les liens et les œuvres charitables qui unissaient entre
elles les familles de ses voisins. L'or l'avait obligé à
rester de plus en plus longtemps à son travail, les
oreilles et les yeux fermés à toute chose, si ce n'est à
la monotonie de son métier et à l'uniformité de son
tissu. Mais Eppie le dérangeait de son labeur, et lui
en faisait regarder toutes les interruptions comme
des moments de fête. Sa jeune vie réveillait les sens
de Silas au point de ranimer la joie de celui-ci, même
à la vue des vieilles mouches engourdies de l'hiver,
qui sortaient en rampant avec peine aux premiers
rayons de soleil du printemps. L'enfant ravivait la
joie du tisserand, parce qu'elle-même était joyeuse.

Quand l'éclat du soleil était devenu plus vif et se
prolongeait davantage, et que les boutons d'or parse-
maient les prairies, on pouvait voir Silas, — soit au
milieu du jour ensoleillé, soit au déclin de l'après-
midi, au moment où les ombres s'allongeaient sous
les haies, — on pouvait voir Silas, la tête nue, sortir
de chez lui pour se promener, et portant Eppie au
delà des Carrières, dans les lieux où croissaient ces
fleurs. Il s'arrêtait près de quelque talus favori qui
lui permettait de s'asseoir, tandis qu'Eppie allait en
chancelant cueillir les boutons d'or, interpellant les
créatures ailées qui murmuraient avec bonheur au-
dessus de leurs pétales brillants, et attirant conti-

nuellement l'attention de « pa-pa », comme elle lui
rapportait sa cueillette. Puis elle prêtait l'oreille au
chant soudain de quelque oiseau, et Silas apprenait
à l'amuser en lui faisant signe de rester silencieuse,
afin qu'ils pussent écouter, dans l'attente des accents
qui allaient recommencer. Et lorsque ceux-ci repre-
naient, elle haussait ses petites épaules et riait en
gazouillant son triomphe. Assis de cette manière sur
les talus de verdure, Silas se mit à rechercher de
nouveau les plantes qui lui étaient autrefois familières. En voyant les feuilles avec leurs contours et
leurs nervures immuables sur le creux de sa main,
il sentait revenir une multitude de souvenirs qu'il
repoussait avec timidité. Ses pensées cherchaient
alors un refuge dans le petit monde d'Eppie, lequel
ne pesait que légèrement sur son cerveau affaibli.

A mesure que l'esprit de l'enfant grandissait en
savoir, l'esprit de Silas grandissait en souvenirs; à
mesure que la vie d'Eppie se développait, l'âme du
tisserand, longtemps engourdie dans une froide et
étroite prison, se développait aussi, et, tremblante, revenait peu à peu à une pleine conscience d'elle-même.

C'était une influence qui devait acquérir de la force
avec chaque année nouvelle. Les sons enfantins qui
remuaient le cœur de Silas s'articulèrent et récla-
mèrent des réponses plus distinctes; les formes et
les bruits devinrent plus clairs aux yeux et aux
oreilles d'Eppie, et il y eut des choses nouvelles
qu'on demanda, d'un ton impératif, à « pa-pa » de

remarquer et d'expliquer. En outre, quand Eppie eut
atteint l'âge de trois ans, elle déploya le joli talent
de faire des malices, ou de trouver des moyens ingénieux pour causer des ennuis, — talent qui procurait
beaucoup d'exercice, non seulement à la patience de
Silas, mais encore à sa vigilance et à sa sagacité.

Dans ces occasions, le pauvre Marner était extrêmement embarrassé par les exigences incompatibles du
devoir et de la tendresse. Dolly Vinthrop lui disait
alors que les punitions feraient du bien à Eppie, et
qu'il ne fallait pas compter élever une enfant sans
que certains endroits doux et ne courant aucun danger, dussent lui cuire un peu de temps en temps.

« Pour sûr, il y a une autre chose que vous pourriez faire, maître Marner, ajouta Dolly, d'un air
méditatif : ce serait de l'enfermer une fois dans le
charbonnier. C'est ainsi que j'ai procédé avec Aaron ;
car j'étais si sotte avec mon plus jeune petit garçon,
que je n'ai jamais été capable de supporter l'idée de
le frapper. Ce n'est pas que mon cœur trouvât la force
de le laisser dans le charbonnier plus d'une minute,
mais c'était assez pour noircir l'enfant entièrement,
de sorte qu'il fallait le laver et l'habiller à nouveau.
Cela lui faisait le même bien que le fouet, je vous
assure. Mais je laisse à votre conscience le soin de
décider quelle voie il faut suivre, maître Marner, car
il vous faut choisir l'une ou l'autre chose, — le fouet
ou le charbonnier ; — autrement, elle deviendra si
volontaire qu'il n'y aura pas moyen de la tenir. »

Silas fut pénétré de la triste vérité de cette dernière remarque; mais sa force de caractère l'abandonna en face des deux seules espèces de punitions qu'on lui proposait. Non seulement il lui était pénible de faire mal à Eppie, mais il tremblait d'être en désaccord avec elle une seule minute, craignant que l'affection qu'elle avait pour lui n'en fût diminuée. Que même un Goliath affectueux se laisse attacher à une petite créature délicate, redoutant de la blesser en tirant le lien, — redoutant encore davantage de rompre ce lien, lequel des deux, dites-moi, je vous prie, sera le maître? Il était évident qu'Eppie, avec ses petits pas chancelants, devait faire joliment valser son papa Silas, n'importe quel beau jour où les circonstances favoriseraient sa petite malice.

Par exemple : il avait sagement choisi une large bande de toile, afin d'attacher Eppie à son métier, lorsqu'il était occupé. Cette bande formait une large ceinture autour de la taille de l'enfant, et elle était assez longue pour que celle-ci pût arriver jusqu'au petit lit et s'asseoir dessus, mais trop courte pour qu'Eppie essayât de se livrer à quelque ascension dangereuse. Or, un beau matin d'été, Silas s'était trouvé plus occupé que de coutume, pour mettre en train une nouvelle pièce sur son métier, — circonstance où il avait dû recourir à ses ciseaux. Cet instrument, grâce à un avertissement spécial de Dolly, avait été tenu soigneusement hors de la portée d'Eppie. Cependant, son cliquetis avait eu une attraction particulière pour

son oreille, et, après avoir guetté les résultats de ce
cliquetis, elle en avait tiré la leçon philosophique
que la même cause devait produire le même effet.
Silas s'était assis à son métier, et le bruit du tissage
avait recommencé; mais il avait laissé ses ciseaux
sur un rebord que le bras d'Eppie était assez long
pour atteindre. Alors, semblable à une petite souris
qui guette le moment opportun, elle avait quitté
furtivement son coin, s'était emparée de l'objet et
était retournée en chancelant vers le lit, haussant les
épaules, comme pour cacher le larcin. Elle avait une
intention arrêtée en ce qui concernait l'usage des
ciseaux. Après avoir coupé la bande de toile d'une
façon irrégulière, mais efficace, elle s'était élancée
en une couple de secondes vers la porte ouverte, où
l'éclat du soleil l'invitait, tandis que le pauvre Silas
la croyait plus sage que de coutume. Ce fut seulement quand il lui arriva d'avoir besoin de ses
ciseaux, que l'effrayante réalité vint le frapper. Eppie
s'était enfuie toute seule, — elle était peut-être tombée dans la Carrière. Silas, ébranlé par la crainte la
plus terrible qui pût l'assaillir, s'élança au dehors
en appelant : « Eppie! » et courut vivement autour
de l'espace sans clôture, explorant les cavités sèches
où elle aurait pu tomber, et questionnant ensuite de
son regard effrayé la surface unie et rougeâtre de
l'eau. Des gouttes froides lui couvraient le front.
Depuis combien de temps était-elle sortie? Il lui restait une espérance : c'est qu'elle se fût glissée à

travers la barrière pour passer dans les prairies où il
la menait habituellement faire un tour. Mais l'herbe
était grande, et il n'y avait pas moyen de découvrir
si Eppie s'y trouvait, sinon en la cherchant attentivement, ce qui eût été commettre un délit dans la
récolte de M. Osgood. Cependant, il fallait bien s'y
résigner; aussi, le pauvre Silas, après avoir sondé du
regard tous les alentours des haies vives, traversa
l'herbe, croyant, avec sa vue trouble, distinguer
Eppie derrière chaque touffe d'oseille rouge, et la
voir continuellement s'éloigner à mesure qu'il approchait. Il chercha en vain dans la prairie; alors il
franchit la barrière, et se trouva dans la propriété
voisine. Il jeta les yeux avec un dernier espoir vers
un petit étang, dont l'été avait alors abaissé le niveau
de l'eau, de façon à laisser un large bord de boue
visqueuse. C'était là cependant qu'Eppie était assise,
causant joyeusement à son petit soulier, qu'elle employait en guise de seau, pour porter de l'eau dans
l'empreinte profonde d'un pas de cheval, tandis que
son petit pied nu était commodément posé sur un
coussin de la boue olivâtre. Un veau à tête rouge
l'observait, incertain et alarmé, à travers la haie
opposée.

Il y avait là, chez une enfant baptisée, un cas
indiscutable d'aberration, qui demandait un traite-
ment sévère; mais Silas, dominé par la joie convul-
sive de retrouver son trésor, ne sut faire autre chose
que de soulever Eppie vivement, et de la couvrir de

baisers entrecoupés de sanglots. Ce ne fut qu'après
l'avoir rapportée à la maison, et s'être mis à songer
au lavage nécessaire, qu'il se rappela la nécessité de
la punir « pour qu'elle s'en souvînt ». L'idée qu'elle
pouvait s'enfuir de nouveau et se faire du mal, le
poussa à une résolution extraordinaire, et, pour la
première fois, il se détermina à recourir au charbonnier, petit placard situé près du foyer.

« Méchante, méchante Eppie, » commença Silas
subitement, en la tenant sur ses genoux, et en lui
montrant qu'elle avait les pieds et les habits couverts de boue, — « méchante, de couper avec les
ciseaux et de s'enfuir. Il faut qu'Eppie aille dans le
charbonnier, parce qu'elle a été méchante. Il faut
que « pa-pa » l'enferme dans le charbonnier. »

Il croyait à moitié que ces paroles produiraient
une secousse assez forte pour provoquer Eppie à
pleurer. Au lieu de cela, elle commença à se tré-
mousser sur les genoux de Marner, comme si la proposition lui offrait une nouveauté agréable. Voyant
qu'il fallait en venir aux extrémités, il la mit dans
le charbonnier, et tint la porte fermée, tremblant à
l'idée qu'il employait une mesure extrême. Pendant
le premier moment on n'entendit rien, mais il y eut
ensuite un petit cri :

« Ouvé, ouvé ! » et Silas la fit sortir, en disant :
« Maintenant Eppie ne sera plus méchante ; autrement, il faudra qu'elle aille dans le charbonnier, —
dans le vilain endroit noir. »

Le métier dut chômer longtemps ce matin-là, car
on fût obligé de laver Eppie et de lui mettre des
vêtements propres; toutefois, il y avait lieu d'espérer
que cette punition aurait un effet durable et épargnerait du temps à l'avenir. Peut-être, cependant, il eût
été préférable qu'Eppie eût pleuré davantage.

En une demi-heure elle fut appropriée, et Silas
ayant tourné le dos pour voir ce qu'il devait faire de
la bande de toile, la rejeta à terre, pensant qu'Eppie
serait sage le reste de la matinée sans être attachée.
Il se retourna ensuite, et il allait placer l'enfant
dans la petite chaise près du métier, lorsqu'elle se
montra à lui les mains et le visage noirs une seconde
fois, en disant :

« Eppie dans çabonnié. »

Cet insuccès complet de la peine disciplinaire du
charbonnier, ébranla la confiance qu'avait Silas dans
l'efficacité des punitions. « Elle prendrait cela absolument pour une plaisanterie, dit-il, à Dolly, si je
ne lui faisais pas de mal, et je suis incapable de lui
en faire, madame Winthrop. Si elle me donne un
brin de tourment, je suis en état de le supporter. Et
elle n'a pas de mauvaises habitudes dont elle ne
puisse un jour se débarrasser.

— Oui, c'est en partie vrai, maître Marner, dit
Dolly avec sympathie; et si vous n'avez pas la force
de vous résoudre à l'empêcher de toucher aux objets
en l'effrayant, il faut vous arranger de votre mieux
pour ne pas les laisser à sa portée. C'est ainsi que je

m'y prends avec les jeunes chiens que mes petits garçons sont toujours en train d'élever. Quoi que vous
fassiez, ces animaux mordillent et rongent; oui, ils
mordillent et rongent tout, même votre coiffe du
dimanche, si elle est suspendue quelque part où ils
puissent l'attraper et la tirer. Pour eux, c'est tout un,
— que Dieu leur vienne en aide. C'est la pousse des
dents qui les excite, voilà ce que c'est. »

Ainsi, Eppie fut élevée sans punition, le fardeau de
ses méfaits étant supporté à sa place par son père
Silas. La chaumière de pierre se transforma pour elle
en un doux nid ouaté avec le duvet de la patience ; et,
dans le monde qui était au delà de cette demeure,
elle ne sut rien non plus, ni des regards sévères ni
des refus.

Malgré la difficulté qu'il avait de la porter en même
temps que son fil et son tissu, Silas l'emmenait
presque toujours avec lui lorsqu'il allait faire ses
courses dans les fermes. Il ne voulait pas la laisser
chez Dolly Winthrop, bien que celle-ci fût toujours
disposée à s'en charger. La petite Eppie aux cheveux
frisés, l'enfant du tisserand, devint donc un sujet
d'intérêt pour les habitants de plusieurs maisons
écartées, aussi bien que pour ceux du village. Jusqu'ici on avait traité Marner presque comme s'il
eût été un gnome, ou un lutin utile, — comme s'il
eût été un être bizarre et incompréhensible, qu'on
ne pouvait s'empêcher de regarder sans un étonnement curieux mêlé d'aversion. On devait également

être content d'échanger les compliments et de conclure les marchés avec lui le plus promptement possible; toutefois, il fallait en même temps agir à son
égard d'une façon propitiatoire, et, dans l'occasion,
lui donner à emporter un présent de porc ou de produits du jardin, attendu que, sans son concours, il n'y
avait pas moyen de faire tisser le fil. Mais maintenant, Silas rencontrait des visages francs et souriants, et on le questionnait avec autant de plaisir
qu'une personne dont le contentement et les peines
étaient susceptibles d'être compris. Partout, il lui fallait s'asseoir un peu et parler de l'enfant, et on était
toujours disposé à lui adresser des paroles d'intérêt :

« Ah, maître Marner, vous aurez de la chance si
elle attrape de bonne heure une légère rougeole, » —
ou bien : « En vérité, il n'y a pas beaucoup d'hommes
seuls qui eussent voulu adopter une petite enfant
comme celle-là, mais je suppose que le tissage vous
rend plus adroit que les hommes qui travaillent au
dehors. Vous êtes presque aussi habile qu'une femme,
car le tissage vient immédiatement après le filage. »

Des maîtres et des maîtresses de maison d'un certain âge, assis dans de grands fauteuils de cuisine,
observaient de là les événements, et hochaient la tête
au sujet des difficultés qu'il y avait à élever les enfants. Néanmoins, leur arrivait-il de tâter les jambes
et les bras rondelets d'Eppie, ils étaient forcés d'en
reconnaître la remarquable fermeté, et disaient à
Silas que si elle tournait bien, — ce qu'on ne pouvait

pas savoir, cependant, — ce serait une bonne chose, d'avoir une jeune fille sérieuse qui prît soin de lui lorsqu'il serait devenu hors d'état de travailler. Les servantes prenaient plaisir à la porter au dehors pour regarder les poules et les poussins, ou voir si on pouvait faire tomber quelques cerises dans le verger. Et les petits garçons et les petites filles s'approchaient d'elle lentement, avec des mouvements prudents et des regards fixes, — comme des petits chiens qui s'avancent nez à nez vers un autre petit chien, — jusqu'à ce que l'attraction eût atteint le point où les douces lèvres s'offraient pour recevoir un baiser. Aucun enfant n'avait peur de s'approcher du tisserand quand Eppie était à ses côtés. La présence de celui-ci n'avait plus rien de repoussant maintenant, ni pour les jeunes ni pour les vieux, car la petite enfant en était arrivée à le rattacher une fois de plus au monde entier. Il y avait entre lui et Eppie un amour qui les confondait en un seul être, et il y avait de l'amour entre l'enfant et le monde, — depuis les hommes et les femmes qui avaient pour elle des paroles et des regards de père et de mère, jusqu'aux coccinelles rouges et aux cailloux arrondis.

Silas se mit alors à considérer l'existence à Raveloe, purement en vue d'Eppie. Il voulait procurer à sa fille tout ce qui passait pour un bien dans le village; et il écoutait avec docilité, afin de parvenir à mieux comprendre ce qu'était cette vie dont il s'était tenu à l'écart pendant quinze années, comme si c'eût été une chose étrange avec laquelle il ne pouvait avoir rien de commun. Tel est l'homme qui a une plante précieuse à laquelle il veut donner l'asile et la nourriture dans un sol nouveau : il pense à la pluie, au soleil, et à toutes les influences, en vue de son élève. Il cherche assidûment à connaître tout ce qui pourrait être utile, soit pour satisfaire aux besoins des racines pénétrantes, soit pour protéger la feuille et le bouton contre une agression dangereuse. L'amour de thésauriser, chez Marner, avait été complètement anéanti dès le commencement, par la perte de l'or qu'il amassait depuis longtemps. Les pièces qu'il avait gagnées ensuite lui paraissaient aussi inutiles que des pierres apportées pour terminer une maison soudainement ensevelie par un tremblement de terre. Le sentiment de la perte qu'il avait faite était pour lui un fardeau trop pesant pour que les anciens tressaillements de la satisfaction s'éveillassent encore au toucher des pièces nouvellement acquises. Désormais, quelque chose était venu remplacer son trésor, — quelque chose qui, en donnant à ses gains un but croissant, attirait sans cesse en avant, au delà de l'argent, ses espérances et ses joies.

Dans les anciens jours, il y avait des anges qui venaient prendre les hommes par la main et les éloignaient de la cité de la destruction. Maintenant, nous ne voyons plus de messagers ailés. Mais, cependant, des hommes sont encore conduits loin de la destruction imminente : une main est placée dans la leur, qui les mène doucement vers une terre paisible et resplendissante, de sorte qu'ils ne regardent plus derrière eux, — et cette main peut être celle d'un petit enfant [1].

CHAPITRE XV

Il y avait une personne — on se l'imagine sans peine — qui, plus que toute autre, observait avec une vive, mais secrète sollicitude, le développement prospère d'Eppie, sous l'influence des soins du tisserand. Cette personne n'osait rien faire qui donnât à supposer qu'elle portait un intérêt plus grand à l'enfant adoptive d'un homme pauvre, que celui qu'on devait attendre de la bonté d'un jeune squire, auquel une rencontre fortuite suggérait l'idée de gratifier d'un petit présent un vieux bonhomme regardé avec bienveillance par les autres gens. Mais elle se disait que le temps viendrait où elle pourrait faire quelque chose pour augmenter le bien-être de sa fille, sans être exposée aux soupçons. En attendant, était-elle très tourmentée de l'impossibilité où elle se trouvait, de donner à son enfant les droits de sa naissance? Je ne saurais le dire. On prenait soin d'Eppie. Elle serait probablement heureuse comme le sont souvent les

---

1. Allusion aux anges qui emmenèrent de Sodome Loth et sa famille. *Genèse*, XIX, 16. (N. du Tr.)

gens d'une humble condition, — plus heureuse, peut-
être, que ceux qui sont élevés dans le luxe.

Cette fameuse bague qui piquait le prince[1], quand
il oubliait ses devoirs pour s'adonner au plaisir, je
me demande si elle le piquait vivement à son départ
pour la chasse, ou bien si elle ne lui faisait alors
qu'une légère piqûre, et ne le perçait au vif qu'après
que la chasse était terminée depuis longtemps, et que
l'espérance, repliant ses ailes, regardait en arrière
et se changeait en regret?

Quant à Godfrey Cass, ses joues et ses yeux étaient
maintenant plus brillants que jamais. Il avait des
desseins si arrêtés, que son caractère semblait être
devenu ferme. Dunsey n'était pas reparu : les gens
en avaient conclu qu'il s'était engagé comme volontaire, ou qu'il était passé à l'étranger, et personne
ne se souciait de demander des renseignements précis
à une famille honorable sur un sujet aussi délicat.
Godfrey avait cessé de voir l'ombre de Dunsey en
travers de son chemin; et ce chemin le conduisait
alors directement vers la réalisation de ses désirs de
prédilection, — des désirs qu'il avait le plus longtemps chéris. Tout le monde disait que M. Godfrey
avait pris la bonne voie, et il était assez facile de
deviner comment les choses finiraient, car il se pas-

1. Allusion à la bague donnée par une fée au prince Chéri.
Cette bague devait le piquer toutes les fois qu'il commettrait
une mauvaise action. — Voy. *le Prince chéri*, dans les *Contes*
de Perrault. (N. du T.)

sait peu de jours dans la semaine, où on ne le vît
pas aller à cheval aux Garennes. Godfrey lui-même,
lorsqu'on lui demandait en plaisantant si le jour était
fixé, souriait avec le sentiment agréable d'un prétendu qui pouvait répondre « oui », s'il le voulait.
Il se sentait transformé, délivré de la tentation; et
la vision de sa vie future lui apparaissait comme une
terre promise, pour laquelle il n'était pas besoin de
combattre. Il se voyait dans l'avenir avec tout son
bonheur concentré autour de son foyer, tandis que
Nancy lui sourirait et qu'il jouerait avec les enfants.

Et cette autre enfant, sans place dans la demeure
paternelle, il ne l'oublierait pas. Il veillerait à ce
qu'elle fût bien pourvue. C'était le devoir d'un père.

CHAPITRE XVI

C'était un beau dimanche d'automne, seize ans
après que Silas Marner avait découvert son nouveau trésor devant l'âtre de son foyer. Les cloches
de la vieille église de Raveloe sonnaient la joyeuse
volée, annonçant que l'office du matin était terminé. De la porte cintrée de la tour, lentement, re-
tardés par des salutations et des questions amicales,
sortaient les plus riches paroissiens, qui avaient
trouvé cette belle matinée du dimanche très convo-

cable pour aller à l'église. C'était la coutume rurale
de cette époque, que les membres les plus importants de la congrégation sortissent les premiers.
Pendant ce temps, leurs voisins de condition plus
humble attendaient et regardaient, portant la main à
leurs têtes penchées, ou faisant des révérences pour
saluer tout grand contribuable qui se tournait pour
les remarquer.

Au premier rang de ces groupes de gens bien vêtus
qui s'avancent, il y a quelques personnes que nous
reconnaîtrons en dépit du temps, dont la main s'est
appesantie sur elles toutes. Ce grand homme blond
de quarante ans n'a pas les traits bien différents de
ceux du Godfrey Cass de vingt-six ans; seulement,
il a plus d'embonpoint et il a perdu l'expression
indéfinissable de la jeunesse, — perte qui se manifeste même quand l'œil n'est pas encore terne, et que
les rides ne sont pas encore venues. Peut-être cette
jolie femme qui n'est guère plus jeune que lui, et
qui s'appuie sur son bras, est-elle plus changée que
son mari : la charmante rougeur qui, autrefois, colo-
rait constamment ses joues, n'y revient plus que
momentanément, sous l'influence de l'air frais du
matin ou de quelque grande surprise. Cependant,
pour tous ceux qui aiment d'autant plus la physionomie humaine qu'on y lit mieux l'expérience de la
vie, la beauté de Nancy offre un intérêt plus grand.
Souvent l'âme est arrivée à un plus complet épa-
nouissement de sa bonté, tandis que la vieillesse l'a

recouverte d'une laide enveloppe : c'est pourquoi le simple regard ne peut jamais deviner l'excellence du fruit. Mais les années n'ont pas été si cruelles pour Nancy. Sa bouche ferme, mais calme, et le regard limpide et franc de ses yeux bruns, disent maintenant que sa nature a été éprouvée et a conservé ses plus nobles qualités. Même son costume, d'une élégance gracieuse et d'une pureté délicate, est plus expressif, aujourd'hui que les coquetteries de la jeunesse n'y sont pour rien.

M. et Mme Godfrey Cass — tout autre titre plus élevé a expiré sur les lèvres des gens de Raveloe, le jour où le vieux squire a été recueilli avec ses pères [1], et où son héritage a été partagé entre ses enfants — se sont retournés pour voir venir cet homme grand et âgé, et cette femme simplement vêtue qui sont un peu en arrière, — Nancy ayant fait observer qu'il fallait attendre « papa et Priscilla ». Les voilà maintenant qui tournent tous dans un sentier plus étroit, lequel traverse le cimetière et conduit à une petite porte, située en face de la Maison Rouge. Nous ne les suivrons pas; car, en ce moment, ne pourrait-il pas y avoir certaines autres personnes dans cette congrégation qui sort de l'église, que nous aimerions à revoir, — certaines autres personnes se trouvant parmi celles qui ne sont probablement pas vêtues avec élégance, et qu'il ne nous sera peut-être pas aussi facile de

---

1. Expression biblique. *Genèse.* XXV, 8. (N. du T.)

reconnaître que le maître et la maîtresse de la Maison Rouge?

Cependant il est impossible de se méprendre au sujet de Silas Marner. Comme c'est le cas chez les gens qui ont été myopes dans leur jeunesse, ses grands yeux bruns paraissent avoir acquis une vue plus longue, — ils ont un regard moins vague et plus sympathique. Seulement, tout le reste de sa personne témoigne d'une constitution très affaiblie par le laps de seize années. Ses épaules courbées et ses cheveux blancs lui donnent presque l'air d'un vieillard, bien qu'il n'ait pas plus de cinquante-cinq ans. Mais la fleur la plus fraîche de la jeunesse est tout près de lui, — une blonde jeune fille de dix-huit ans, au visage à fossettes, qui a vainement essayé de forcer les petites boucles de ses cheveux châtains à rester lisses sous son chapeau brun. Celles-ci ondulent avec autant d'obstination qu'un petit ruisseau sous la brise de mars, et s'échappent du peigne qui s'efforce de les maintenir derrière la tête, pour se montrer au-dessous du fond du chapeau. Eppie ne peut s'empêcher d'être tourmentée à ce propos, car il n'y a pas d'autre jeune fille à Raveloe qui ait des cheveux ressemblant le moins du monde aux siens, et elle s'imagine que les cheveux devraient être lisses. Elle n'aime pas à être répréhensible, même dans les petites choses; aussi, vous voyez avec quel soin son livre de prières est enveloppé dans son mouchoir tacheté.

Ce garçon de bonne mine, vêtu d'un costume neuf de futaine et qui marche derrière elle, n'est pas tout à fait fixé sur la question des cheveux en général, quand Eppie la lui pose. Il pense peut-être que les cheveux lisses sont préférables, somme toute. Mais il ne désire pas que ceux d'Eppie soient différents. Elle devine assurément que quelqu'un s'avance derrière eux, — quelqu'un qui pense à elle d'une façon toute particulière, et qui prend son courage à deux mains pour venir à son côté, aussitôt qu'ils vont être entrés dans la ruelle. Autrement, pourquoi paraîtrait-elle un peu timide, et prendrait-elle garde de ne pas détourner la tête, pendant qu'elle murmure à son père Silas de petites phrases, concernant ceux qui étaient à l'église et ceux qui n'y étaient pas, et la beauté du frêne rouge des montagnes, au-dessus du mur du presbytère ?

« Je voudrais bien que nous aussi, nous eussions un petit jardin, papa, avec des pâquerettes doubles dedans, comme celui de Mme Winthrop, dit Eppie, lorsqu'ils furent entrés dans la ruelle. Seulement, on dit que cela demanderait beaucoup de peine — pour bêcher et rapporter de la nouvelle terre,... et vous ne pourriez pas le faire, dites, petit papa ? Dans tous les cas, je n'aimerais pas que vous le fissiez, car ce serait un travail trop dur pour vous.

— Mais non, mon enfant. Si vous désirez un bout de jardin, je pourrais, pendant ces longues soirées, me mettre à enclore un petit coin de terrain inculte,

juste assez pour que vous ayez un plant de fleurs
ou deux. En outre, il me serait facile de donner un
petit coup de bêche le matin, avant de me mettre
au métier. Pourquoi ne m'avez-vous pas dit plus tôt
que vous désiriez un bout de jardin ?

— Je puis vous bêcher cela, moi, maître Marner, »
dit le jeune homme au costume de futaine, qui était
arrivé à côté d'Eppie, et se mêlait à la conversation
sans s'inquiéter des formalités. « Ce sera un amusement pour moi après avoir fini ma journée, ou à
n'importe quel moment perdu quand l'ouvrage n'ira
pas. Je vous apporterai de la terre du jardin de
M. Cass. Il me le permettra volontiers.

— Oh, Aaron ! mon garçon, vous êtes donc là ? dit
Silas ; je ne m'en étais pas aperçu ; car, lorsque Eppie
est en train de parler de quelque chose, je suis tout
absorbé par ce qu'elle dit. Eh bien, si vous pouviez
m'aider à bêcher, nous arriverions à lui faire un
bout de jardin d'autant plus vite.

— Alors, si cela vous est agréable, dit Aaron, je
viendrai aux Carrières cette après-midi. Nous nous
entendrons au sujet du terrain qu'il faut enclore, et je
me lèverai une heure plus tôt demain matin pour
commencer le travail.

— Mais, à la condition que vous me promettiez de
ne pas vous donner la peine de bêcher, papa, dit
Eppie. Car je n'en aurais pas parlé, ajouta-t elle, d'un
air à moitié réservé et à moitié fripon, si Mme Winthrop n'avait pas dit qu'Aaron aurait la bonté de....

— Vous auriez pu savoir cela sans que ma mère vous l'eût dit, interrompit Aaron. Maître Marner sait aussi, j'espère, que je suis disposé à lui donner un coup de main, de bon cœur. Il ne voudra nullement me désobliger, en me retirant ce travail des mains.

— Eh bien, alors, papa, vous ne travaillerez pas au jardin avant que ce soit tout à fait facile, dit Eppie, et vous et moi, nous nous mettrons à tracer les plates-bandes, à faire des trous et à y mettre les plants. Ce sera beaucoup plus gai aux Carrières, quand nous aurons quelques fleurs, car je crois toujours que les fleurs peuvent nous voir et comprendre ce que nous disons. Et je désirerais un peu de romarin, de monarde et de thym : ces plantes sentent si bon; mais on ne trouve de la lavande que dans les jardins des bourgeois, je pense.

— Ce n'est pas une raison pour que vous n'en ayez pas, dit Aaron; car je puis vous apporter des boutures de n'importe quoi; je suis forcé d'en couper des quantités quand je jardine, et de les jeter là presque toutes. Il y a une grande plate-bande de lavande à la Maison Rouge : la dame aime beaucoup la lavande.

— Soit! dit Silas, avec gravité, pourvu que vous ne preniez pas trop de libertés pour nous, ou que vous ne demandiez à la Maison Rouge, rien qui ait beaucoup de valeur. M. Cass a été si bon à notre égard, en nous faisant construire le nouveau bout de la chaumière, et en nous donnant des lits

et divers objets, que je ne saurais supporter l'idée
de lui être à charge pour des produits de son jardin
ou toute autre chose.

— Non, non, vous ne lui serez pas à charge, dit
Aaron. Il n'y a pas de jardin dans là paroisse où il
n'y ait une infinité de choses gaspillées, faute de quelqu'un pour les consommer toutes. Je me dis quelquefois que personne ne serait réduit à manquer de
vivres, si l'on tirait le meilleur parti de la terre, et
s'il n'y avait jamais un morceau de quoi que ce soit
qui ne trouvât une bouche pour le manger. Le jardinage vous fait songer à cela, bien certainement. Mais
il faut que je m'en retourne; autrement, ma mère
serait inquiète de mon absence.

— Amenez-la avec vous cette après-midi, Aaron,
dit Eppie. Je ne voudrais pas prendre une détermination au sujet du jardin, sans qu'elle eût connaissance
de tout dès le commencement. Qu'en pensez-vous,
papa?

— Oui, amenez-la si vous pouvez, Aaron, dit Silas ;
elle aura sûrement quelque chose à dire qui nous
aidera à arranger les affaires comme il faut. »

Aaron partit et remonta le village, tandis que Silas
et Eppie continuèrent à suivre la ruelle solitaire,
abritée par les haies.

« Oh ! petit papa ! » commença-t-elle, lorsqu'ils
furent seuls, saisissant et pressant le bras de Silas,
et sautant autour de lui pour lui donner un gros
baiser. « Mon bon vieux petit papa! Je suis si heu-

reuse. Je crois qu'il ne me manquera plus rien quand
nous aurons un petit jardin ; et je savais qu'Aaron
nous le bêcherait, continua-t-elle, d'un air malicieux
de triomphe, je le savais très bien.

— Vous êtes une fine petite chatte, en vérité, »
dit Silas, dont la physionomie respirait le bonheur
calme de la vieillesse couronnée par l'amour, « mais
vous allez vous rendre joliment redevable à Aaron.

— Oh ! non, pas du tout, dit Eppie, riant et folâ-
trant ; cela lui fait plaisir.

— Voyons, voyons, laissez-moi porter votre livre
de prières ; autrement, vous allez le laisser tomber,
en sautant de cette façon. »

Eppie s'aperçut alors que sa conduite était ob-
servée ; toutefois, l'observateur n'était qu'un âne
bienveillant qui paissait avec une bûche attachée au
pied, — un âne paisible, ne critiquant pas dédai-
gneusement les petites faiblesses humaines, mais reconnaissant d'être admis à les partager, en se faisant
gratter le nez quand il le pouvait. Eppie ne manqua
pas, afin de le contenter, de lui donner cette marque
ordinaire d'attention, bien que cela eût pour conséquence l'ennui de voir l'âne les suivre péniblement
jusqu'à la porte même de leur demeure.

Mais le bruit d'un aboiement aigu dans la chaumière, au moment où Eppie mettait la clef à la
porte, changea les intentions de l'animal. Sans
autre invitation, il s'en alla en boitant. L'aboiement
aigu était le signe de l'accueil animé que leur pré-

parait un terrier brun intelligent. Celui-ci, après avoir
dansé autour de leurs jambes d'une façon désor-
donnée, se précipita avec un vacarme désagréable
vers un petit chat tigré blotti sous le métier ; puis,
il revint d'un bond, en poussant un autre aboiement
aigu, comme pour dire : « J'ai rempli mon devoir à
l'égard de cette faible créature, vous voyez. » Pendant ce temps, l'honorable mère du petit chat, assise
à la fenêtre, chauffait au soleil sa poitrine blanche
et tournait la tête d'un air endormi, s'attendant à
recevoir des caresses, mais nullement disposée à se
donner la moindre peine pour les obtenir.

La présence de ces animaux qui y vivaient heureux,
n'était pas le seul changement qui fût survenu dans
l'intérieur de la chaumière. Il n'y avait plus de lit
maintenant dans la chambre commune, et le petit
espace était bien garni de meubles convenables, tous
assez polis et assez proprets pour plaire aux regards
de Dolly Winthrop. La table en chêne et la chaise à
trois pieds du même bois, n'étaient guère ce qu'on
pouvait s'attendre à voir dans une si pauvre demeure.
Elles étaient venues de la Maison Rouge, avec les lits
et les autres objets, car M. Godfrey Cass, comme tout
le monde le disait dans le village, se montrait très
bon pour le tisserand. Après tout, n'était-il pas juste
que ceux auxquels leurs moyens le permettaient,
dussent s'intéresser et venir en aide à cet homme?
N'avait-il pas élevé une orpheline et ne lui avait-il
pas tenu lieu de père et de mère? En outre, dépouillé

de son argent, il ne possédait plus que ce qu'il gagnait
par son travail chaque semaine, et encore était-ce
à une époque où le tissage tombait, vu qu'on filait
le lin de moins en moins. Enfin, maître Marner
n'était pas des plus jeunes. Personne n'était jaloux
du tisserand; car il était regardé comme un homme
exceptionnel qui, plus que tout autre, avait droit à
l'aide de ses voisins à Raveloe. Ce qui restait de
superstition à son égard, avait pris une nuance toute
différente. M. Macey, devenu alors un faible vieillard de quatre-vingt-six ans, invisible désormais, si
ce n'est au coin de son feu ou assis au soleil sur le
seuil de sa porte, émettait l'avis que, lorsqu'un homme
avait agi comme Silas envers une orpheline, c'était
un signe que son argent reparaîtrait, ou tout au
moins que le voleur aurait à en rendre compte. Il
n'en fallait pas douter, car M. Macey ajoutait qu'en
ce qui le concernait personnellement, ses facultés
n'avaient jamais été plus nettes.

Silas s'assit alors et contempla Eppie d'un regard
satisfait, tandis qu'elle mettait la nappe propre et
y plaçait le gâteau aux pommes de terre, réchauffé
lentement dans un pot bien sec, au-dessus d'un feu
qui se mourait insensiblement, et suivant la méthode
prudente employée le dimanche [1]. C'est ce qui pou-

1. Cette méthode prudente a l'avantage de ne pas brûler le
gâteau. Ce gâteau est confectionné le jour précédent, parce
qu'un certain nombre de protestants regardent comme un
devoir de ne pas faire de cuisine le dimanche. (N. du Tr.)

vait le mieux tenir lieu de fourneau, puisque Silas
n'avait jamais voulu permettre qu'on en ajoutât un,
non plus qu'une grille, au nombre de ses commodités. Il aimait son vieil âtre de briques, comme il
avait aimé sa cruche brune! Cet âtre n'était-il pas
là lorsqu'il avait trouvé Eppie? Les dieux du foyer
existent encore pour nous. Que toute nouvelle foi
tolère ce fétichisme, de peur qu'elle ne meurtrisse
ses propres racines!

Silas dîna plus silencieusement qu'à l'ordinaire,
et mit bientôt là son couteau et sa fourchette, pour
suivre d'un regard à moitié distrait, Eppie qui jouait
avec le terrier Snap et la chatte, ce qui faisait du
dîner de la jeune fille une besogne assez longue. Mais
c'était un spectacle qui pouvait bien arrêter les pensées vagabondes : Eppie, avec les ondulations rayon-
nantes de ses cheveux, avec son menton et son cou
rondelets, dont la blancheur était rehaussée par sa
robe de coton d'un bleu foncé, riait gaiement, tandis
que le petit chat, s'accrochant des quatre pattes à
l'une des épaules de la jeune fille, formait, pour ainsi
dire, le modèle de l'anse d'un vase. En même temps,
Snap du côté droit, et la chatte de l'autre, tendaient
les pattes vers un morceau qu'Eppie tenait hors de
leur portée à tous deux. Snap se désistait par intervalles, afin d'adresser des remontrances à la chatte
sur sa gloutonnerie et la futilité de sa conduite, en
faisant entendre un grognement bruyant et désagréable, jusqu'à ce que la jeune fille, se laissant

fléchir, les caressât tous les deux et leur partageât le morceau.

Enfin Eppie jeta un regard sur l'horloge et interrompit le divertissement, en disant : « O petit père, vous désirez aller au soleil fumer votre pipe. Mais il faut que je débarrasse la table d'abord, pour que tout soit bien rangé dans la maison quand marraine arrivera. Je vais me dépêcher.... Ce ne sera pas long. »

Silas s'était mis à fumer une pipe tous les jours pendant les deux années qui venaient de s'écouler. Les sages de Raveloe l'avaient fortement engagé à faire usage de cette chose excellente contre les attaques. Leur avis était approuvé par le Dr Kimble, par la raison qu'il n'y avait aucun mal d'essayer ce qui ne pouvait pas en causer : principe qui épargnait à ce monsieur bien de la besogne dans la pratique de la médecine. Silas ne prenait pas un plaisir extrême à fumer, et il s'étonnait souvent de la passion de ses voisins à cet égard ; mais une sorte d'humble acquiescement à toute chose considérée comme bonne, était devenu une forte habitude de cette nouvelle personnalité qui s'était développée en lui, depuis qu'il avait trouvé Eppie près de son foyer. Cet acquiescement s'était trouvé être le seul guide qui eût prêté son appui à l'esprit égaré de Silas, pendant qu'il chérissait cette jeune vie qui lui avait été envoyée des ténèbres où son or était parti. Tandis que Marner recherchait ce qui était utile à Eppie,

et qu'il prenait part à l'effet que toute chose produisait sur elle, il en était venu lui-même à s'appro-
prier les formes des coutumes et de la croyance, qui
étaient le moule de la vie à Raveloe. Et, comme
avec le réveil des sentiments la mémoire se réveillait
aussi, il avait commencé à méditer sur les éléments
de son ancienne foi et à les mêler à ses nouvelles
impressions, jusqu'à recouvrer la conscience d'un
rapport entre le passé et le présent. La croyance
en une bonté tutélaire et la confiance dans l'humanité qui naissent avec toute paix et toute joie pures,
avaient produit en lui l'idée vague que quelque
erreur, quelque méprise, avait jeté une ombre téné-
breuse sur les jours de ses meilleures années. En
outre, il lui devenait de plus en plus facile d'ouvrir
son cœur à Dolly Winthrop; aussi, il communiqua
peu à peu à cette nouvelle amie tout ce qu'il pouvait raconter de sa jeunesse. Cette communication
fut nécessairement une opération lente et difficile,
car la pauvre éloquence de Silas n'était nullement
secondée par la facilité de compréhension de Dolly,
à qui son expérience limitée du monde extérieur ne
donnait aucune clef des coutumes étrangères. Par
suite, toute idée nouvelle était un sujet d'étonnement auquel il leur fallait s'arrêter à chaque point
du récit. Ce ne fut que par fragments, et avec des
intervalles permettant à Dolly de méditer sur les
choses qu'elle avait entendues, jusqu'à ce qu'elles lui
fussent devenues assez familières, que Silas arriva

enfin au point culminant de sa triste histoire : le
sort jeté et le faux témoignage qui en avait été la
conséquence. Cela dut être redit dans plusieurs entrevues, à propos de nouvelles questions posées par
Dolly, sur la nature de cette méthode de découvrir
le coupable et de justifier l'innocent.

« Et votre Bible est la même que la nôtre, vous
en êtes sûr, maître Marner? La Bible que vous avez
rapportée avec vous de ce pays-là, est bien la même
que celle que nous avons à l'église, et dans laquelle
Eppie apprend à lire?

— Oui, dit Silas, en tout point la même; et on
jette le sort dans la Bible, n'oubliez pas cela, ajouta-
t-il, d'un ton plus bas.

— O mon Dieu! mon Dieu! » dit Dolly d'une voix
attristée, comme si elle apprenait de mauvaises nouvelles sur le cas d'un malade. Puis elle resta silencieuse pendant quelques instants; enfin, elle reprit :

« Il y a des gens instruits qui savent peut-être le
fond de tout cela. Le pasteur le sait, j'en réponds;
mais il faut de grands mots pour dire ces choses,
— des mots tels que les pauvres gens ne sont guère
capables de les comprendre. Je ne puis jamais savoir
au juste le sens de ce que j'entends à l'église, si ce
n'est celui de quelques bouts de phrases par-ci par-
là; seulement, je le sais, ce sont de bonnes paroles,
bien certainement. Ce que vous avez sur le cœur, le
voici, maître Marner : si *Ceux* qui sont là-haut avaient
fait leur devoir envers vous, ils ne vous auraient

jamais laissé chasser comme un voleur pervers, lorsque vous étiez innocent.

— Ah! dit Silas, qui était maintenant arrivé à comprendre la phraséologie de Dolly, c'est cela qui est tombé sur moi comme un fer rouge, parce que, voyez-vous, personne ne m'aimait, — personne ne me restait attaché, ni au ciel ni sur la terre. Et celui avec qui j'avais vécu pendant dix ans et plus, depuis que nous étions enfants et que nous partagions tout,... mon ami intime, en qui j'avais confiance, a levé le pied contre moi et a travaillé à ma ruine [1].

— Oh! mais c'était un méchant. Je ne crois pas qu'il y en ait un autre qui lui ressemble, dit Dolly. Cependant je suis bien perplexe, maître Marner; il me semble que je viens de m'éveiller, et que je ne sais pas s'il fait nuit ou s'il fait jour. J'ai, pour ainsi dire, la certitude qu'on trouverait de la justice dans ce qui vous est arrivé, si on pouvait seulement la découvrir; de même que je suis parfois sûre d'avoir mis une chose dans un endroit, bien que je ne parvienne pas à mettre la main dessus. Vous n'aviez donc pas raison de perdre courage comme vous l'avez fait. Mais nous reparlerons de cela, car il y a des choses qui me viennent parfois à l'esprit quand j'applique des sangsues et des cataplasmes, ou que je fais quelque besogne semblable, — des choses auxquelles je serais incapable de penser si j'étais assise tranquillement. »

1. *Psaume* XL, 9, et *Saint Jean*, XIII, 18. (N. du Tr.)

Dolly était une femme trop utile pour ne pas avoir
beaucoup d'occasions de recevoir des lumières de la
nature de celles dont elle avait parlé; aussi, ne resta-
t-elle pas longtemps sans revenir au sujet.

« Maître Marner, dit Dolly, un jour qu'elle était
venue rapporter à la chaumière le linge d'Eppie,
j'ai été extrêmement et longtemps embarrassée à
propos de vos peines et du *sort jeté*; et l'affaire s'est
enchevêtrée dans mon esprit, en tous sens, de sorte
que je n'ai plus trouvé par quel bout il fallait la
saisir. Mais elle m'est revenue, pour ainsi dire,
tout à fait claire, la nuit où je veillais cette pauvre
Bessy [1] Fawkes qui est morte en laissant ses enfants
sur cette terre, — que Dieu leur vienne en aide; —
l'affaire, dis-je, m'est revenue aussi claire que la
lumière du jour. Pourtant, quant à savoir si je la
comprends bien maintenant, ou si je suis en état
de l'amener d'une manière quelconque au bout de
ma langue, c'est une autre question, car j'ai souvent
dans la tête beaucoup de choses qui n'en veulent
jamais sortir. Et pour ce qui est des gens de votre
ancien pays, qui, d'après votre témoignage, ne disent
jamais de prières par cœur ni dans un livre, il faut
qu'ils soient prodigieusement habiles. Moi, si je ne
savais pas le *Notre Père,* et quelques petites bribes
de bonnes paroles que je puis rapporter de l'église
avec moi, j'aurais beau me mettre à genoux tous les
soirs, je ne saurais rien dire.

1. *Bessy,* diminutif d'*Elisabeth.* (N. du **Tr.**)

— Cependant, vous savez généralement dire quelque chose que je suis à même de saisir, madame Winthrop, fit observer Silas.

— Eh bien, alors, maître Marner, l'affaire s'est présentée à moi à peu près de la façon suivante : je suis incapable de rien comprendre au *sort jeté* et à la réponse fausse qui en a été le résultat. On aurait peut-être besoin du pasteur pour expliquer cela, et il ne pourrait le faire qu'avec de grands mots. Mais, ce qui m'est venu aussi clair à l'esprit que la lumière du jour, lorsque je me tourmentais au sujet de la pauvre Bessy Fawkes, — cela me vient toujours dans la tête quand je prends part aux chagrins de mon prochain, et que je sens que je ne puis faire beaucoup pour lui venir en aide, même si je me levais au milieu de la nuit, — ce qui m'est venu à l'esprit, dis-je, c'est que *Ceux* qui sont là-haut ont un cœur bien plus tendre que le mien; car je ne saurais en aucune façon être meilleure que *Ceux* qui m'ont créée; et, s'il est des choses qui me paraissent difficiles à comprendre, c'est parce qu'il y en a d'autres que je ne connais pas. A cet égard, il y en a, sans doute, beaucoup d'inconnues pour moi. Ce que je sais est bien peu, pour sûr. Ainsi, pendant que je pensais à cela, vous vous êtes présenté à mon esprit, maître Marner, et alors tout ce que je vais vous dire est entré à flots : si j'ai senti en moi-même ce qui aurait été juste et raisonnable envers vous, et si ceux-là même qui ont prié et *jeté le sort*, tous,

excepté ce méchant, — si ceux-là, dis-je, ont été
disposés à faire ce qui était juste à votre endroit au
cas où ils l'auraient pu, ne doit-on pas compter sûr
Ceux qui nous ont créés, attendu qu'ils en savent
davantage que nous et ont de meilleures intentions. Voilà tout ce dont je puis être sûre; tout le
reste est pour moi une énigme compliquée, lorsque
j'y songe : car il y a la fièvre qui est arrivée; elle
m'a enlevé les enfants qui étaient tout à fait grands
et ne m'a laissé que les plus faibles; il y a les membres cassés; il y a ceux qui, voulant bien agir et ne
pas boire avec excès, ont à souffrir de la part de
ceux qui sont différents. Oh! il y a des ennuis dans
ce monde, et il y a des choses que nous ne sommes
jamais en état de comprendre! Tout ce que nous
devons faire, c'est d'avoir confiance, maître Marner,
c'est d'accomplir notre devoir autant que cela nous
est possible, — c'est d'avoir confiance. Or, si nous
qui ignorons tant de choses, nous sommes à même
de remarquer qu'il existe quelque bien et quelque
justice, soyons certains qu'il y a plus de bien et de
justice que nous ne sommes capables d'en concevoir; — je sens en moi-même qu'il ne peut en être
autrement. Et si vous aviez pu continuer à avoir
confiance, maître Marner, vous n'auriez pas fui vos
semblables et vous n'auriez pas été délaissé à un tel
point.

— Ah! mais cela aurait été difficile, dit Silas, à voix
basse; il aurait été difficile d'avoir confiance alors.

— C'est bien sûr, dit Dolly, presque avec contrition, il est plus facile de dire ces choses que de les faire, et j'ai presque honte d'en parler.

— Non, non, dit Silas, vous avez raison, madame Winthrop, vous avez raison. Il existe quelque bien en ce monde, je le sens maintenant; et cela vous convainc qu'il y en a plus qu'on n'en peut voir, malgré les peines et la méchanceté. Cette coutume de *jeter le sort* est obscure, mais l'enfant m'a été envoyée, — il y a des vues, il y a des vues à notre égard. »

Ce dialogue eut lieu au temps des premières années d'Eppie, lorsque Silas devait se séparer d'elle pendant deux heures par jour, pour qu'elle allât apprendre à lire chez la maîtresse d'école. Il avait essayé vainement de guider lui-même les premiers pas de sa fille adoptive dans l'instruction. Maintenant qu'elle était grande, Silas avait été souvent amené dans ces moments de paisible confidence qui se présentent aux personnes vivant ensemble dans une affection parfaite, à parler aussi du passé avec elle, — à lui dire comment et pourquoi il avait vécu seul jusqu'à ce qu'elle lui fût envoyée. Il lui aurait été impossible, en effet, de cacher à Eppie qu'elle n'était pas sa propre enfant. Même si on avait pu s'attendre à la réserve la plus délicate sur ce point, de la part des commères de Raveloe en présence d'Eppie, les questions que celle-ci, en grandissant, eût faites relativement à sa mère, n'auraient pu être évitées sans ensevelir complètement le passé, et placer entre

leurs cœurs une séparation douloureuse. Aussi, il y
avait longtemps qu'Eppie savait comment sa mère
était morte sur la terre couverte de neige, et comment elle-même avait été trouvée près de l'âtre par
son père Silas, qui avait pris les boucles blondes des
cheveux pour ses guinées qu'on lui aurait rapportées.
L'affection tendre et particulière avec laquelle Marner avait élevé Eppie sous ses yeux, dans une intimité presque inséparable, aidée par la solitude de
leur habitation, l'avait préservée de l'influence per-
nicieuse des conversations et des habitudes des gens
du village. Cette affection avait conservé à son âme
cette fraîcheur qu'on regarde quelquefois, mais à tort,
comme une qualité essentielle de la rusticité. L'amour
parfait recèle un parfum de poésie qui peut ennoblir
les relations des êtres humains les moins cultivés, et
Eppie était environnée de ce parfum, depuis le jour
où elle avait suivi le brillant rayon de lumière qui lui
montrait le foyer de Silas. Il ne faut point s'étonner
si, sous d'autres rapports, sans parler de sa beauté
délicate, elle n'était pas tout à fait une villageoise
commune, mais possédait quelque teinte d'élégance
et une chaleur d'âme, qui n'étaient que les fruits
naturels de ses sentiments de pureté cultivés par la
tendresse. Elle était trop enfant et trop naïve, pour
que son imagination s'égarât dans des questions au
sujet de son père inconnu. Pendant longtemps, il ne
lui était pas même venu à l'esprit qu'elle devait avoir
eu un père. L'idée que sa mère avait eu un mari ne

se présenta à elle pour la première fois que le jour
où Silas lui montra l'alliance qui avait été retirée du
doigt flétri, et conservée soigneusement par lui dans
une boîte de laque vernissée, ayant la forme d'un
petit soulier. Il avait confié cette boîte aux soins
d'Eppie lorsqu'elle était devenue grande, et elle l'ouvrait souvent pour regarder la bague ; mais, malgré
cela, elle ne pensait presque pas du tout au père
dont cette bague était le symbole. N'en avait-elle pas
un tout près d'elle, qui l'aimait mieux que tous les
pères véritables dans le village ne semblaient aimer
leurs filles? Au contraire, la question de savoir qui
était sa mère, et comment celle-ci en était arrivée à
mourir dans un pareil abandon, préoccupait souvent
son esprit. Ce qu'elle savait de Mme Winthrop, sa meilleure amie après Silas, lui faisait sentir qu'une mère
devait être très précieuse ; et maintes et maintes fois
elle avait demandé à Marner de lui dire quelle était
la physionomie de sa mère, à elle, à qui cette pauvre
femme ressemblait, et comment il l'avait trouvée
contre le buisson de genêts, conduit dans ce lieu par
les empreintes des petits pas et les petits bras tendus
en avant. Le buisson de genêts était encore là ; et,
cette après-midi, lorsqu'elle sortit avec Silas au soleil,
ce fut le premier objet qui arrêta les regards et les
pensées d'Eppie.

« Papa », dit-elle d'un ton de douce gravité qui,
comme une cadence triste et lente, interrompait
parfois sa gaieté, « nous enclorons le buisson de

genêts; il se trouvera dans le coin du jardin, et, tout auprès, je mettrai des perce-neige et des crocus, car Aaron dit que ces fleurs ne meurent pas, mais qu'elles s'étendent de plus en plus.

— Ah! mon enfant, » dit Silas, toujours prêt à parler lorsqu'il avait sa pipe à la main, prenant évidemment plus de plaisir à s'arrêter de fumer qu'à lancer des bouffées, « ce ne serait pas bien de ne pas enclore le buisson de genêts. A mon avis, rien n'est si joli à voir quand il est couvert de fleurs jaunes. Seulement je viens de me demander comment nous ferons pour avoir une clôture. Peut-être qu'Aaron saura nous donner un conseil. Il nous en faut nécessairement une, sans quoi les ânes et les autres bêtes viendront tout piétiner. Et ce n'est pas facile d'avoir une clôture, d'après ce que je sais.

— Oh! je vais vous dire, petit père, » reprit Eppie, joignant tout à coup les mains, après avoir réfléchi une minute. « Il y a une grande quantité de pierres éparpillées çà et là. Quelques-unes ne sont pas grosses : nous pourrions les placer l'une sur l'autre et en faire un mur. Vous et moi nous porterions les plus petites ; Aaron porterait les autres, j'en suis sûre.

— Mais, mon trésor, dit Silas, il n'y a pas assez de pierres pour entourer tout le jardin, et, quant à en porter vous-même, eh bien, il n'y faut pas songer. Avec vos petits bras, vous seriez incapable d'en soulever une plus grosse qu'un navet. Vous êtes d'une constitution délicate, ma chérie, ajouta-t-il, d'une voix douce, voilà ce que dit Mme Winthrop.

— Oh! je suis plus forte que vous ne pensez, petit père, reprit Eppie ; et, s'il n'y a pas assez de pierres pour faire le tour du jardin, eh bien, elles en encloront une partie. Il sera plus facile ensuite d'avoir des baguettes et d'autres choses pour le reste. Voyez donc là, autour de la grande carrière, que de pierres il y a! »

Elle s'élança de ce côté, dans le but de soulever une des pierres et de montrer sa force ; soudain, elle recula tout étonnée.

« Oh! papa, venez un peu voir ici, s'écria-t-elle, — venez voir comme l'eau a baissé depuis hier. Mais, hier, la carrière était si pleine!

— Tiens, c'est bien vrai, dit Silas, s'avançant à côté d'elle. Ah! c'est le drainage qu'on a commencé depuis la moisson dans les prairies de M. Osgood, je suppose. Celui qui dirige les travaux m'a dit l'autre jour, lorsque je passais près des ouvriers : « Maître « Marner, je ne serais pas étonné si nous rendions « votre bout de friche aussi sec qu'un os. C'est « M. Godfrey Cass, m'a-t-il dit, qui s'est mis à « drainer ; il a repris ces prés de M. Osgood. »

— Comme cela paraîtra drôle de voir la vieille carrière desséchée! » dit Eppie, tandis qu'elle se retournait et se baissait pour soulever une assez grosse pierre.

« Voyez, petit père, je puis tres bien porter celle-

ci, » ajouta-t-elle, faisant quelques pas avec beaucoup
de fermeté, mais la laissant bientôt tomber.

« Ah ! vous êtes joliment forte, hein ? » reprit
Silas, pendant qu'Eppie à qui les bras faisaient
mal, les secouait en riant. « Allons, allons, venez
vous asseoir avec moi sur le talus, contre la barrière, et ne soulevez plus de pierres. Vous pourriez
vous blesser, mon enfant. Vous auriez besoin de
quelqu'un qui travaillât pour vous, — et mon bras
n'est plus très vigoureux. »

Silas prononça cette dernière phrase lentement,
comme si elle impliquait autre chose que ce qui
venait frapper l'oreille. Quand ils furent assis sur le
talus, Eppie se blottit au côté de son père, et, saisissant avec tendresse le bras qui n'était plus très vigoureux, elle le tint sur ses genoux, tandis que Silas
fumait de nouveau sa pipe consciencieusement, ce qui
occupait son autre bras. Derrière Marner et sa fille,
un frêne de la haie formait un écran découpé qui
les protégeait contre les rayons du soleil, et projetait
des ombres heureuses et joyeuses tout autour d'eux.

« Papa, » dit Eppie, très doucement, après qu'ils
furent restés silencieux un petit instant, « si j'étais
pour me marier, devrais-je le faire avec l'alliance
de ma mère ? »

Silas fut saisi d'un tressaillement presque imperceptible, bien que la question fût conforme au courant secret de ses pensées du moment. Alors, il dit en
baissant la voix :

« Mais, Eppie, avez-vous songé à cela?

— Seulement la semaine dernière, papa, dit Eppie naïvement, depuis qu'Aaron m'en a parlé.

— Et qu'est-ce qu'il vous a dit? » ajouta Silas, en baissant toujours la voix, comme s'il craignait de faire entendre le moindre mot qui ne fût pas pour le bien d'Eppie.

« Il a dit qu'il voudrait bien se marier, parce qu'il va entrer dans sa vingt-quatrième année, et qu'il a beaucoup de travail dans les jardins, depuis que M. Mott s'est retiré. Il va régulièrement deux fois par semaine chez M. Cass, une fois chez M. Osgood, et on va le prendre au presbytère.

— Et qui veut-il épouser? dit Silas, souriant assez tristement.

— Mais, moi, pour sûr, petit père, » répondit Eppie, avec un rire qui dessinait davantage ses fossettes, et en baisant la joue de Silas; « comme s'il avait envie d'en épouser une autre!

— Et vous, votre intention est-elle de l'avoir? continua Silas.

— Oui, plus tard, répondit Eppie. Je ne sais pas quand. Aaron dit que tout le monde se marie un jour ou l'autre. Seulement, je lui ai fait remarquer que cela n'était pas vrai; car, lui ai-je dit : « Voyez papa, il ne s'est jamais marié. »

— Non, mon enfant, fit Silas, votre père est resté seul, jusqu'à ce que vous lui fussiez envoyée.

— Mais vous ne serez plus jamais seul, papa,

reprit Eppie, avec tendresse. Voici ce qu'a dit Aaron :
« Je n'aurais jamais l'idée de vous séparer de maître
« Marner, Eppie. » Et j'ai répondu : « Ce serait inutile
« si vous pensiez à cela, Aaron. » Il veut que nous
vivions tous ensemble, afin que vous n'ayez plus
besoin de travailler du tout, papa, à moins que ce ne
soit pour votre plaisir. Il vous tiendrait lieu de fils :
— voilà ses propres paroles.

— Et aimeriez-vous cela, Eppie? reprit Silas, en
la regardant.

— Cela me serait égal, papa, répondit Eppie tout
naturellement. Et j'aimerais bien que les choses
fussent telles que vous n'eussiez pas besoin de travailler beaucoup. Toutefois, si ce n'était pas pour
cela, je préférerais qu'il n'y eût pas de changement.
Je me trouve très heureuse comme je suis : cela me
fait plaisir qu'Aaron ait de l'affection pour moi et
vienne nous voir souvent, et qu'il se conduise bien
envers vous : — il se conduit réellement toujours bien
envers vous, n'est-ce pas, petit père?

— Oui, mon enfant, personne ne pourrait se mieux
conduire, dit Silas. C'est l'enfant de sa mère.

— Quant à moi, je ne désire aucun changement,
poursuivit Eppie. J'aimerais à rester longtemps, bien
longtemps, juste comme nous sommes. Seulement
Aaron n'est pas de mon avis; et il m'a fait pleurer
un peu, — oh, rien qu'un peu, — parce qu'il a dit
que je ne tenais pas à lui; qu'autrement, je désirerais notre union comme il la désire.

— Mais, mon enfant chérie, » dit Silas, en mettant là sa pipe, comme s'il était inutile de faire semblant de fumer plus longtemps, « vous êtes trop jeune pour vous marier. Nous demanderons à Mme Winthrop, nous demanderons à la mère d'Aaron ce qu'elle en pense elle-même. S'il y a une bonne voie à suivre, elle la trouvera. Pourtant il faut songer à ceci, Eppie : les choses changent nécessairement, que nous le voulions ou non ; elles ne resteront pas longtemps dans l'état où nous les voyons aujourd'hui, sans subir de modification. Je deviendrai plus âgé et plus faible, et je serai un fardeau pour vous probablement, si je ne vous quitte pas tout à fait. Non pas que je veuille dire que vous penseriez à me considérer comme une charge : je sais bien que non, mais ce serait bien lourd pour vous. Lorsque je me représente cela, j'aime à songer que vous pourriez avoir une autre personne que moi, — quelqu'un de jeune et de fort qui vous survivrait, et prendrait soin de vous jusqu'à la fin. »

Silas fit une pause, et, plaçant ses poignets sur ses genoux, il éleva et abaissa alternativement les mains, tandis qu'il méditait, les regards fixés sur le sol.

« Alors, voudriez-vous me voir mariée, papa? dit Eppie, d'une voix un peu tremblante.

— Je ne suis pas homme à dire non, ma fille, répondit Silas, d'un ton énergique. Mais nous demande-

rons à votre marraine. Elle désirera votre bien et
celui de son fils.

— Les voilà qui viennent justement, fit Eppie.
Allons à leur rencontre. Oh, la pipe! ne voulez-vous
pas qu'on la rallume, papa? ajouta-t-elle, ramassant
par terre cet appareil médicinal.

— Non, mon enfant, répondit Silas. En voilà assez
pour aujourd'hui. Il me semble que de fumer peu à
la fois, me fait plus de bien que de fumer beaucoup. »

CHAPITRE XVII

Pendant que Silas et Eppie étaient assis sur le
banc de gazon, s'entretenant à l'ombre découpée du
hêtre, Mlle Priscilla Lammeter résistait aux arguments de sa sœur. Celle-ci prétendait qu'il vaudrait
mieux prendre le thé à la Maison Rouge, et laisser
faire un bon somme à M. Lammeter, que de repartir
aux Garennes avec le cabriolet aussitôt après le
dîner. Les membres de la famille — quatre personnes
seulement — étaient assis autour de la table, dans le
salon aux sombres lambris. Ils avaient devant eux le
dessert du dimanche, composé d'avelines vertes, de
pommes et de poires, dûment ornées de feuilles par la
main même de Nancy, avant que les cloches de l'église
eussent sonné l'office. Un grand changement avait

eu lieu dans ce salon aux sombres lambris, depuis que nous ne l'avons vu au temps où Godfrey était célibataire, et que le vieux squire régnait sans épouse. Aujourd'hui tout reluit, et on ne laisse pas la moindre poussière de la veille séjourner sur aucun objet, depuis le mètre de parquet de chêne qui entoure le tapis, jusqu'au fusil, aux fouets et aux cannes du vieux squire, échelonnés sur les andouillers de cerf au-dessus du manteau de la cheminée. Tous les autres attributs de sport et d'occupations extérieures ont été relégués par Nancy dans une autre pièce. Mais elle a apporté à la Maison Rouge l'habitude de la vénération filiale, et conserve religieusement à une place d'honneur ces reliques du père défunt de son mari. Les gobelets d'argent sont encore sur le buffet; seulement, leur métal en bosse n'est pas obscurci par le toucher, et il n'y a pas de lie à l'intérieur qui affecte désagréablement l'odorat : la seule odeur prédominante est celle de la lavande et des feuilles de rose qui remplissent les vases de spath anglais. Tout respire la pureté et l'ordre dans cette pièce autrefois triste, car un nouvel esprit tutélaire y est entré il y a quinze ans.

« Maintenant, papa, dit Nancy, est-il vraiment nécessaire de retourner prendre le thé chez vous? Ne pourriez-vous pas tout aussi bien rester avec nous, par une soirée aussi belle que celle qui s'annonce. »

Le vieux monsieur Lammeter venait de causer avec Godfrey au sujet de la taxe croissante des pauvres et de l'époque ruineuse actuelle, de sorte qu'il n'avait pas entendu la conversation de ses filles.

« Ma chère, il vous faut demander à Priscilla, dit-il, de cette voix jadis ferme, mais devenue maintenant un peu cassée. Elle dirige son père et la ferme.

— Il y a de bonnes raisons pour vous diriger, papa, dit Priscilla; autrement, vous vous donneriez la mort en attrapant des rhumatismes. Et, pour ce qui regarde la ferme, si quelque chose va de travers, — ce qu'il n'est pas possible d'éviter à l'époque où nous vivons, — rien ne tue un homme aussi vite que de n'avoir aucun reproche à faire à qui que ce soit, excepté à lui-même. C'est de beaucoup la meilleure manière de rester le maître, que de laisser donner les ordres par d'autres et de se réserver le privilège de blâmer. Mainte personne s'épargnerait une attaque en agissant ainsi, voilà mon opinion.

— Bien, bien, ma chère, dit son père, en riant tranquillement; je n'ai pas dit que vous ne dirigiez pas pour le bien de tous.

— Alors, dirigez de façon à rester pour prendre le thé, Priscilla, » dit Nancy, posant affectueusement sa main sur le bras de sa sœur. « Venez maintenant; nous allons faire un tour de jardin, pendant que papa prendra son somme.

— Ma chère enfant, il prendra un somme splendide dans le cabriolet, vu que c'est moi qui conduirai. Quant à rester pour le thé, je ne puis pas en entendre parler; car il y a cette petite laitière qui

sait maintenant qu'elle va se marier, vienne la
Saint-Michel. Elle vous verserait tout aussi bien le
lait frais dans l'auge aux porcs que dans les terrines.
Voilà comme elles sont toutes; elles semblent s'imaginer que le monde va être créé de nouveau parce
qu'elles vont avoir un époux. Alors, venez, que
je mette mon chapeau, et nous aurons le temps
de faire un tour de jardin, tandis qu'on attellera le
cheval. »

Comme les deux sœurs foulaient sous leurs pas les
allées du jardin soigneusement nettoyées, bordées
de pelouses dont le vert clair contrastait agréablement avec la teinte sombre des pyramides et des
voûtes, et celle des haies d'ifs qui s'élevaient comme
des murailles de verdure, Priscilla dit :

« Je suis on ne peut plus contente que votre mari
ait fait cet échange de terrain avec le cousin Osgood,
et qu'il commence à s'occuper d'une laiterie. C'est
mille fois dommage que vous n'ayez pas entrepris cela
plus tôt. Vous aurez ainsi quelque chose pour vous
occuper l'esprit. Lorsque les gens veulent se donner
un peu de mouvement, il n'est rien de tel qu'une laiterie pour leur faire passer le temps. En effet, pour
ce qui est de frotter les meubles, c'est bientôt fini.
Une fois que vous pouvez vous mirer dans une table,
il n'y a plus à y toucher; mais il se trouve toujours
quelque occupation nouvelle dans une laiterie; et
puis, même au cœur de l'hiver, on éprouve un
certain plaisir à triompher du beurre et à le faire

prendre, qu'il le veuille ou non. Ma chère, » ajouta Priscilla, serrant affectueusement la main de sa sœur, comme elles marchaient l'une à côté de l'autre, « vous ne serez jamais triste quand vous aurez une laiterie.

— Ah! Priscilla, dit Nancy, lui rendant le serrement de main, et jetant sur elle un regard reconnaissant de ses yeux limpides, mais cela ne sera pas une compensation pour Godfrey : une laiterie n'est pas une grosse affaire pour un homme, et c'est seulement ce qui l'afflige qui me rend triste. Je serais contente des biens que nous avons s'il pouvait l'être aussi.

— Ils me mettent hors de moi ces hommes, avec leur façon d'agir, dit Priscilla, impétueusement : toujours et toujours désirant quelque chose et jamais contents de ce qu'ils ont. Incapables de rester tranquillement sur leur chaise, alors qu'ils n'ont ni douleur ni souffrance, il faut qu'ils se plantent une pipe dans la bouche pour augmenter leur bien-être, ou qu'ils absorbent quelque chose de fort, bien qu'ils soient obligés de se dépêcher avant l'arrivée du repas qui va suivre. Heureusement, il m'est permis de le dire avec joie, notre père n'a jamais ressemblé aux gens de cette espèce. Et s'il avait plu à Dieu de vous rendre laide comme moi, de manière que les hommes n'eussent pas couru après vous, nous aurions pu nous en tenir à notre famille, et n'avoir rien à démêler avec des messieurs qui ont du sang turbulent dans les veines.

— Oh, ne parlez pas ainsi, Priscilla, » dit Nancy, se repentant d'avoir provoqué cette explosion : « personne n'a sujet de blâmer Godfrey. Il est naturel qu'il soit désappointé d'être sans enfants, car tous les hommes aiment à avoir des enfants pour qui ils travaillent et mettent de côté, et il avait toujours si bien compté prendre ses ébats avec les siens lorsqu'ils seraient petits. Beaucoup d'autres, à sa place, se lamenteraient plus qu'il ne le fait. C'est le meilleur des maris.

— Oh! je connais, dit Priscilla, avec un sourire sarcastique, je connais cette façon d'agir des femmes mariées : elles vous excitent à dire du mal de leurs maris, puis elles se retournent contre vous et font l'éloge de ces messieurs, comme si elles voulaient les vendre. Mais papa va m'attendre; il faut nous en retourner maintenant. »

Le grand cabriolet, attelé du vieux et tranquille cheval gris, stationnait devant la porte d'entrée, et M. Lammeter était déjà sur le perron, passant le temps à rappeler à Godfrey quelles étaient les bonnes qualités de Pommelé, à l'époque où son maître le montait.

« Moi, j'ai toujours tenu à avoir un bon cheval, voyez-vous, » disait le vieux monsieur, qui n'aimait pas que l'époque de sa jeunesse fougueuse s'effaçât complètement de la mémoire des plus jeunes que lui.

« N'oubliez pas d'amener Nancy aux Garennes avant la fin de la semaine, monsieur Cass, » fut la

dernière recommandation que fit Priscilla au moment du départ, tandis qu'elle prenait les rênes et
les secouait d'une main légère, — manière amicale
d'encourager Pommelé.

« Je vais tout simplement faire un tour dans les
prairies, près des Carrières, Nancy, pour voir le drainage, dit Godfrey.

— Vous serez de retour pour le thé, mon ami?

— Oh! oui, je serai revenu dans une heure. »

C'était la coutume de Godfrey, l'après-midi du dimanche, de s'occuper un peu d'agriculture contem-
plative dans une promenade faite à loisir. Nancy
l'accompagnait rarement; car les femmes de sa géné-
ration, à moins qu'elles ne se missent, comme Priscilla, à diriger les affaires extérieures, n'avaient pas
l'habitude de se promener beaucoup hors de leur
maison et de leur jardin. Elles trouvaient un exercice
suffisant dans leurs occupations domestiques. Aussi,
lorsque sa sœur n'était pas là, Nancy s'asseyait généralement avec la Bible de Mant [1] devant elle, et,
après avoir suivi des yeux le texte pendant quelques
moments, elle les laissait errer peu à peu comme ses
propres pensées qu'elle avait été impuissante à retenir.

Cependant, le dimanche, ces pensées étaient presque
toujours en harmonie avec le but pieux et révéren-
cieux que le livre ouvert faisait supposer implici-

1. Bible publiée en 1813-1814, par Richard Mant, évêque de
Down (comté d'Irlande) et de Connor (dans le comté d'Antrim),
en Irlande. (N. du Tr.)

tement. Nancy n'était pas assez instruite en théo-
logie pour discerner très clairement les rapports
qui existaient entre sa vie simple et obscure, et
les documents sacrés des premiers temps, qu'elle
consultait sans méthode. Mais l'esprit de droiture et
la conviction qu'elle était responsable des effets de
sa conduite sur les autres, qui étaient des éléments
puissants de son caractère, lui avaient fait contracter
l'habitude de scruter les sentiments et les actions de
son passé, avec le soin minutieux d'un examen de
conscience. Comme son esprit n'était pas sollicité
par une grande variété de sujets, elle remplissait
les moments d'intervalle en revivant sans cesse intérieurement tout ce qui lui revenait en mémoire des
faits de son existence, — de ceux surtout des quinze
années écoulées depuis son mariage, et pendant lesquelles la vie et son but s'étaient doublés à ses yeux.
Se rappelant les petits détails, les mots, les tons de
voix et les regards dans les scènes critiques qui lui
avaient ouvert une ère nouvelle, soit en lui donnant
une connaissance plus approfondie des rapports
et des épreuves de ce monde, soit en l'invitant à
quelque petit effort d'indulgence ou d'adhésion pénible à un devoir imaginaire ou réel, elle se demandait continuellement si elle avait été blâmable en
quoi que ce fût. Cet excès de réflexion et cet examen
de conscience outré sont peut être une habitude
morbide, inévitable chez un esprit d'une grande sensibilité morale, privé de sa part légitime d'activité

extérieure et ne pouvant se livrer aux soins maternels
réclamés de son affection, — inévitable chez une
femme d'un noble cœur, lorsqu'elle n'a pas d'enfants
et que sa condition est très limitée. « Je puis faire si
peu : l'ai-je entièrement bien fait? » telle est la
pensée qui revient perpétuellement. Il n'y a aucune
voix pour détourner cette femme de ce soliloque, —
aucune exigence absolue pour éloigner l'intensité de
ses vains regrets ou de ses scrupules superflus.

Il y avait, dans la vie matrimoniale de Nancy, une
succession importante d'expériences douloureuses à
laquelle se rattachaient certaines scènes qui l'avaient
profondément impressionnée, et que sa mémoire
faisait revivre plus souvent que les autres. Le
court dialogue de Nancy avec sa sœur, au jardin,
l'après-midi de ce dimanche-là, avait reporté son
esprit vers cette direction où il s'engageait fréquemment. Dès que ses pensées se furent éloignées du
texte sacré qu'elle s'efforçait toujours de suivre religieusement du regard et de ses lèvres silencieuses,
ce fut pour agrandir le système de défense établi
par elle contre le blâme que les paroles de Priscilla
impliquaient. La justification de l'objet aimé est le
meilleur baume que l'affection puisse trouver pour
ses propres blessures : « Un homme doit avoir tant de
choses dans l'esprit! » — voilà la croyance qui permet
à une femme de conser ver souvent une physionomie
joyeuse, malgré les réponses brusques et les paroles
cruelles de son mari. Et les blessures les plus pro-

fondes de Nancy venaient toutes de la conviction
que Godfrey considérait l'absence d'enfants à leur
foyer, comme une privation à laquelle il ne pouvait
s'habituer.

Cependant, on aurait pu s'imaginer que la douce
Nancy ressentirait plus vivement que lui encore, le
refus d'un bien sur lequel elle avait compté, en se
livrant aux espérances diverses et aux préparatifs
à la fois solennels, gentils et futils d'une femme
aimante, lorsqu'elle s'attend à devenir mère. N'y
avait-il pas un tiroir tout plein d'objets — travail
délicat de ses mains — n'ayant jamais été ni portés
ni touchés, exactement dans l'ordre où elle les avait
mis quatorze ans auparavant, — exactement, sauf
qu'il manquait une petite robe, dont on avait fait le
vêtement funéraire? Mais Nancy avait supporté sans
murmures, et avec tant de fermeté cette épreuve
qui la touchait directement, que tout d'un coup, et
depuis bien des années, elle avait renoncé à l'habitude de visiter ce tiroir, de peur de chérir ainsi le
désir de posséder ce qui ne lui avait pas été donné.

Peut-être était-ce cette sévérité même avec laquelle elle réprimait tout abandon à ce que Nancy
considérait dans son cœur comme un regret coupable, qui l'empêchait d'appliquer à son mari le
principe qui était sa loi morale, à elle. « C'est très
différent,... c'est bien plus dur pour un homme
d'éprouver un tel désappointement; une femme peut
toujours être heureuse en se dévouant à son mari,

mais un homme a besoin de quelque chose qui le
fasse jeter davantage ses regards dans l'avenir; car,
rester assis près du foyer, c'est de beaucoup plus
triste pour lui que pour une femme. » Toujours,
lorsque Nancy en arrivait à ce point de ses réflexions,
— s'efforçant, avec une sympathie préconçue, de voir
toutes choses comme Godfrey les voyait, — toujours,
elle se livrait à un nouvel examen de conscience.
Avait-elle bien fait tout ce qui était en son pouvoir
pour adoucir cette privation à Godfrey? Avait-elle
eu réellement raison, six ans auparavant, et de nouveau deux ans après, d'opposer cette résistance qui
lui avait coûté, à elle, tant de douleurs, — cette
résistance au désir qu'avait son mari d'adopter un
enfant? L'adoption était plus étrangère aux idées et
aux habitudes de ce temps-là qu'à celles du nôtre.
Cependant, Nancy avait sa manière de voir à cet
égard. Il lui était aussi nécessaire de s'être formé
une opinion sur tous les sujets ne concernant pas
exclusivement les hommes, et qui s'étaient présentés
à son observation, que d'avoir une place bien déterminée pour chaque objet lui appartenant en propre.
Et ses opinions étaient toujours des principes d'après
lesquels elle agissait invariablement. Elles étaient
fermes, non point à cause de leurs fondements, mais
parce qu'elle y adhérait avec une ténacité inséparable
de l'activité de son esprit. En ce qui touche tous les
devoirs et toutes les convenances de la vie, depuis la
conduite filiale jusqu'aux arrangements de la toilette

du soir, la jolie Nancy Lammeter, à l'époque où
elle atteignait sa vingt-troisième année, possédait
son petit code immuable, et elle avait strictement
formé chacune de ses habitudes d'après ce code. Portant en elle ces jugements définitifs avec le plus de
discrétion possible, ils s'enracinaient dans son esprit,
et y croissaient aussi tranquillement que l'herbe dans
les prairies. Bien des années auparavant, nous le
savons, elle insistait pour s'habiller comme Priscilla,
parce qu'« il était raisonnable que deux sœurs se
vêtissent de la même manière », et qu'« elle ferait
ce qui était juste si elle mettait une robe teinte en
jaune couleur fromage ». C'est là un exemple tri-
vial, mais caractéristique, de la façon dont la vie de
Nancy était réglée.

Un de ces principes rigides, et non point un sentiment mesquin d'égoïsme, avait été le motif de la
résistance obstinée de Nancy au désir de son mari.
Recourir à l'adoption, parce qu'il vous avait été
refusé d'avoir des enfants, à vous, c'était essayer de
choisir son sort malgré la Providence. L'enfant
adopté — elle en était convaincue — ne tournerait
jamais bien. Ce serait une cause de malédiction pour
les rebelles qui auraient, de propos délibéré, recherché un bien dont — en vertu de quelque suprême raison — il valait évidemment mieux pour eux être
privés que de le posséder. Voyait-on qu'une chose ne
devait pas exister, disait Nancy, c'était un devoir strict
de renoncer même au désir de l'obtenir. Et, à cet

égard, peut-être que les hommes les plus sages ne
pourraient guère faire plus qu'exprimer en meilleurs
termes le principe de Nancy. Seulement, les conditions qui la portaient à considérer comme manifeste
qu'une chose ne devait pas être, dépendaient chez
elle d'une façon très particulière de penser. Elle eût
renoncé à acheter quelque chose dans un endroit
déterminé, si trois fois de suite la pluie ou quelque
autre cause envoyée du ciel y avait mis obstacle; et
elle se serait attendue à voir la fracture d'un membre
ou une autre grande infortune affliger une personne
qui eût persisté malgré de tels indices.

« Mais qu'est-ce qui vous autorise à croire que
l'enfant tournerait mal? disait Godfrey, en faisant ses
représentations. Elle a prospéré chez le tisserand tout
autant qu'un enfant peut prospérer; et lui, il l'a bien
adoptée. Il n'y a pas d'autre petite fille dans tout le
village qui soit aussi jolie qu'elle, ou qui soit plus
convenable pour le sort que nous serions à même de
lui donner. Où donc trouver la probabilité qu'elle
serait une malédiction pour qui que ce fût?

— Oui, mon cher Godfrey, » répondait Nancy,
assise les mains étroitement jointes, et exprimant
ses regrets par l'ardente affection de son regard,
« il est possible que l'enfant ne tourne pas mal
chez le tisserand, mais aussi, lui, il n'est pas allé
la chercher comme nous le ferions. Ce sera mal, je
le sens, j'en suis sûre. Ne vous souvenez-vous pas de
ce que cette dame que nous avons rencontrée aux

eaux à Royston, nous a dit au sujet de l'enfant que
sa sœur avait adopté? C'est le seul cas d'adoption
dont j'aie jamais entendu parler : l'enfant fut dé-
porté à vingt-trois ans. Cher Godfrey, ne me demandez pas de consentir à ce que je sais être mal; je ne
serais plus jamais heureuse. Je sens que la chose
vous est très pénible, à vous, et qu'il m'est plus facile
de la supporter; mais c'est la volonté de la Providence. »

Il pourrait paraître singulier que Nancy — avec sa
théorie religieuse, formée pièce à pièce de traditions
sociales bornées, de fragments de doctrines d'Église
imparfaitement comprises, et de raisonnements enfantins basés sur sa petite expérience — fût arrivée
d'elle-même à une façon de penser tellement voisine
de celle de maintes personnes pieuses, dont les
croyances sont professées sous la forme d'un système
qui lui était complètement inconnu. Cela semblerait
singulier si nous ne savions pas que les croyances
humaines, de même que toutes les autres croissances
naturelles, échappent aux limites des systèmes.

Godfrey avait tout d'abord désigné Eppie, alors
âgée d'environ douze ans, comme une enfant qu'il
leur conviendrait d'adopter. Il ne lui était jamais
venu à l'esprit que Silas aimerait mieux perdre la
vie que de se séparer de sa fille. Assurément, le tisserand voudrait le plus grand bien de l'enfant pour
qui il s'était donné tant de peine, et il serait content
qu'une si bonne fortune arrivât à Eppie. Elle-même

serait toujours reconnaissante envers son père adoptif, et il serait bien pourvu jusqu'à la fin de sa vie, —
pourvu comme le méritait sa noble conduite envers
l'enfant. N'était-ce pas une chose convenable que
des gens d'un rang supérieur prissent un fardeau
des mains d'un homme d'une condition plus humble?
Cela paraissait éminemment convenable à Godfrey
pour des raisons que lui seul connaissait, et, suivant
une erreur commune, il s'imaginait que cette mesure
serait facile à prendre, parce qu'il avait des motifs
particuliers de la désirer. C'était là une façon quelque
peu grossière d'apprécier les rapports qui existaient
entre Silas et Eppie. Mais il faut se souvenir que
beaucoup des impressions que Godfrey pouvait recueillir, au sujet de la classe ouvrière de son voisinage, étaient de nature à favoriser chez lui l'opinion que les affections profondes ne s'harmonisaient
guère avec les mains calleuses et les faibles moyens
d'existence du peuple. D'ailleurs, il n'avait pas eu
l'occasion — à supposer même qu'il en eût été capable — de pénétrer intimement tout ce qui était
exceptionnel dans la vie du tisserand. Il n'y avait
qu'un manque d'information suffisante qui pût déterminer Godfrey à entretenir, de propos délibéré, un
projet barbare. Sa bonté naturelle avait survécu à
l'époque flétrissante de ses cruels désirs, et l'éloge
que Nancy faisait de son mari ne reposait pas tout à
fait sur une illusion volontaire.

« J'ai eu raison, » se dit-elle, lorsqu'elle se fut re-

présenté toutes leurs scènes de discussion, « je sens
que j'ai eu raison de lui répondre non, bien que
cela me fût plus pénible que toute autre chose ; mais
comme Godfrey s'est bien comporté à cet égard !
Beaucoup de maris eussent été très fâchés contre
moi pour avoir résisté à leurs désirs. Ils auraient été
capables d'insinuer qu'ils avaient eu de la mauvaise
chance en m'épousant. Godfrey, au contraire, n'a
jamais été homme à me dire une parole dure. Il ne
montre de son chagrin que ce qu'il n'en peut cacher :
tout lui semble si vide, je le sais ; et les terres,... quel
changement ce serait pour lui, lorsqu'il va en sur-
veiller l'exploitation, s'il faisait tout cela en songeant
à des enfants en train de grandir ! Pourtant, je ne
veux pas murmurer ; peut-être que, s'il s'était marié
avec une femme qui lui eût donné des enfants, elle
l'aurait tourmenté d'une autre façon. »

L'idée de cette possibilité était la principale consolation de Nancy. Afin de renforcer cette idée, elle
s'ingéniait à avoir pour Godfrey une tendresse plus
parfaite que celle dont toute autre épouse aurait été
capable. Elle avait été obligée, bien malgré elle, de
l'affliger par un unique refus. Godfrey ne restait pas
insensible aux efforts de cette tendresse, et n'était
point injuste au sujet des motifs de l'obstination
de Nancy. Il était impossible qu'il eût vécu avec
elle pendant quinze années, sans savoir que les
traits principaux du caractère de sa femme étaient
un attachement désintéressé à ce qui est juste et

une sincérité pure comme la rosée née sur les fleurs.
En vérité, Godfrey ressentait cela avec tant d'intensité, que sa nature plus indécise, et répugnant trop
à affronter les difficultés pour être toujours franche et sincère, avait une certaine crainte respectueuse de cette douce épouse qui épiait les regards
de son mari avec le désir ardent de leur obéir. Il lui
semblait qu'il ne pourrait jamais révéler à Nancy la
vérité concernant Eppie. Jamais elle ne se remettrait
de la répulsion que lui causerait l'histoire de ce premier mariage, s'il la lui révélait maintenant, après
avoir gardé le secret si longtemps. Et l'enfant aussi,
pensait-il, deviendrait certainement un objet de
répulsion pour elle : la seule présence d'Eppie lui
serait pénible. Peut-être même que le coup porté à
la fierté de Nancy — fierté mélangée avec son ignorance du mal dans le monde — serait trop fort pour
sa constitution délicate. Puisqu'il l'avait épousée avec
un secret sur le cœur, il lui fallait garder ce secret
jusqu'au bout. Quoi qu'il pût faire, il devait s'abstenir
de creuser une brèche infranchissable entre lui-même
et la femme qu'il aimait depuis tant d'années.

Cependant, pourquoi ne pouvait-il s'accoutumer à
voir sans enfants un foyer qu'une telle épouse
embellissait ? Pourquoi son esprit dirigeait-il son
vol inquiet vers ce vide, comme si ce fût la seule
cause pour laquelle sa vie n'était pas complètement
heureuse ? Je suppose qu'il en est ainsi chez tous
les hommes et toutes les femmes qui atteignent un

certain âge, sans apercevoir clairement que le
bonheur complet ne peut jamais exister dans la vie.
Dans la vague tristesse des heures sombres du crépuscule, l'homme mécontent cherche un objet défini,
et il le trouve dans la privation d'un bien dont il
n'a jamais joui. L'homme mécontent est-il assis,
méditant à son foyer, il songe avec envie au père
dont le retour est accueilli par des voix enfantines;
— est-il assis à sa table, autour de laquelle les petites
têtes s'élèvent les unes au-dessus des autres comme
des plantes de pépinière, il voit un noir souci planer
derrière chacune d'elles, et pense que les impulsions qui poussent les hommes à abandonner la
liberté et à rechercher les chaînes, ne sont assurément rien autre chose qu'un accès de folie. En ce
qui concernait Godfrey, il y avait d'autres raisons
pour que ses pensées fussent continuellement impor-
tunées par cette circonstance particulière, par ce vide
dans sa destinée. Sa conscience, qui n'était jamais
complètement en repos à l'endroit d'Eppie, lui faisait voir maintenant son foyer sans enfants sous l'aspect d'une juste rétribution. Et comme le temps
s'écoulait, et que Nancy refusait toujours d'adopter
Eppie, toute réparation de la faute de Godfrey devenait de plus en plus difficile.

L'après-midi de ce dimanche, depuis quatre ans déjà,
il n'y avait eu entre eux aucune allusion à l'adoption,
et Nancy supposait que ce sujet était enseveli pour
toujours.

« Je me demande s'il y songera plus ou moins
en vieillissant, se disait Nancy; j'ai bien peur qu'il
n'y pense davantage. Les personnes âgées souffrent
de ne pas avoir d'enfants : que ferait mon père sans
Priscilla? Et si je meurs, Godfrey sera bien seul,....
lui qui fréquente si peu ses frères. Mais je ne veux
pas me tourmenter outre mesure, ni essayer de prévoir les événements : il faut que je fasse de mon
mieux pour le présent. »

A cette dernière pensée, Nancy s'éveilla de sa rêve-
rie, et reporta ses regards sur la page abandonnée
plus longtemps qu'elle ne se l'imaginait ; car, bientôt
après, elle fut étonnée de l'entrée de la servante
qui apportait le thé. C'était, en fait, un peu plus tôt
que de coutume; mais Jeanne avait ses raisons.

« Votre maître est-il rentré dans la cour, Jeanne?

— Non, madame, il ne l'est pas, » répondit
Jeanne, accentuant légèrement sa réponse, sans que
sa maîtresse y prît garde cependant. « Je ne sais
pas si vous les avez vus, madame, » continua Jeanne,
après un court silence, « mais il y a des gens qui
passent rapidement en face de la fenêtre du devant,
et se dirigent tous du même côté Je crois qu'il est
arrivé quelque chose. Il n'y a pas un seul domestique
dans la cour, sans cela je l'aurais envoyé voir ce qui
se passe. Je suis montée dans la plus haute man-
sarde, mais on ne peut rien distinguer à cause des
arbres. J'espère qu'il n'est arrivé de mal à personne,
voilà tout.

— Oh non, j'espère qu'il n'y a rien de grave, dit
Nancy. C'est peut-être le taureau de M. Snell qui s'est
échappé de nouveau, comme il l'a déjà fait.

— Je souhaite qu'il ne donne des coups de cornes
à personne, alors, voilà tout, » dit Jeanne, ne méprisant
pas tout à fait une hypothèse grosse de calamités
imaginaires.

« Cette fille est toujours à m'effrayer, » pensa
Nancy ; je voudrais bien que Godfrey fût de retour.

Elle alla à la fenêtre du devant, et jeta ses regards
sur la route aussi loin que possible, avec une inquiétude
qu'elle considéra bientôt comme un enfantillage.
En effet, il n'y avait alors aucun des signes d'agitation
dont Jeanne avait parlé, et il était probable que
Godfrey, au lieu de prendre la route du village,
reviendrait plutôt à travers les champs. Elle resta
debout, cependant, à regarder le cimetière paisible :
les ombres des tombes s'allongeaient sur les tertres
de gazon d'un vert brillant, et, plus loin, les arbres
du presbytère étaient revêtus des vives couleurs de
l'automne. En face d'une beauté si calme de la nature,
la présence d'une crainte vague se fait sentir
plus vivement : c'est comme le corbeau qui bat lentement
de l'aile en sillonnant l'air ensoleillé. Nancy
désirait de plus en plus le retour de Godfrey.

CHAPITRE XVIII

Quelqu'un ouvrit la porte, à l'autre bout de la chambre. Nancy eut le pressentiment que c'était son mari. Elle tourna le dos à la fenêtre, la joie dans les yeux, car la plus grande crainte de l'épouse était apaisée.

« Mon ami, je suis si heureuse que vous soyez de retour, dit-elle, en s'avançant vers lui. Je commençais à être.... »

Elle s'arrêta brusquement, car Godfrey déposait son chapeau de ses mains tremblantes, et se tournait vers sa femme, le visage pâle et le regard étrange et froid comme s'il la voyait réellement, mais comme s'il la voyait jouant un rôle dans une scène qu'elle-même ne voyait point. Nancy mit sa main sur le bras de son époux, n'osant pas continuer de parler. Godfrey cependant ne fit aucune attention à ce mouvement, et se jeta dans son fauteuil.

Jeanne était déjà à la porte avec l'urne sifflante [1].

« Dites-lui de s'éloigner, voulez-vous? » reprit Godfrey; et, lorsque la porte se fut refermée, il s'efforça de parler plus distinctement.

« Asseyez-vous, Nancy,... là, » ajouta-t-il, montrant

---

1. Au lieu d'une théière ordinaire, on se sert souvent, lorsqu'une certaine quantité de thé est nécessaire, d'une urne d'où le liquide sort par un robinet. (N. du Tr.)

une chaise en face de lui. « Je suis revenu aussitôt
que j'ai pu pour empêcher qu'un autre que moi ne
vous racontât la chose. J'ai éprouvé une grande
secousse, mais je crains davantage celle que vous
allez ressentir.

— Il ne s'agit ni de mon père ni de Priscilla? » dit
Nancy les lèvres tremblantes, et joignant ses mains
avec force sur ses genoux.

« Non, il ne s'agit pas d'une personne vivante,
reprit Godfrey, incapable d'user de l'habileté prudente avec laquelle il aurait voulu faire sa révélation. C'est de Dunstan,... de mon frère Dunstan, que
nous avons perdu de vue il y a seize ans. Nous
l'avons retrouvé,... nous avons retrouvé son corps,...
son squelette. »

La terreur profonde que le regard de Godfrey avait
causée à Nancy, fit qu'elle trouva quelque soulagement dans ces paroles. Elle s'assit relativement
calme, pour entendre ce qu'il avait encore à dire. Il
continua :

« La Carrière s'est desséchée subitement, par suite
du drainage, je suppose; et il était là,... il était là
depuis seize ans, pris entre deux grosses pierres,...
avec sa montre et son sceau, — avec ma cravache
de chasse à poignée d'or, portant mon nom gravé.
Il l'avait prise à mon insu, le jour où il a monté
Éclair, à la chasse, la dernière fois qu'on l'a vu. »

Godfrey s'arrêta; il n'était pas aussi facile de
révéler le reste.

« Pensez-vous qu'il se soit noyé? » dit Nancy, presque étonnée que son mari fût si profondément ébranlé
concernant ce qui était arrivé il y avait tant d'années,
à un frère qu'il n'aimait point, et au sujet duquel on
avait auguré quelque chose de pis.

« Non, il est tombé dans la Carrière, » dit Godfrey à voix basse, mais distinctement, comme s'il
voulait exprimer que le fait impliquait quelque
chose de plus. Peu après, il ajouta : « Dunstan est
l'homme qui a volé Silas Marner. »

La surprise et la honte firent affluer le sang au
visage et au cou de Nancy, qui avait été élevée à
regarder comme un déshonneur, même les crimes de
parents éloignés.

« Hélas ! Godfrey, » dit-elle, d'un ton compatissant,
car elle avait immédiatement songé que son mari devait
ressentir le déshonneur plus vivement qu'elle encore.

« L'argent était dans la Carrière, continua-t-il,
— tout l'argent du tisserand. Tout a été recueilli, et
on est en train de porter le squelette à l'Arc-en-Ciel.
Mais je suis revenu vous le dire; je n'ai pas pu m'en
empêcher; il fallait que vous l'apprissiez. »

Il resta silencieux, regardant à terre pendant deux
longues minutes. Nancy aurait proféré quelques
paroles pour adoucir cette honte de famille, si elle
n'eût été retenue par le sentiment instinctif que Godfrey avait encore quelque chose à lui dire. Bientôt,
il leva les yeux et regarda fixement le visage de
Nancy, en disant :

« Tout se découvre, Nancy, tôt ou tard. Lorsque
le Dieu Tout-Puissant le veut, nos secrets sont dévoi-
lés. J'ai vécu avec un secret dans le cœur, mais je ne
vous le cacherai pas plus longtemps. Je ne voudrais
pas qu'il vous fût révélé par une autre personne que
moi, — je ne voudrais pas que vous le découvris-
siez après ma mort. Je vais vous le dire à l'instant
même. Je n'ai jamais eu de force de volonté dans ma
vie ; je saurai prendre une résolution désormais. »

L'extrême terreur de Nancy était revenue. Leurs
yeux remplis d'effroi se rencontrèrent, comme dans
une crise où l'affection serait suspendue.

« Nancy, dit Godfrey lentement, lorsque je vous
ai épousée, je vous ai caché quelque chose,... quelque chose que j'aurais dû vous dire. Cette femme,
que Marner a trouvée morte dans la neige,... la mère
d'Eppie,... cette femme misérable,... cette femme était
mon épouse. Eppie est mon enfant. »

Il s'arrêta, redoutant l'effet de cette confession.
Néanmoins, Nancy resta complètement calme sur son
siège, sauf que ses regards s'abaissèrent, cessant de
se rencontrer avec ceux de Godfrey. Elle était pâle
et tranquille comme une statue dans l'attitude de la
méditation, ses mains jointes sur ses genoux.

« Vous n'aurez plus jamais pour moi la même
estime, » dit Godfrey un instant après, d'une voix
qui tremblait un peu.

Elle resta silencieuse.

« Je n'aurais pas dû laisser l'enfant sans la reconnaître; je n'aurais pas dû vous cacher ce secret. Il m'était impossible de supporter l'idée de renoncer à vous, Nancy. J'ai été forcé d'épouser cette femme, j'ai souffert pour cela. »

Nancy restait toujours silencieuse, les regards baissés. Godfrey s'attendait presque à la voir se lever immédiatement, et dire qu'elle allait retourner chez son père. Comment pourrait-elle avoir quelque pitié pour des fautes qui devaient lui paraître si noires, étant données la simplicité et la sévérité de ses principes?

Enfin, elle leva ses regards vers ceux de son mari, et parla. Il n'y avait aucune indignation dans sa voix, — il n'y avait que l'expression d'un profond regret.

« Godfrey, si vous m'aviez seulement dit cela il y a six ans, nous aurions pu faire une partie de notre devoir envers l'enfant. Croyez-vous que j'aurais refusé de la prendre, si j'avais su qu'elle fût votre fille? »

A ce moment, Godfrey sentit toute l'amertume d'une erreur qui n'avait pas été simplement inutile, mais qui avait déjoué son propre but. Il n'avait pas apprécié cette femme avec laquelle il avait vécu si longtemps. Mais elle parla de nouveau, et avec plus d'agitation qu'auparavant.

« Et puis, ô Godfrey, si nous l'avions eue tout d'abord; si vous vous étiez attaché à elle ainsi que vous le deviez, elle m'aurait aimée comme une mère.

et vous eussiez été plus heureux avec moi. Il m'aurait été plus facile de supporter la mort de mon petit bébé, et notre vie aurait pu ressembler davantage à ce que jadis nous pensions qu'elle serait. »

Les larmes de Nancy coulèrent, et elle cessa de parler.

« Mais vous n'auriez pas voulu m'épouser alors, Nancy, si je vous l'avais dit, » répliqua Godfrey, poussé, par l'amertume des reproches de sa conscience, à se prouver à lui-même que sa conduite n'avait pas été une folie complète. « Il vous semble maintenant que vous m'auriez accepté comme époux, seulement vous ne l'eussiez pas fait à ce moment-là. Avec votre fierté et celle de votre père, il vous eût répugné d'avoir aucune relation avec moi, après les propos qu'on aurait tenus.

— Je ne saurais dire quelle eût été ma décision à cet égard, Godfrey. Dans tous les cas, je ne me serais jamais mariée avec un autre. Mais je ne valais pas la peine qu'on fît du mal à cause de moi : rien ne vaut la peine qu'on en fasse ici-bas. Aucune chose ne se trouve être aussi bonne qu'elle le paraît à première vue : notre union même n'est pas une exception, vous voyez. »

Il y eut un faible et triste sourire sur la physionomie de Nancy, lorsqu'elle prononça ces dernières paroles.

« Je suis un plus mauvais homme que vous ne le pensiez, Nancy, dit Godfrey, avec assez d'agitation. Pourrez-vous jamais me pardonner?

— Le mal que vous m'avez causé n'a pas beaucoup d'importance, Godfrey, et il est réparé : vous avez été bon pour moi pendant quinze ans. C'est envers une autre que vous êtes coupable, et je crains bien que vos torts à son égard ne puissent jamais être entièrement effacés.

— Mais rien ne nous empêche d'adopter Eppie maintenant, dit Godfrey. Il m'importe peu que le monde sache tout à la fin. Je serai franc et sincère le reste de ma vie.

— Sa présence chez nous ne sera plus ce qu'elle aurait été, aujourd'hui qu'Eppie est grande, dit Nancy, secouant tristement la tête. Mais c'est votre devoir de la reconnaître et d'assurer son sort. Moi aussi, je remplirai mon devoir envers elle, et je prierai le Dieu Tout-Puissant de faire qu'elle m'aime.

— Alors, nous irons tous deux chez Silas Marner ce soir même, aussitôt que tout sera tranquille aux Carrières. »

CHAPITRE XIX

Entre huit et neuf heures, ce soir-là, Eppie et Silas étaient assis seuls dans la chaumière. Après la grande surexcitation causée au tisserand par les événements de l'après midi, celui-ci avait vivement

désiré cette tranquillité, et il avait même prié
Mme Winthrop et Aaron, qui étaient naturellement
restés chez lui après tout le monde, de le laisser
avec sa fille. Cette surexcitation n'était pas encore
passée. Elle n'avait fait qu'atteindre ce degré où la
sensibilité est si délicate, qu'elle rend tout stimulant
extérieur intolérable, — ce degré où l'on ne ressent
pas de fatigue, mais plutôt une intensité de vie intérieure, sous l'empire de laquelle le sommeil est
impossible. Quiconque a observé de tels moments
chez d'autres personnes, se rappelle l'éclat de leur
regard et la netteté étrange qui se répand sur des
traits grossiers, par suite de cette influence passa-
gère. C'est comme si, grâce à une nouvelle finesse
de l'oreille, désormais capable de percevoir toutes
les voix spirituelles, des vibrations aux effets merveilleux, avaient traversé la lourde charpente mor-
telle, — comme si la « beauté née du murmure des
sons [1] » était passée dans la physionomie de celui
qui les écoute.

Le visage de Silas annonçait cette sorte de trans-
figuration, comme il était assis dans son fauteuil et
regardait Eppie. Elle avait tiré sa chaise près des
genoux de Marner, et s'était penchée en avant,
tenant les deux mains de son père adoptif dans les
siennes, les yeux levés vers lui. Près d'eux, sur la

1. Texte : *beauty born of murmuring sound.* Phrase empruntée
au poème de Wordsworth, commençant ainsi : *Three years
she grew in sun and shower.* (N. du Tr.)

table, éclairé par une chandelle, se trouvait l'or retrouvé, l'or longtemps aimé, disposé en piles régulières, ainsi que Silas avait coutume de le faire aux
jours où ce métal était sa seule joie. Il venait d'apprendre à Eppie comment il avait l'habitude de le
compter tous les soirs, et quelle avait été la désolation
extrême de son âme, avant que sa fille lui fût envoyée.

« Tout d'abord, il me venait de temps en temps,
lui disait-il à voix basse, comme une sorte de pressentiment que vous pourriez reprendre la forme de
mon or; car parfois, partout où je tournais la tête,
il me semblait voir le trésor; et je pensais que je
serais heureux de pouvoir le toucher et de trouver
qu'il était revenu. Mais cela ne dura pas. Après un
petit bout de temps, j'aurais pensé que j'étais frappé
d'une nouvelle malédiction, si l'or vous avait éloigné
de moi. J'en étais arrivé à sentir le besoin de vos
regards, de votre voix et du toucher de vos petits
doigts. Vous ne saviez pas, Eppie, alors que vous
étiez si petite, vous ne saviez pas ce que votre vieux
père Silas ressentait pour vous.

— Mais je le sais maintenant, mon père, dit
Eppie. Sans vous, on m'aurait portée à l'asile des
pauvres, et il n'y aurait eu personne pour m'aimer.

— Ah, ma chère mignonne, la bénédiction a été
pour moi. Si vous ne m'aviez pas été envoyée pour
me sauver, je serais descendu dans la tombe avec
ma misère. L'argent m'a été enlevé à temps, et vous
voyez qu'il a été conservé, jusqu'à ce que nous en

eussions besoin pour vous. C'est merveilleux,... notre vie est merveilleuse. »

Silas resta assis en silence, pendant quelques instants, à regarder le trésor.

« Il ne me séduit plus à présent, dit-il, d'un air pensif, non, certainement. Je me demande s'il aurait encore ce pouvoir, dans le cas où je vous perdrais, Eppie; j'en doute. Mais je pourrais être amené à croire que je suis de nouveau délaissé, et à perdre le sentiment que Dieu a été bon pour moi. »

A ce moment, on frappa à la porte, et Eppie fut obligée de se lever sans répondre à Silas. Qu'elle paraissait belle! Des larmes de tendresse lui remplissaient les yeux, et une légère rougeur s'était répandue sur ses joues, lorsqu'elle s'avança pour ouvrir. Cette rougeur devint plus profonde à la vue de M. et Mme Godfrey Cass. Elle fit sa petite révérence rustique, et tint la porte grande ouverte pour les laisser entrer.

« Nous vous dérangeons très tard, ma chère, » dit Mme Cass, prenant la main d'Eppie, et lui regardant le visage avec une expression d'admiration et de vif intérêt. Nancy, elle-même, était pâle et tremblante.

Eppie, après avoir placé des chaises pour M. et Mme Cass, alla se mettre debout près de Silas, en face d'eux.

« Eh bien, Marner, » dit Godfrey, essayant de parler avec une entière assurance, « c'est pour moi

une grande consolation de vous revoir en possession
de l'argent dont vous avez été privé depuis tant
d'années. C'est un membre de ma famille qui vous
a causé ce tort; j'en ai d'autant plus de chagrin, et
je me sens obligé de le réparer par tous les moyens
dont je dispose. Quoi que je puisse faire pour vous,
ce ne sera de ma part qu'acquitter une dette, même
si je ne considérais que le vol Mais il y a d'autres
choses pour lesquelles je vous suis et vous serai
redevable, Marner. »

Godfrey s'arrêta. Il avait été convenu entre lui et
sa femme, que le sujet de la paternité ne serait
abordé qu'avec beaucoup de prudence, et, si c'était
possible, que la révélation serait réservée pour plus
tard, de manière à n'être faite que graduellement
à Eppie. Nancy avait insisté sur ce point, parce
qu'elle pressentait vivement l'aspect douloureux,
sous lequel la jeune fille ne manquerait pas d'envisager les relations qui avaient existé entre son père
et sa mère.

Silas, toujours mal à son aise quand la parole
lui était adressée par des « supérieurs », tels que
M. Cass, — hommes grands, puissants, au teint
fortement coloré, et qu'on voyait surtout à cheval,
— répondit avec quelque embarras :

« Monsieur, j'ai à vous remercier pour beaucoup
de choses déjà. Quant au vol, je ne le considère point
comme une perte pour moi. Et, si je le faisais, vous
n'y pourriez rien : vous n'en êtes pas responsable.

— Libre à vous d'envisager la chose de cette façon, Marner, mais moi, je ne le pourrai jamais. J'espère que vous me laisserez agir d'après mes sentiments de justice. Je sais que vous vous contentez facilement : vous êtes un homme qui avez travaillé dur toute votre vie.

— Oui, monsieur, dit Marner, d'un ton méditatif. Je n'aurais pas été heureux sans mon travail : c'est cela qui m'a soutenu lorsque j'étais abandonné de tout le reste.

— Ah, » dit Godfrey, appliquant exclusivement les paroles de Marner aux besoins matériels du tisserand : « Votre métier a été bon dans ce pays, parce qu'il y a eu beaucoup de tissage à faire. Mais vous devenez quelque peu âgé pour ce travail assidu, Marner. Il est temps de vous retirer et de vous reposer un peu. Vous paraissez bien abattu, bien que vous ne soyez pas encore un vieillard, il me semble.

— Cinquante-cinq ans, monsieur, aussi exactement que je puis l'assurer, dit Silas.

— Oh, mais, vous pouvez vivre encore trente ans. Voyez le vieux Macey ! Et cet argent sur la table, ce n'est, après tout, que peu de chose. Il n'ira pas loin d'une manière ou de l'autre, — qu'il soit placé à intérêt, ou que vous deviez vivre sur la somme tant qu'elle durera. Il n'irait pas loin, même si vous n'aviez à songer qu'à vous seul,... et vous avez deux personnes à entretenir depuis bien des années. Nous désirerions vous venir en aide.

— Ah, monsieur, dit Silas, insensible à tout ce que Godfrey disait, je ne crains pas le besoin. Nous nous en tirerons très bien, Eppie et moi, nous nous en tirerons suffisamment bien. Il y a peu d'ouvriers qui aient fait autant d'économies que celles-là. Je ne sais pas ce que cet argent représente pour des bourgeois; mais à mes yeux, c'est beaucoup, presque trop. Et quant à nous, il nous faut bien peu de chose.

— Seulement un jardin, papa, » dit Eppie, rougissant jusqu'aux oreilles le moment d'après.

« Un jardin vous ferait donc plaisir, ma chère? » fit Nancy, pensant que ce changement de sujet pourrait venir en aide à son mari. « Nous nous entendrions sur ce point,... je consacre beaucoup de temps au nôtre.

— Ah! on fait beaucoup de jardinage à la Maison Rouge, » dit Godfrey, étonné de la difficulté qu'il trouvait à aborder une proposition qui, de loin, lui avait paru si facile. « Vous vous êtes bien conduit envers Eppie, Marner, depuis seize ans. Ce serait un grand bonheur pour vous de la voir bien pourvue, n'est-ce pas? Elle a l'air d'une belle jeune fille, en bonne santé, mais incapable de supporter aucune fatigue. Elle ne ressemble pas à une vigoureuse gaillarde, née de parents ouvriers. Il vous serait agréable de la voir l'objet des soins de ceux qui sont à même de la laisser dans l'aisance, et d'en faire une dame. Elle est plus propre à cela qu'à une existence pénible, comme celle qu'elle pourrait avoir dans quelques années. »

Une légère rougeur se répandit sur le visage de
Marner, et disparut comme une lueur éphémère.
Eppie s'étonnait seulement que M. Cass parlât ainsi
de choses qui n'avaient rien de commun avec la
réalité. Quant à Silas, il était blessé et mal à son aise.

« Je ne vois pas où vous voulez en venir, monsieur, » répondit-il, les mots ne lui venant pas pour
exprimer les sentiments complexes qu'il éprouvait
en entendant parler M. Cass

« Eh bien, voici ce que je veux dire, Marner, reprit
Godfrey, résolu à en venir au fait. Mme Cass et moi,
vous le savez, nous n'avons pas d'enfants. Nous
n'avons personne qui puisse profiter de l'aisance de
notre demeure, et de tout ce que nous possédons en
dehors de cela, — ce qui est plus que ce qu'il nous
faut. Et nous voudrions avoir quelqu'un qui nous tînt
lieu de fille. Nous désirerions avoir Eppie, et la traiter
sous tous les rapports comme notre propre enfant.
Ce serait une grande consolation dans votre vieillesse, je crois, si vous voyiez sa fortune assurée de
cette manière, après que vous avez eu la peine de
l'élever si bien. Il est juste que vous en soyez plei-
nement récompensé. Et Eppie, j'en suis sûr, vous
aimera toujours et vous sera toujours reconnaissante. Elle viendrait vous voir souvent, et nous ne
laisserions échapper aucune occasion de faire tout
ce que nous pourrions pour vous rendre heureux. »

Un homme sans façon, comme l'était Godfrey Cass,
parlant sous l'influence de quelque difficulté, bre-

douille nécessairement des expressions plus gros-
sières que ses intentions, et qui doivent vraisemblablement froisser des sentiments susceptibles. Tandis
qu'il avait parlé, Eppie avait tranquillement passé
son bras derrière la tête de Silas, et sa main cares-
sante s'y était appuyée : elle sentit que celui-ci tremblait avec violence. Après que M. Cass eût terminé,
le tisserand resta silencieux pendant quelques instants, ayant perdu toute énergie dans un conflit
d'émotions dont chacune était également pénible.
Le cœur d'Eppie se gonflait à l'idée que son père
était dans la détresse. Et elle était sur le point de
se pencher pour lui adresser la parole, lorsqu'une
angoisse violente domina enfin toutes celles qui
luttaient dans l'âme de Silas. Il dit alors d'une voix
faible :

« Eppie, mon enfant, parlez. Je ne veux pas empêcher votre bonheur. Remerciez M. et Mme Cass. »

Eppie retira sa main de derrière la tête du tisserand, et fit un pas en avant. Ses joues étaient rouges,
mais ce n'était pas de fausse honte, cette fois : le sentiment que son père était plongé dans le doute et dans
la souffrance, avait banni cette sorte de conscience
d'elle-même. Elle fit une profonde révérence, d'abord
à Mme Cass, puis à M. Cass, et leur dit :

« Merci, madame ; merci, monsieur. Mais je ne
puis pas quitter mon père, ni reconnaître quelqu'un
qui me serait plus que lui. Et je ne désire pas devenir
une dame. Merci, tout de même ; » — ici Eppie fit une

autre révérence ; — « je ne pourrais pas abandonner
les gens avec qui je me suis habituée à vivre. »

La lèvre d'Eppie se mit à trembler un peu à ces
dernières paroles. Elle se retira de nouveau près de
la chaise de son père, et lui passa le bras autour du
cou, pendant que Silas, réprimant un sanglot, tendait
la main pour saisir celle de sa fille.

Nancy avait les larmes aux yeux, mais sa sympathie pour Eppie se trouvait naturellement mélangée
avec la détresse qu'elle éprouvait au sujet de son
mari. Elle n'osa pas parler, se demandant ce qui se
passait dans l'esprit de Godfrey.

Celui-ci ressentait cette sorte d'irritation qui se
manifeste inévitablement presque chez nous tous,
lorsque nous rencontrons un obstacle imprévu. Il
avait été pénétré du repentir et de la résolution
nécessaires pour réparer sa faute, autant que le
temps devait le lui permettre. Il était mû par des
sentiments tout à fait exceptionnels, qui devaient
aboutir à une règle de conduite déterminée d'avance,
et qu'il avait choisie comme étant la plus juste ; aussi,
n'était-il pas disposé à apprécier avec gaieté les sentiments d'autrui, lorsqu'ils contrecarraient ses résolutions vertueuses. L'agitation sous l'inspiration de
laquelle il parla de nouveau, ne fut pas sans un
mélange de colère.

« Mais j'ai un droit sur vous, Eppie, le plus grand
de tous les droits. Il est de mon devoir, Marner, de
reconnaître Eppie comme mon enfant et de la pour-

voir. C'est ma propre enfant : sa mère était mon épouse. J'ai sur elle un droit légitime, qui doit primer tous les autres. »

Eppie avait tressailli avec violence, et était devenue tout à fait pâle. Silas, au contraire, avait été soulagé par la réponse d'Eppie, de la crainte terrible que ses intentions ne fussent opposées à celles de sa fille. Il sentit que l'esprit de résistance s'était affranchi en lui, non sans provoquer, toutefois, un faible mouvement de colère paternelle.

« Alors, monsieur », répondit-il, avec un accent d'amertume, resté muet dans son âme, depuis le jour mémorable où les espérances de sa jeunesse avaient été détruites, — « alors, monsieur, pourquoi n'avez-vous pas dit cela il y a seize ans? Pourquoi ne l'avez-vous pas réclamée, avant que j'en fusse arrivé à l'aimer, au lieu de venir me la reprendre en ce moment. Vous pourriez tout aussi bien arracher le cœur de mon corps. Dieu me l'a donnée parce que vous l'aviez délaissée, et il la regarde comme ma fille : vous n'avez aucun droit sur elle. Lorsqu'un homme éloigne un bien de sa porte, ce bien échoit à ceux qui le recueillent dans leur maison.

— Je sais cela, Marner; j'ai eu tort. Je me suis repenti de ma conduite à cet égard, » dit Godfrey, qui ne put s'empêcher de ressentir le tranchant des paroles de Silas.

« Je suis content de l'apprendre, dit Marner, dont l'agitation augmentait; mais le repentir ne saurait

changer ce qui a eu lieu pendant seize ans. En
venant dire maintenant : « Je suis son père », vous ne
détruisez pas les sentiments de nos cœurs. C'est moi
qu'elle a toujours appelé son père, depuis qu'elle a
su prononcer ce mot.

— Mais je crois que vous pourriez envisager la
chose avec plus de raison, Marner, » dit Godfrey, que
les paroles vraies et formelles du tisserand venaient
de surprendre et. de frapper d'une crainte respectueuse. « Ce n'est pas comme si on allait vous l'enlever entièrement, et que vous ne dussiez plus la
revoir. Elle sera tout près de vous, et viendra ici
très souvent. Elle aura pour vous juste les mêmes
sentiments.

— Juste les mêmes sentiments ? reprit Marner,
avec plus d'amertume que jamais. Comment pourra-
t-elle avoir pour moi les mêmes sentiments qu'aujourd'hui, alors que nous mangeons des mêmes morceaux, que nous buvons dans la même coupe [1] et
que nous pensons aux mêmes choses du commencement de la journée jusqu'à la fin ? Juste les mêmes
sentiments ? Ce sont là de vains mots. Vous nous
couperiez en deux. »

Godfrey, que l'expérience n'avait pas préparé à
comprendre la portée des paroles simples de Marner,
retomba dans une assez grande irritation. Il lui sembla
que le tisserand était très égoïste — jugement rendu

1. II, *Les Rois*, XII, 3. (N. du Tr.)

facilement par ceux qui n'ont jamais mis à l'épreuve leur force de renoncement — de s'opposer à un acte qui, sans aucun doute, devait faire le bonheur d'Eppie; et il sentit qu'il était de son devoir de manifester son autorité, pour l'amour de sa fille.

« J'aurais pensé, Marner, dit-il d'un ton sévère, j'aurais pensé que votre affection pour Eppie vous aurait fait vous réjouir d'une chose dont dépend son bonheur, même si cela vous obligeait à faire quelque sacrifice. Vous devriez vous souvenir que votre vie est incertaine, et qu'Eppie est maintenant arrivée à un âge où son sort peut être bientôt fixé d'une manière bien différente de ce qu'il serait dans la maison de son père. Qu'il lui arrive d'épouser quelque humble ouvrier, et alors, quoi que je puisse faire pour elle, il ne dépendra plus de moi de la rendre heureuse. Vous lui barrez la voie du bien-être; et, bien qu'il me soit pénible de vous blesser après ce que vous avez fait, et après ce que je n'ai pas fait, je sens maintenant que l'obligation m'incombe d'insister pour prendre soin de mon enfant. Je veux remplir mon devoir. »

Il serait difficile de dire qui fut le plus profondément agité, de Silas ou d'Eppie, par les dernières paroles de Godfrey. Les pensées d'Eppie avaient été très actives pendant qu'elle écoutait la contestation entre le père aimé depuis longtemps, et ce nouveau père presque inconnu, — ce nouveau père venant soudainement se mettre à la place de l'ombre noire et

indécise qui avait tenu l'anneau nuptial, et l'avait mis
au doigt de sa mère. Son imagination s'était précipitée
dans le passé et dans l'avenir, et s'était livrée à des
conjectures et à des prévisions pour comprendre ce
que signifiait cette paternité révélée. En outre, il y
avait, dans les dernières paroles de Godfrey, des mots
qui contribuaient à rendre ces prévisions particulièro-
ment définies. Ce n'est pas que ces pensées, soit sur
le passé, soit sur l'avenir, eussent aucune influence
décisive sur la résolution d'Eppie, car cette résolution avait été fixée par les sentiments qui vibraient
au son de chacune dès paroles proférées par Silas.
Mais, même en dehors de ces sentiments, le double
courant des réflexions de la jeune fille fit naître en
elle une répulsion pour le sort qu'on lui offrait, et
pour ce père qui venait de se révéler.

La conscience de Silas, d'un autre côté, était de
nouveau tourmentée. Il était saisi de la crainte que
l'accusation de Godfrey ne fût vraie, et que sa propre
volonté ne s'élevât comme un obstacle au bonheur
d'Eppie. Pendant quelques instants, il resta silencieux, luttant avec lui-même, car il voulait se maîtriser assez, avant de prononcer des paroles qui lui
coûtaient. Elles sortirent enfin, tremblantes, de sa
bouche.

« Je né dirai plus rien. Ce sera comme vous voudrez. Parlez à l'enfant. Je ne veux rien empêcher. »

Nancy elle-même, malgré toute la sensibilité délicate de son cœur, partageait l'opinion de son

mari, que le désir de Marner de garder Eppie n'était
pas justifiable, après que le vrai père de celle-ci
s'était fait connaître. Elle sentait que l'épreuve était
très dure pour le pauvre tisserand, mais ses principes personnels ne lui permettaient pas de douter
qu'un père légitime n'eût des droits primant ceux
d'un père adoptif, quel qu'il fût. En outre, Nancy,
qui avait été accoutumée toute sa vie à ne manquer de rien, et à jouir des privilèges d'une position
honorable, ne pouvait pas apprécier les plaisirs que
la première éducation et les premières habitudes
associent avec tous les petits buts, et avec tous les
efforts des pauvres de naissance. A ses yeux, Eppie,
recouvrant les droits du sang, entrait en possession
d'un bien-être incontestable, dont elle avait été trop
longtemps privée. C'est pourquoi elle avait entendu
les dernières paroles de Silas avec soulagement, et
avait pensé, comme Godfrey, que leur désir était
accompli.

« Eppie, ma chère, » dit Godfrey, en regardant sa
fille, non sans éprouver quelque embarras à l'idée
qu'elle était assez âgée pour le juger : « nous désire-
rons toujours vous voir montrer de l'affection et de
la reconnaissance à un homme qui vous a tenu lieu
de père pendant tant d'années, et nous nous efforce-
rons de vous aider à le rendre complètement heureux.
Mais nous espérons que vous en viendrez à nous aimer
comme vous l'aimez; et, bien que je n'aie pas été
ce qu'un père aurait dû être à votre égard depuis si

longtemps, je veux faire tout ce que je pourrai pour vous jusqu'à ma mort, et vous pourvoir comme mon unique enfant. Vous aurez en ma femme la meilleure des mères : ce sera là un bonheur dont vous n'avez pas joui depuis que vous êtes assez âgée pour le connaître.

— Ma chère, vous serez un trésor pour moi, dit Nancy de sa voix douce. Il ne nous manquera plus rien lorsque nous aurons notre fille. »

Eppie ne s'avança point pour s'incliner de nouveau devant M. et Mme Cass. Elle tenait la main de Silas dans la sienne, la serrant avec force, — c'était une main de tisserand, dont le creux et le bout des doigts étaient sensibles à un tel serrement. En même temps, elle parla d'un ton plus décisif et plus froid qu'auparavant :

« Merci, madame, merci, monsieur, de vos offres; elles sont très belles et de beaucoup au-dessus de mes désirs; car je n'aurais plus de plaisir dans la vie si j'étais obligée de quitter mon père, et si je le savais assis chez nous, pensant à moi et souffrant de sa solitude. Nous avons été habitués à être heureux ensemble tous les jours, et je ne puis concevoir aucun bonheur sans lui. Il dit qu'il n'avait personne au monde avant que je lui fusse envoyée, et qu'il n'aurait plus personne si je le quittais. Il a pris soin de moi, et il m'a aimée depuis le commencement; je lui resterai attachée tant qu'il vivra, et personne ne s'interposera entre lui et moi.

— Mais il faut que vous soyez sûre, Eppie, dit Silas à voix basse, il faut que vous soyez sûre que jamais vous ne regretterez d'avoir préféré rester avec des pauvres gens, ne possédant que de mauvais habits et des choses médiocres, lorsqu'il dépendait de vous d'obtenir tout ce qu'il y a de meilleur. »

Sa susceptibilité à cet égard s'était accrue, tandis qu'il écoutait les paroles sincères et affectueuses d'Eppie.

« Je ne pourrai jamais le regretter, mon père, dit-elle. Je ne saurais à quoi penser, ni que désirer, en me voyant entourée de belles choses auxquelles je n'ai pas été habituée. Et ce serait pour moi une triste besogne de porter de beaux habits, d'aller en cabriolet et de m'asseoir à une place réservée à l'église, si tout cela faisait croire à ceux que j'aime, que ma compagnie ne leur convient plus. A quoi pourrais-je donc m'intéresser? »

Nancy interrogea Godfrey d'un regard douloureux. Mais les yeux de celui-ci étaient fixés vers la terre, à l'endroit où il remuait le bout de sa canne, comme s'il était occupé à réfléchir distraitement à quelque chose. Elle pensa qu'il y avait une parole qui s'échapperait avec plus de convenance de ses lèvres que de celles de son mari.

« Ce que vous dites est naturel, ma chère enfant, — il est naturel que vous restiez attachée à ceux qui vous ont élevée, fit-elle, avec douceur : pourtant, vous avez un devoir à remplir envers votre père légitime.

Peut-être n'est-ce pas de votre côté seulement qu'il
faille se résigner à faire un sacrifice. Du moment que
votre père vous ouvre sa demeure, il me semble qu'il
serait raisonnable, à vous, de ne pas la fuir.

— Je ne puis pas me figurer que j'aie un autre
père que le mien, » dit Eppie, avec impétuosité,
et les larmes lui montaient aux yeux. « Mon rêve
a toujours été d'avoir un petit chez-nous, où il serait
assis au coin du foyer, tandis que je travaillerais et
que je ferais tout ce qu'il faut pour lui. Je ne puis
pas m'imaginer une autre demeure que la nôtre. Je
n'ai pas été élevée pour être une dame, et je ne saurais m'habituer à cette idée. J'aime les ouvriers,
leur nourriture et leurs coutumes. Et, termina-t-elle,
d'un ton véhément, pendant que ses larmes tom-
baient, je suis fiancée à un ouvrier qui habitera avec
mon père, et qui m'aidera à en prendre soin. »

Godfrey porta ses regards sur Nancy; il avait le
visage enflammé, et ses yeux dilatés lui cuisaient.
Cet échec d'un projet qu'il avait entrepris, avec la
haute idée qu'il allait, en quelque sorte, racheter la
plus grande faute de sa vie, lui fit trouver suffocant
l'air de la pièce.

« Partons, Nancy, dit-il, à voix basse.

— Nous ne parlerons pas de cela plus longtemps
aujourd'hui, dit Nancy, en se levant. Nous vous voulons beaucoup de bien, ma chère; et à vous aussi,
Marner. Nous reviendrons vous voir. Il se fait tard,
maintenant. »

De cette façon, elle justifia le brusque départ de son mari, car Godfrey s'était dirigé tout droit vers la porte, incapable de proférer une parole de plus.

<hr />

CHAPITRE XX

Nancy et Godfrey s'en retournèrent chez eux en silence, à la lumière des étoiles. Quand ils entrèrent dans le salon lambrissé de chêne, Godfrey se jeta dans son fauteuil, tandis que Nancy, après s'être débarrassée de son chapeau et de son châle, vint se placer debout à son côté, près du foyer; car elle ne voulait pas le quitter, même quelques minutes. Cependant, elle craignait de proférer aucune parole qui pût froisser les sentiments de son époux. Enfin, Godfrey tourna la tête vers Nancy, et leurs yeux se rencontrèrent, restant à se fixer, sans qu'il y eût aucun mouvement ni d'un côté ni de l'autre. Ce regard calme et réciproque du mari et de l'épouse qui ont confiance l'un dans l'autre, est comme le premier moment de repos ou de sécurité après une grande fatigue ou un grand danger. Il ne doit être troublé ni par des paroles ni par des actions qui empêcheraient de sentir les premières jouissances de l'apaisement.

Mais bientôt il tendit la main; et, comme Nancy

y mettait la sienne, il attira à lui sa femme, et
dit :

« C'est fini ! »

Toujours debout à son côté, elle se baissa pour lui
donner un baiser ; puis elle reprit : « Oui, je crains
que nous ne soyons obligés de renoncer à l'espérance de l'avoir pour fille. Il ne serait pas raisonnable de vouloir la forcer de venir chez nous contre
son gré. Nous ne pouvons pas changer son éducation,
ni ce qui en est résulté.

— Non, » répondit Godfrey, d'un ton net et décisif
qui contrastait avec sa parole généralement non-
chalante et molle : « Il y a des dettes qu'on ne saurait payer comme les dettes d'argent, en donnant un
surplus pour les années qui se sont écoulées. Pendant que j'ai continuellement différé, les arbres ont
grandi,... il est trop tard maintenant. Marner avait
raison dans ce qu'il disait au sujet de l'homme qui
éloigne de sa porte une bénédiction : cette bénédiction
échoit à quelque autre personne. Autrefois, j'ai voulu
passer pour ne pas avoir d'enfants, Nancy. Aujour-
d'hui, je passerai contre mon gré pour ne pas en
avoir. »

Nancy ne parla pas immédiatement, mais un moment après, elle demanda : « Vous ne direz pas
alors qu'Eppie est votre fille ?

— Non : quel bien en résulterait-il pour n'importe
qui ?... rien que du mal. Je dois faire pour elle ce
que je pourrai dans la condition qu'elle choisit. Mais

il est nécessaire que je sache qui elle a l'intention d'épouser.

— S'il n'y a aucune utilité à dire la chose, » reprit Nancy, qui, maintenant, se croyait autorisée, pour se soulager, à s'abandonner à un sentiment qu'elle avait essayé d'étouffer jusque-là, « je vous serais reconnaissante d'éviter à papa et à Priscilla le chagrin d'apprendre jamais ce qui a eu lieu dans le passé, sauf ce qui concerne Dunsey ; car cela, on ne peut l'empêcher.

— Je mettrai la chose dans mon testament,... je crois que je la mettrai dans mon testament. Je n'aimerais pas qu'on découvrît quoi que ce fût après ma mort, — comme cette affaire au sujet de Dunsey, dit Godfrey, d'un air méditatif. Mais je ne verrais que des difficultés surgir, si je parlais à présent. Il faut que je fasse mon possible pour rendre Eppie heureuse, à sa manière. Il me vient une idée, ajouta-t-il, après s'être arrêté un instant, Aaron Winthrop est son fiancé ; c'est de lui qu'elle a voulu parler. Je me rappelle avoir vu ce jeune homme revenir de l'église avec elle et avec Marner.

— Eh bien, il est très sobre et très laborieux, » dit Nancy, essayant d'envisager la chose aussi gaiement que possible.

Godfrey retomba dans ses réflexions. Bientôt après, il regarda Nancy avec tristesse, et lui dit :

« C'est une bien belle et bien charmante jeune fille, n'est-ce pas, Nancy?

— Oui, mon ami, et elle a vos cheveux et vos
yeux ; j'ai été étonnée que cela ne m'eût pas frappée
auparavant.

— Je crois qu'elle m'a pris en aversion à l'idée
que j'étais son père : j'ai pu voir qu'elle changeait
d'attitude après ma déclaration

— Il lui a été impossible de supporter la pensée
de ne pas regarder Marner comme son père, » dit
Nancy, qui ne désirait pas confirmer la douloureuse
impression de son mari.

« Elle s'imagine que j'ai mal agi envers sa mère,
aussi bien qu'envers elle-même. Elle me croit pire
que je ne suis. Mais il n'y a pas moyen d'empêcher
qu'elle ne le croie : elle ne pourra jamais tout savoir.
C'est une partie de mon châtiment, Nancy, que ma
fille ait de l'aversion pour moi. Je n'aurais jamais eu
ces ennuis si j'avais été sincère à votre égard, — si
je n'eusse pas été un insensé. Je n'étais pas en droit
d'attendre d'un tel mariage autre chose que du
mal, surtout en évitant de remplir mes devoirs de
père. »

Nancy restait silencieuse : son esprit de droiture ne
lui permettait pas de chercher à émousser la pointe
aiguë de ce qu'elle considérait comme un juste
remords. Godfrey parla de nouveau un instant après,
mais le son de sa voix avait subi quelque changement : un accent de tendresse tempérait le ton qu'il
venait de prendre pour s'accuser lui-même.

« Et je vous ai obtenue, malgré tout, Nancy. Cependant j'ai murmuré, j'ai été mécontent parce qu'il me manquait un autre bien, — comme si je le méritais.

— Vous n'avez jamais failli à votre devoir envers moi, Godfrey, dit Nancy, avec une sincérité calme. Mon seul ennui disparaîtrait, si vous vous résigniez au sort qui nous a été fait.

— Eh bien, peut-être qu'il est encore temps de me réformer un peu sous ce rapport; bien que ce soit réellement trop tard pour certaines choses, quoi qu'en dise le proverbe [1]. »

CHAPITRE XXI

Le lendemain matin, comme ils étaient à déjeuner, Silas dit à Eppie :

« Eppie, il y a une chose que j'ai l'intention de faire depuis deux ans. Maintenant que l'argent nous est revenu, nous pouvons la mettre à exécution. J'y ai réfléchi mille fois cette nuit, et, comme les beaux jours durent encore, je crois que nous partirons demain. Nous laisserons la maison et tout le reste aux soins de votre marraine; nous ferons un petit paquet d'effets, et nous nous mettrons en route.

1. Dans le texte anglais, il y a une allusion au proverbe : *it is never too late to mend*, qui correspond aux proverbes français : *Il n'est jamais trop tard pour bien faire; Mieux vaut tard que jama's*. (N. du Tr.)

— Pour aller où, petit père? dit Eppie, très sur·
prise.

— Dans mon ancien pays,... dans la ville où je
suis né,... dans la Cour de la Lanterne. Je désire voir
M. Paston, le pasteur : on a peut-être découvert
quelque indice qui ait permis de reconnaître que
j'étais innocent du vol. M. Paston était un homme
qui avait beaucoup de lumières. Je veux l'entretenir
au sujet de la coutume de *jeter le sort*. J'aimerais
aussi à lui parler de la religion de ce pays, car je
suis tenté de croire qu'il ne la connaît pas. »

Eppie fut très joyeuse. Il y avait pour elle non
seulement la perspective de l'étonnement et du plaisir de voir un nouveau pays, mais aussi celle de revenir raconter à Aaron tout ce qu'elle aurait vu ou entendu. Aaron était tellement plus instruit qu'elle sur
la plupart des choses, que ce serait assez agréable
d'avoir ce petit avantage vis-à-vis de lui. Mme Winthrop, qui avait une crainte vague des dangers inhérents à un voyage aussi long, exigea à plusieurs reprises l'assurance que nos voyageurs n'iraient pas
au delà des régions desservies par les voitures des
messagers et les lentes charrettes. Elle était cependant très contente que Silas allât revoir son pays
et découvrir si on l'avait justifié de la fausse accusation dont il avait été l'objet.

« Vous auriez l'esprit plus tranquille durant le
reste de votre vie, maître Marner, dit Dolly, j'en suis
sûre. Et s'il y a moyen d'obtenir quelques lumières

dans la Cour de la Lanterne dont vous parlez, comme
nous en avons besoin dans ce monde, je serais moi-
même bien aise que vous pussiez les rapporter avec
vous. »

En conséquence, quatre jours après, Silas et Eppie,
revêtus de leurs habits du dimanche, et avec un
petit paquet enveloppé dans un mouchoir de toile
bleue, traversaient les rues d'une grande ville manu-
facturière. Silas, désorienté par les changements
qu'un laps de trente années avait introduits dans sa
ville natale, venait d'arrêter successivement plusieurs personnes pour leur demander le nom de la
ville, et s'assurer qu'il n'était point sous l'influence
d'une erreur.

« Demandez où est la Cour de la Lanterne, mon
père, demandez à ce monsieur qui a des aiguillettes
sur l'épaule, et qui est debout à la porte de ce
magasin. Il n'est pas pressé comme les autres, »
dit Eppie, assez affligée de la perplexité de son
père, et, en outre, mal à l'aise au milieu du bruit,
du mouvement et de la multitude de physionomies
étrangères et indifférentes.

« Ah! mon enfant, il n'en saura rien, dit Silas;
les gens de la bourgeoisie n'allaient jamais dans la
Cour de la Lanterne, mais peut-être que quelqu'un
pourra m'indiquer où est la rue de la Prison, dans
laquelle se trouve la maison d'arrêt. Je connais mon
chemin à partir de là, comme si je l'avais vu hier. »

Ils arrivèrent avec assez de difficulté dans la rue

de la Prison, après avoir fait beaucoup de détours, et
pris beaucoup d'autres informations. Les murs hideux
de la maison d'arrêt, le premier objet qui corres-
pondît à quelque image dans la mémoire de Silas, lui
donnèrent la joyeuse certitude, qu'aucune assurance
relative au nom de la ville n'avait encore pu lui
procurer, qu'il était bien au lieu de sa naissance.

« Ah ! dit-il, respirant longuement, voilà la maison
d'arrêt, Eppie, elle n'a pas changé ; je n'ai plus d'inquiétude maintenant. C'est la troisième rue à gauche,
à partir des portes. Voici le chemin que nous devons
prendre.

— Oh ! quel vilain endroit sombre ! dit Eppie.
Comme il cache le ciel ! C'est pire que l'Asile des
pauvres, à Raveloe. Je suis bien aise que vous ne
demeuriez plus dans cette ville, mon père. La Cour
de la Lanterne est-elle comme cette rue ?

— Mon enfant chérie, dit Silas en souriant, ce
n'est pas une grande voie comme celle-ci. Je n'ai
jamais été moi-même à mon aise dans cette grande
rue ; cependant, j'aimais la Cour de la Lanterne. Les
boutiques ici sont toutes changées, il me semble ; je
ne les reconnais plus ; mais je reconnaîtrai la rue
parce que c'est la troisième.

— La voilà, » dit-il, d'un ton de satisfaction,
comme ils arrivaient à un passage étroit. « Maintenant, il nous faut aller à gauche de nouveau ; puis,
tout droit, pendant un petit bout de temps, en re-
montant la ruelle des Souliers ; alors, nous serons à

l'entrée de la Cour, à côté de la fenêtre en saillie.
C'est l'endroit où il y a un ruisseau dans la rue pour
permettre à l'eau de s'écouler. Ah! il me semble voir
tout cela!

— Oh! papa, c'est comme si je suffoquais! dit
Eppie. Je n'aurais pas pu croire qu'il y eût des
gens vivant de cette manière, aussi près les uns des
autres. Que les Carrières nous sembleront jolies, à
notre retour!

— Mon enfant, cela me paraît drôle, à moi aussi,
maintenant, et ça sent mauvais. Je ne puis pas me
persuader que l'odeur était si désagréable autrefois. »

Çà et là quelque visage blême et barbouillé, regardant les étrangers de l'entrée obscure d'une porte,
augmentait l'inquiétude d'Eppie. Aussi éprouva-t-elle
un soulagement depuis longtemps désiré, lorsqu'ils
sortirent des passages étroits pour pénétrer dans la
ruelle des Souliers, d'où l'on voyait une plus large
bande du ciel.

« Oh! grand Dieu! dit Silas; mais, voilà des gens
qui sortent de la Cour, comme s'ils revenaient de la
chapelle, à cette heure de la journée, — à midi, un
jour de la semaine! »

Soudain il tressaillit et resta immobile, avec un
regard éperdu et désespéré qui alarma Eppie. Ils se
trouvaient devant une entrée, en face d'une grande
manufacture. De cette entrée sortaient des flots
d'hommes et de femmes, qui allaient prendre leur
repas de midi.

« Mon père, dit Eppie, lui saisissant le bras, qu'y a-t-il? » Mais elle fut obligée de lui parler plusieurs fois de suite, avant qu'il pût lui répondre.

« Elle est disparue, mon enfant, dit-il enfin, avec une agitation violente, — la Cour de la Lanterne est disparue. C'est ici qu'elle a dû être, parce que voici la maison avec la fenêtre en saillie. Je la reconnais; on ne l'a pas changée; mais on a fait cette nouvelle entrée; et voyez cette grande manufacture! Toute la Cour a disparu, — la chapelle et le reste.

— Venez vous asseoir dans ce petit magasin de brosses, papa; on vous le permettra, » dit Eppie, toujours sur le qui-vive, dans la crainte que son père ne fût pris d'une de ses étranges attaques. « Peut-être que les gens pourront vous dire tout ce qu'il en est. »

Mais, ni le marchand de brosses, qui n'était venu dans la ruelle des Souliers que dix ans auparavant, alors que la manufacture était déjà bâtie, ni aucune autre personne à qui Silas eut l'occasion de s'adresser, ne furent en état de lui fournir le moindre renseignement sur ses anciens amis de la Cour de la Lanterne, ou sur M. Paston, le pasteur.

« Toute la vieille place est disparue, » dit Silas, à Dolly Winthrop, le soir de son retour, — « le petit cimetière et tout le reste. Mon ancienne demeure n'existe plus; je n'en ai plus d'autre que celle-ci maintenant. Je ne saurai jamais si on a découvert la vérité au sujet du vol, ni si M. Paston aurait été

capable de me donner quelque éclaircissement sur
la coutume de *jeter le sort*. Tout cela est obscur
pour moi, en vérité, madame Winthrop, et je crains
qu'il n'en soit ainsi jusqu'à la fin.

— Eh bien, oui, maître Marner, » dit Dolly, qui
était assise à l'écouter, avec un visage calme, aujour-
d'hui encadré de cheveux gris; « je le crains aussi.
C'est la volonté de *Ceux* qui sont là-haut, que beaucoup de choses restent obscures pour nous; mais il
y en a quelques-unes qui ne l'ont jamais été pour
moi; ce sont principalement celles qui me viennent
à l'esprit pendant le travail de la journée. Vous avez
été cruellement mis à l'épreuve cette fois-là, maître
Marner, et il semble que vous n'en connaîtrez jamais
la véritable raison; néanmoins, cela n'empêche pas
cette raison d'exister, bien que la chose soit obscure
pour vous et pour moi.

— Non, dit Silas, non; cela n'empêche pas qu'elle
n'existe. Depuis l'époque où l'enfant m'a été envoyée,
et où j'ai commencé à l'aimer comme moi-même, j'ai
eu assez de lumières pour avoir confiance; et, maintenant qu'elle dit qu'elle ne me quittera jamais, je
crois que j'aurai confiance jusqu'à la mort. »

CONCLUSION

Il y avait une époque de l'année qu'on considérait, à Raveloe, comme particulièrement convenable pour un mariage. C'était lorsque les grands lilas et les grands ébéniers des jardins à l'ancienne mode, montraient leurs riches teintes d'or et de violet au-dessus des murs colorés par les lichens, et qu'il y avait des veaux encore assez jeunes pour réclamer des seaux remplis de lait odorant. Les gens n'étaient pas alors aussi occupés qu'ils devaient l'être plus tard, quand arriveraient la pleine fabrication du fromage et la fauchaison. En outre, c'était l'époque où une mariée pouvait être à son aise dans une robe légère, et paraître avec avantage.

Heureusement, le soleil dardait des rayons plus chauds que de coutume sur les touffes de lilas, le matin du mariage d'Eppie, car sa robe était très légère. Elle avait souvent pensé, bien que ce fût avec une idée de renoncement, qu'une robe de mariée, pour être parfaite, devait être en coton blanc, parsemé à de grands intervalles de fleurettes roses minuscules. Aussi, quand Mme Godfrey Cass s'offrit à lui en donner une, et la pria de la choisir, Eppie avait été préparée par une réflexion antérieure, à faire sans hésitation une réponse décisive.

Vue à quelque distance, comme elle marchait à
travers le cimetière et descendait le village, Eppie
semblait vêtue de blanc immaculé, et ses cheveux
produisaient l'effet de cette teinte d'or qu'on voit
sur un lis. L'une de ses mains s'appuyait au bras de
son mari; de l'autre, elle serrait celle de son père,
Silas.

« Vous n'allez pas me donner, père! » avait-elle
dit avant le départ pour l'église; « vous ne ferez
que prendre Aaron pour fils. »

Dolly Winthrop venait après avec son mari, et
c'était là tout le petit cortège nuptial.

Il y avait beaucoup d'yeux pour le regarder, et
Mlle Priscilla Lammeter était bien aise qu'elle et son
père se fussent trouvés arriver en voiture à la porte
de la Maison Rouge, juste à temps pour voir ce joli
spectacle. Ils étaient venus tenir compagnie à Nancy,
ce jour-là, parce que M. Cass avait été obligé, pour
des raisons particulières, de se rendre à Lytherly.
Ceci semblait être bien dommage; car, autrement, il
aurait pu, comme M. Crackenthorp et M. Osgood ne
manqueraient pas de le faire, aller voir le repas de
noces qu'il avait commandé à l'auberge de l'Arc-
en-Ciel, en raison du grand intérêt qu'il portait
naturellement au tisserand, lésé par un membre de
sa famille.

« J'aurais bien désiré que Nancy eût le bonheur
de trouver une enfant pareille à celle-là pour l'élever, » dit Priscilla à son père, comme ils étaient

assis dans le cabriolet; « j'aurais pu songer alors
à quelque chose de jeune, outre les agneaux et les
veaux.

— Oui, ma chère, oui, dit M. Lammeter; on sent
cela lorsqu'on avance en âge. La vie semble sombre
aux vieilles gens. Ils auraient besoin d'avoir quelques
jeunes figures autour d'eux, pour être sûrs que le
monde est le même qu'autrefois. »

Nancy sortit alors pour souhaiter la bienvenue à
son père et à sa sœur; mais le cortège nuptial avait
déjà passé la Maison Rouge, et se dirigeait vers la
partie la plus humble du village.

Dolly Winthrop fut la première à deviner que le
vieux M. Macey, qu'on avait placé dans un fauteuil
devant sa porte, s'attendrait lors de leur passage à
quelques égards particuliers, puisqu'il était trop âgé
pour assister au repas de noce.

« M. Macey espère un mot de notre part, dit Dolly;
il sera blessé si nous passons près de lui sans rien
dire,..... lui, si torturé par les rhumatismes. »

Ils s'approchèrent donc pour donner une poignée
de main au vieillard. Il avait compté sur cette circonstance et il avait prémédité son discours :

« Eh bien, maître Marner, dit-il, d'une voix qui
tremblait beaucoup, j'ai vécu pour voir mes paroles
se réaliser. C'est moi qui ai dit le premier que vous
étiez inoffensif, bien que vos regards ne fussent
point en votre faveur; et c'est moi aussi qui vous ai
dit le premier que vous retrouveriez votre argent;

et ce n'est que justice qu'il vous soit revenu. J'aurais volontiers répondu les *Amen*, au saint office du mariage; mais il y a déjà longtemps que Tookey me remplace, j'espère que vous ne vous en trouverez pas plus mal. »

Dans la cour en plein air, devant l'auberge de l'Arc-en-Ciel, le groupe des invités était déjà rassemblé, quoiqu'il y eût presque encore une heure avant le moment fixé pour le repas. Mais, de cette manière, chacun pouvait jouir de la lente arrivée de son plaisir. On avait aussi grandement le temps de parler de l'étrange histoire de Silas Marner, et d'arriver peu à peu à la juste conclusion qu'il s'était attiré une bénédiction, en se conduisant comme un père envers une enfant restée sans mère et abandonnée. Le maréchal lui-même ne repoussa point cette opinion; au contraire, il la considéra particulièrement comme sienne, et invita toute personne courageuse parmi ceux qui étaient présents, à la combattre. Mais il ne trouva aucun contradicteur, et tous les différends de la compagnie disparurent dans l'acceptation unanime de l'avis de M. Snell, que lorsqu'un homme avait mérité sa bonne fortune, c'était le devoir de ses voisins de l'en féliciter.

Comme le cortège nuptial s'approchait, une acclamation cordiale s'éleva dans la cour de l'auberge; et Ben Winthrop, dont les plaisanteries avaient conservé leur saveur agréable, trouva qu'il était convenable d'entrer pour recevoir des félicitations. Il ne se

sentait pas le besoin des quelques moments de repos
qu'on lui avait proposé de prendre aux Carrières,
avant de se joindre aux invités.

Eppie avait maintenant un jardin plus grand
qu'elle ne l'avait jamais espéré; et, sous d'autres
rapports, des changements avaient été opérés aux
frais de M. Cass, leur propriétaire, pour répondre
aux besoins de la famille de Silas, devenue plus
grande. Car lui et Eppie avaient déclaré qu'ils
aimaient mieux rester aux Carrières, que d'aller
habiter aucune autre demeure. Le jardin avait été
clos de pierres des deux côtés; mais, sur le devant,
il y avait une claire-voie à travers laquelle les fleurs
brillaient d'allégresse, pour répondre au bonheur
des quatre personnes unies qui s'avançaient en face
d'elles.

« Mon père, dit Eppie, quelle jolie demeure nous
avons! Je ne crois pas qu'on puisse être plus heureux que nous. »

FIN

1056-19. — Coulommiers. Imp. PAUL BRODARD. —p6-20.

BIBLIOTHÈQUE VARIÉE

FORMAT IN-16, BROCHÉ

ROMANS, MÉMOIRES, ŒUVRES DIVERSES

1re SÉRIE, A 3 FR. LE VOLUME

About (Edm.) : *La Grèce contemporaine*. 1 vol.
— *Le roman d'un brave homme*.
Barine (Arvède) : *La jeunesse de la Grande Mademoiselle* (1627-1652). 1 v.
— *Louis XIV et la Grande Mademoiselle* (1652-1693). 1 vol.
— *Essais et fantaisies*. 1 vol.
— *Saint François d'Assise et la Légende des trois compagnons*. 1 vol.
— *Madame, mère du Régent*. 1 vol.
Bentzon (Th.) *Questions américaines*. 1 vol.
Chevillet (J.) : *Ma vie militaire* (1800-1810). 1 vol.
Corbin (Cl Ch.) : *Notes et Souvenirs d'un officier d'état-major*. (1831-1904). 1 vol.
Coynart (Ch. de) : *Une sorcière au XVIIIe siècle*. Marie-Anne de la Ville (1680 1725.) 1 vol.
— *Les malheurs d'une Grande Dame sous Louis XV*. 1 vol.

Coynart (Ch. de) (suite) : *Une petite-nièce de Lauzun*. 1 vol.
Daudet (E.) : *Histoire des conspirations royalistes du Midi sous la Révolution* (1790-1793). 1 vol. avec 2 cartes.
— *Le Roman d'un Conventionnel*, Hérault de Séchelles et les Dames de Bellegarde ; 2e édition. 1 vol. avec 8 gravures.
— *La Terreur blanche* (1815) ; 4e édition. 1 vol.
— *La Révolution de 1830 et le procès des ministres*. 1 vol.
— *Récits des temps révolutionnaires*. 1 vol.
— *L'exil et la mort du général Moreau*. 1 vol.
— *A travers trois siècles*. 1 vol.
— *Tragédies et comédies de l'histoire*. 1 vol.
— *Un drame d'amour à la cour de Suède*. 1 vol.

Daudet (E.) : (suite) *Dans les palais des rois*, récit d'histoire. 1 vol.
— *Soixante années de règne des Romanoff*. 1 vol.

Dugard (M.) : *La société américaine.*
Ouvrage couronné par l'Académie française.

Ferry (G.) : *Le coureur des bois*. 2 vol.
— *Costal l'Indien.* 1 vol.

Filon (A.) : *Mérimée et ses amis.* 1 vol.
— *La caricature en Angleterre.* 1 vol.

Funck-Brentano : *Légendes et archives de la Bastille.* 1 vol.
— *Le drame des poisons.* 1 vol.
— *L'affaire du Collier.* 1 vol.
— *La mort de la reine.* 1 vol.
— *Les Nouvellistes.* 1 vol.
— *Figaro et ses devanciers.* 1 vol.
— *La Bastille des Comédiens.* 1 vol.
— *Mandrin.* 1 vol.

Gailly de Taurines (Ch.) : *Aventuriers et Femmes de qualité.* 1 vol.
— *Père et fille*, Philippe de Champagne et Sœur Catherine de Sᵗᵉ Suzanne à Port-Royal. 1 vol.

Gaultier (Paul) : *Le rire et la caricature.* 1 vol.
Ouvrage couronné par l'Académie française.

Gebhart (E.), de l'Académie française : *D'Ulysse à Panurge.* Contes héroï-comiques. 1 vol.

Jollivet (G.) : *Six mois de guerre* (1ᵉʳ août 1914 — 1ᵉʳ février 1915). 1 vol.
— *Trois mois de guerre.* (1ᵉʳ février-1ᵉʳ mai 1915). 1 vol. — (1ᵉʳ mai-1ᵉʳ août 1915). 1 vol. — (1ᵉʳ août-octobre 1915). 1 vol. — (novembre-décembre 1915-janvier 1916). 1 vol.

Jollivet (G.) (suite) : *Cinq mois de guerre* (février à juin 1916). 1 vol.
— *Dix-huit mois de guerre* (juillet 1916-décembre 1917). 1 vol.
— *La Délivrance* (janvier-novembre 1918). 1 vol.
— *L'épopée de Verdun*, 1916. 2ᵉ édition. 1 vol.

Leneru (M.) : *Les Affranchis*, pièce en 3 actes. 1 vol.
— *Les Redoutables*, pièce en 3 actes. 1 vol.

Liégeard (S.) : *Les grands cœurs*, poésies. 1 vol.
— *Au caprice de la plume.* 1 vol.
— *Rêves et combats.* 1 vol.

Mézières (A.), de l'Académie française : *Hors de France* 1 vol.
— *Morts et vivants.* 1 vol.

Michelet (J.) : *L'oiseau*; 17ᵉ édit. 1 vol.

Millet (P.) : *La France provinciale.* Vie sociale. — Mœurs administratives. 1 v.

Ralston : *Contes populaires de la Russie.* 1 vol.

Riou (G.) : *Journal d'un simple soldat*, 1915 (Guerre-Captivité). 1 vol.

Rosebery (Lord) : *Napoléon*, la dernière phase. 1 vol.

Taine (H.) : *Étienne Mayran*, fragments. 1 vol.

Tiersot (J.) : *Les fêtes et les chants de la Révolution française.* 1 vol.

Valbert : *Hommes et choses d'Allemagne.* 1 vol.
— *Hommes et choses du temps présent.* 1 vol.

2ᵉ SÉRIE, A 4 FR. LE VOLUME

About (Edm.) : *Alsace* (1871-1872). 1 vol.
— *Les mariages de Paris.* 1 vol.
— *Les mariages de province.* 1 vol.
— *La vieille roche* :
  1ʳᵉ partie: *Le mari imprévu.* 1 vol.
  2ᵉ partie: *Les vacances de la comtesse.* 1 vol.
  3ᵉ partie: *Le marquis de Lanrose.* 1 vol.
— *Le fellah.* 1 vol.
— *Tolla.* 1 vol.
— *L'infâme.* 1 vol.
— *Le Turco.* — *Le bal des artistes.* —

Le poivre. — *L'ouverture au château.* — *Tout Paris.* — *La chambre d'ami.* — *Chasse allemande.* — *L'inspection générale.* — *Les cinq perles.* 1 vol.
— *Trente et quarante.* — *Sans dot.* — *Les parents de Bernard.* 1 vol.
— *Germaine.* 1 vol.
— *Maître Pierre.* 1 vol.
— *Madelon.* 2 vol.
— *Le roi des montagnes.* 1 vol.
— *Théâtre impossible.* 1 vol.
— *L'homme à l'oreille cassée.* 1 vol.

Barine (Arvède) : *Princesses et grandes dames*. 1 vol.
— *Poètes et névrosés*. 1 vol.
— *Bourgeois et gens de peu*. 1 vol.
— *Portraits de femmes* (Mme Carlyle. — George Eliot. — Une détraquée. — Un couvent de femmes en Italie au XVIᵉ siècle. — Psychologie d'une sainte). 1 vol.

Bernardin de Saint-Pierre : *Paul et Virginie*. 1 vol.

Berthet (Élie) : *Les houilleurs de Polignies*. 1 vol.

Cherbuliez (V.), de l'Académie française : *Prosper Randoce*. 1 vol.
— *Paule Méré*. 1 vol.
— *Le roman d'une honnête femme*. 1 vol.
— *Meta Holdenis*. 1 vol.
— *Miss Rovell*. 1 vol.
— *Le comte Kostia*. 1 vol.
— *Samuel Brohl et Cⁱᵉ*. 1 vol.
— *L'aventure de Ladislas Bolski*. 1 vol.
— *La revanche de Joseph Noirel*. 1 v.
— *Noirs et rouges*. 1 vol.
— *La Ferme de Choquard*. 1 vol.
— *Olivier Maugant*. 1 vol.
— *La bête*. 1 vol.
— *La vocation du comte Ghislain*. 1 vol.
— *Après fortune faite*. 1 vol.
— *Une Gageure*. 1 vol.
— *L'idée de Jean Téterol*. 1 vol.
— *Amours fragiles*. 1 vol.
— *Le fiancé de Mˡˡᵉ Saint-Maur*. 1 vol.
— *Le secret du Précepteur*. 1 vol.
— *Jacquine Vanesse*. 1 vol.

Cherbuliez : *Profils étrangers*. 1 v.
Cottin (P.) et **Hénault** (M.) : *Mémoires du sergent Bourgogne*. 1 vol.
Du Camp (M.) : *Souvenirs littéraires*. 2 v.
Duruy (G.) : *L'Unisson*. 1 vol.
— *Victoire d'âme*. 1 vol.
Enault (L.) : *Alba*. 1 vol.
— *Nadèje*. 1 vol.
— *Christine*. 1 vol.
Filon (Aug.) : *Contes du centenaire*. 1 v.
— *Violette Mérian*. 1 vol.
— *Amours anglais*. 1 vol.
— *Vacances d'artiste*. 1 vol.
Gérard (Jules) : *Le Tueur de Lions*. 1 vol.
Kovalewsky (Sophie) : *Souvenirs d'enfance*. 1 vol.
Lamartine : *Mémoires inédits*. 1 vol.
Larchey (L.) : *Les cahiers du capitaine Coignet*. 1 vol.
Larreguy de Civrieux : *Souvenirs d'un Cadet*. 1 vol.
Las Cases : *Souvenirs de l'Empereur Napoléon Iᵉʳ*. 1 vol.
Marco de Saint-Hilaire (E.) : *Anecdotes du temps de Napoléon Iᵉʳ*. 1 vol.
Poradowska : *Demoiselle Micia*. 1 vol.
Reybaud (Mᵐᵉ Ch.) : *Le moine de Chaalis*. 1 vol.
Saintine (X.-B.) : *Picciola*. 1 vol.
Saint-Simon : *Scènes et portraits*. 2 vol.
Tolstoï : *Souvenirs*. 1 vol.
Topffer (R.) : *Nouvelles genevoises*. 1 vol.
— *Rosa et Gertrude*. 1 vol.
— *Le presbytère*. 1 vol.
— *Réflexions et menus propos d'un peintre genevois*, ou Essai sur le beau dans les arts. 1 vol.

PETITE BIBLIOTHÈQUE DE LA FAMILLE

PREMIÈRE SÉRIE
Format in-16, illustré, à 2 fr. le volume broché.

Albérich-Chabrol : *L'Offensive*. 1 vol.
— *L'Orgueilleuse Beauté*. 1 v. avec grav.
— *Part à deux*. 1 vol.
— *De peur d'aimer*. 1 vol.
— *Au plus digne*. 1 vol.
Armand-Blanc (May) : *Bibelot*. 1 vol.
— *La maison des roses*. 1 v. avec 36 grav.
Aubier (F.): *Trois filles à marier*. 1 vol.
Beauregard (G. de): *Ordre du roi*. 1 vol.
Béral (Paul) : *Le mirage*. 1 vol.
Brada : *La voix qui accuse*. 1 vol.
Caro (Mᵐᵉ E.) : *Aimer c'est vaincre*.
Clavering Gunter : *Criminelle par amour*. 1 vol.
Crawford (Marion) : *Insaisissable amour*. 1 vol. avec 64 gravures.
— *Le baiser sur la terrasse*. 1 v. av. 60 gr.
— *Haine de femme*. 1 vol.
Dourliac (A.) : *Le supplice d'une mère*.
— *Liette*. 1 vol. avec 35 gravures.
Filon (Aug.): *Micheline*. 1 v. avec 15 grav.
Floran (Mary) : *Femmes de Lettres*. 1 v.
Géniaux : *Le Voueur*. 1 vol.
Green (A. K.) : *L'affaire Leavenworth*.
— *L'enfant millionnaire*. 1 vol. av. grav.
Harlant : *La tabatière du cardinal*. 1 v.
Harraden (Béatrice) : *L'oiseleur*. 1 vol.
Jewett (Miss) : *Le roman d'un Loyaliste*. 1 vol. avec grav.

Legrand (Mlle B.) : *L'eau dormante*.
— *L'amour fait peur*. 1 v. avec 35 grav.
— *Les Demoiselles du Noël fleuri*. 1 v.
Le Queux : *Coupable ?* 1 vol.
Lescot (Mme): *Un peu, beaucoup, passionnément*. 1 vol. avec 38 gravures.
— *Fêlure d'âme*. 1 vol. avec 36 grav.
— *Vaines promesses*. 1 v. ill. de 48 grav.
Longard de Longgarde (Mme) : *Une reine des fromages à la crème*. 1 vol.
— *Jouets du destin*. 1 vol. avec 44 grav.
— *Une réputation sans tache*. 1 vol.
— *Pompes et vanités* 1 vol.
Margueritte (P.): *Ma Grande*. 1 vol.
Maryan : *Maison hantée*. 1 vol.
— *L'écho du passé*. 1 vol.
Morel (Jacques) : *Muets aveux*. 1 vol.
— *Feuilles mortes*. 1 vol.
Osmont (Anne): *Le Sequin d'Or*. 1 vol.
Pape-Carpantier (Mlle): *Kerneves*. 1 vol.
Pert (Com.): *Mirage de bonheur*. 1 vol.
Relecq (I.) : *Le destin d'Hélène*. 2 vol.
Rosny (J.-H.): *Les retours du cœur*. 1 v.
Sevestre (N.) : *Le Trèfle rouge*, 1 vol.
— *L'Emouchet*. 1 vol.
Trouessart : *Le Choix de Ginette*. 1 vol.
Villetard : *Le droit d'aimer*. 1 vol.
Winter : *Mademoiselle Mignon*. 1 vol.
Zeyss (Mlle L.) trad.: *La Bienfaitrice*. 1 v.

DEUXIÈME SÉRIE
Format petit in-16, à 2 fr. le volume broché.

Arthez (D. d') : *Une vendetta*. 1 vol.
Borius (Mlle) : *Une perfection*. 1 vol.
Ouvrage couronné par l'Académie française.
Chabrier-Rieder (Mme) : *Les écolières de Crescent-House*. 1 vol.
Dombre (R.) : *La garçonnière*. 1 vol.
— *Un oncle à tout faire*.
Fleuriot (Mlle Z.): *la vie en famille* 1 v.
— *Tombée du nid*. 1 vol.
— *Raoul Daubry*, chef de famille. 1 vol.
— *L'héritier de Kerguignon*. 1 v.
— *Réséda*. 1 vol.
— *Ces bons Rosaëc!* 1 vol.
— *Le cœur et la tête*; 3ᵉ édit. 1 vol.
— *Au Galadoc*. 1 vol.
— *Bengale*. 1 vol.
— *Sans beauté*. 1 vol.
— *De trop*. 1 vol.

Fleuriot (Mlle Z.) (suite) : *La clef d'or*. 1 vol.
— *Loyauté*. 1 vol.
— *La glorieuse*. 1 vol.
— *Un fruit sec*. 1 vol.
— *Les Prévalonnais*. 1 vol.
— *Sans nom*. 1 vol.
— *Souvenirs d'une Douairière*. 1 vol.
— *Faraude*. 1 vol.
— *La Rustaude*. 1 vol.
— *Le théâtre chez soi*. 1 vol.
Fleuriot-Kérinou : *De fil en aiguille* 1 v.
— *Zénaïde Fleuriot*, sa vie, etc. 1 vol.
Girardin (J.) : *Miss Sans Cœur*. 1 vol.
— *Les braves gens*. 1 vol.
— *Mauviette*. 1 vol.
Jeanroy (J.-B.) : *Le sac de riz*. 1 vol.
Maël (P.) *Fleur de France*. 1 vol.
— *Le trésor de Madeleine*. 1 vol.
Toudouze (G.) : *Reine en sabots*. 1 v.

D'autres volumes sont en préparation.

questions qui passionnent notre temps. Mais le lecteur exige aussi une grande distraction de l'esprit. Il aime les surprises de l'imagination, il se prend volontiers aux aventures, aux douleurs, aux remords et aux joies des héros et des héroïnes ; les fictions de la poésie, du roman, du drame ou de la comédie l'émeuvent et le captivent. Nous donnerons satisfaction à ces aspirations légitimes.

Tous nos articles pourront être lus par des jeunes filles. Plusieurs seront destinés aux enfants qui aiment les récits d'aventures et les contes qui les transportent dans le monde d'imagination où ils se plaisent.

Les *Lectures pour Tous* paraissent le **1er** de chaque mois en livraisons contenant :

144 pages et 12 000 lignes de texte.

Chaque Numéro, format grand in-8°, imprimé sur papier de luxe, renferme environ dix ou douze articles variés. Il se vend **3 francs**; franco par la poste en France, **3 fr. 25** et pour l'Union postale **3 fr. 50**.

LES VINGT ET UNE

PREMIÈRES ANNÉES (1899-1919)

FORMENT

Vingt-cinq magnifiques volumes grand in-8

ILLUSTRÉS CHACUN DE PLUS DE **1 200** GRAVURES

Prix de chaque année en 1 volume, reliée, **9 fr.** — Prix de l'année 1912-1913, reliée, **12 fr.** — Prix de l'année 1917-1918, 2 volumes, cart. **27 fr.** — 1918-1919, 2 volumes, cart. **34 fr.**

(Les années 1898 à 1906, 1914, 1915 et 1916 sont épuisées.)

ABONNEMENTS

UN AN. — France, **35** fr. ; Étranger, **40** fr.
SIX MOIS. — France, **18** fr. ; Étranger, **22** fr.

COULOMMIERS. IMP. PAUL BRODARD. — 6-1920.

R A P P O R T

14

1   10

BIBLIOTHÈQUE
NATIONALE

CHÂTEAU
de
SABLÉ

1986